光文社文庫

赤猫

刑事・片倉康孝　只見線殺人事件

柴田哲孝

KOBUNSHA

JN184563

目次

プロローグ

平成八年一二月――。

木枯しの吹く寒い日だった。

黄昏も終わろうとしている夕刻の街を、女が一人、歩いていた。

女は、小柄だった。古いオーバーコートにマフラーを巻き、背を丸めて歩いている。髪に白いものがまじりはじめていた。

西武新宿線《せいぶしんじゆく》の武蔵関《むさしせき》駅南口の商店街を通り過ぎると、あたりは次第に閑静な住宅街になる。自転車に乗った主婦や、部活帰りの中学生など何人かが女と行き交った。だが、誰も女の姿を気に留めていない。

しばらくすると女は、暗い道を左に折れた。玉垣に沿って歩き、〝天祖若宮八幡宮《てんそわかみやはちまんぐう》〟と書かれた神社に入っていった。足元で落葉が、乾いた音を立てて舞った。

鳥居を潜《くぐ》り、石の参道を進む。途中、水屋《みずや》の冷たい水で手と口を清めた。そして赤い屋根の小さな社殿の前に立った。

　買物籠から財布を出し、賽銭箱に一〇円玉を入れた。誰もいない境内で鈴を鳴らす。二礼、二拍手を打ち、目を閉じて神拝詞《しんぱいし》を念じた。

　──ハラエタマイ　キヨメタマエ　カムナガラ　マモリタマイ　サキワエタマエ──。

　最後に深く一礼し、目を開けた。暗い光の中に佇む小さな社《やしろ》が、かつて母や祖父に連れられて行った、遠い故郷の〝須門《すもん》神社〟の記憶と重なった。

　女は、しばらく社を見つめていた。この場所が、好きだった。ここに来ると故郷の風景を思い出して、心が落ち着く。

　だが、もう二度と、この神社を訪れることはないだろう。

　女はもう一度、礼をして、参道を戻った。鳥居を潜り、神社の外に出る。木枯しに梢が騒《ざわ》めき、暗い空に落葉が舞った。

　人通りの少ない夜道を、女は口の中で何かを呟きながら歩き続けた。

　──とんと昔にのう……。

　村に兎と狢《ムジナ》がおったとや……。

　兎は頭が良くってな……いつも狢を騙したてや……。

　ある日、兎が狢にいよったと……。

　今日は天気が良いすけ、山に柴を伐りに行がねかや……。

狢が兎にいよったと……。

そらあ良いごっだのぉ……山に柴を伐りに行ごうそや――。

間もなく道は、青梅《おうめ》街道に出た。信号が変わるのを待って、横断歩道を渡る。女は道を少し左に戻り、大手のスーパーに入っていった。

店内には、人が多かった。だが、誰も女のことを見ていない。

女はここでカップ酒を二つと鮪の刺身、数品の惣菜を買った。後にこの時に女が買った品物が、〝何人分だったのか〟が問題になる。

スーパーを出て、夜道を歩いた。

――狢どん、お前は力あるだんが、柴をどおど背負ってくれねろか……。

兎どん、よしよし……。おらがどおど背負って、わけもねえ……。

二人は柴を背負ってよ、山さ下りはじめたとや――。

女は口の中で呟きながら、冷たい木枯しに向かって背を丸めて歩き続けた。


女が関町南《せきまちみなみ》二丁目の自宅に戻ったのは、午後六時半を少し回ったころだった。暦の上での冬至までおよそ三週間ということもあって、外はすでに深夜のように暗かった。

家は八畳一間に六畳二間の、昭和四〇年代に建てられた古い平屋の借家だった。室内は、しんとして冷たかった。女が出た時と同じように、明かりも消えていた。

「ただいま……」

女は三和土《たたき》で靴を脱ぎ、畳の部屋に上がった。壁のスイッチを探り、明かりをつける。点滅する蛍光灯の青白い光の中に、部屋の風景が浮かび上がった。

「えっかまあ、お前、まだ生きとってねか。ええごっだのう。凍てるから、ストーブ入れるかねえ……」

六畳間の奥に、一組の布団が敷いてあった。饐《す》えたような、嫌な臭いがした。布団の中に白髪の老人が一人、横になっていた。何もいわずに、女を見つめている。

女は横目で老人を一瞥し、灯油ストーブに火をつけた。青い炎が上がり、その火が赤くなるにつれて、部屋の中が少しずつ温まりはじめる。

「今日な、銀行に行ってお前の預金、下ろしたでのう。一〇〇万とちょっとあったてや。あげん持っちょったとはなぁ……」

女が独り言のように話す。布団の中で焦点の定まらない老人の目が、何か怖ろしいものでも見るように女の姿を追っていた。

「さて、腹がへったで、飯食うねか……」

女は買ってきた酒や惣菜を、隣の八畳間の卓袱台《ちゃぶだい》の上に並べた。酒の蓋を、開ける。鮪の刺身を頬張り、酒を飲んだ。

「旨え……」

寝たきりの老人を眺めながら、口元に滴る酒を手で拭った。そして今度は、肉ジャガを頬張る。

老人は横になったまま、無言で女を見つめる。腹が減っているのか、唾液を嚥下するように痩せた咽《のど》が動く。

「欲しいか。欲しけりゃ、ここにいらさっしゃい。来られめえがのう……」

女が、歪んだ笑いを浮かべる。

「あ……」

老人が、小さな声を出した。

「お前、食っても仕方ねぇでねか。もう、体も動かんだろうの」

「あ……」

女が酒を飲み、おかしそうに笑った。

一本目の酒を飲み終え、二本目のカップを開けるころには、女は少し酔いはじめていた。

酒のカップを傾けながら、寝たきりの老人に語りかけるように何かを呟きはじめた。

「……二人は柴を背負って、山を下ったと……。狢どんが先を歩いて、兎どんが後をついていったと……。すると兎どんが懐から火打石を取り出して、かちり、かちりと火を打ちはじめたと……」

老人が、怖ろしそうに女を見つめる。

女が酒を飲み、老人を見据える。

「……狢どんは、いったとよ……。かちりかちりと音がするが、何だろのぅ……。すると兎どんが、いったとよ……。かちかち鳥が、鳴いてるであるめぇか……」

老人が、目を見開く。だが、声が出ない。

「兎どんは、かちりかちりと火を打った……。狢どんが背負う柴に、火を打った……。そのうち、狢どんの背中の柴が、ぼうぼうと燃え出した……」

女が、老人を見ながら笑う。老人の目に、恐怖の色が浮かぶ。

「狢どんが、いったとよ……。背中が熱くてたまらねぇが、どういがらいや……。兎どんが、いったとよ……。おやおや、お前の背中に火がついてるが、こりゃあ大変なごっだ……」

女が、卓袱台の上のマイルドセブンのパッケージからタバコを一本抜き、マッチで火をつけた。

「あ……あ……」

老人が、何かをいいたそうに声を出す。

「狢どんが、火だるまになってころげたと……。背中が焼けて、あっちっち……あっちっち……」

女はタバコの煙を吸いこみ、酒の最後のひと口を呑み干した。

「兎どんが、いったとよ……。ころげてないで、早く背中の柴を下ろさっしゃい……。だけど、悪い狢なんぞ、助けることはあんめぇ……」

女が酒のカップを置き、立ち上がった。

「悪い狢は、焼け死ねばええ……」

女は三和土から、灯油のポリタンクを取った。中には、まだ半分ほど灯油が残っていた。それを持って、老人が寝ている部屋の奥へと向かった。

「あ……あ……あ……」

老人が、恐怖におののきながら声を出した。

「私はね、何年も待ったんだよ……。あんたのような悪人は、狢のように焼け死ねばいいがね……」

女はポリタンクの蓋を開け、老人が寝ている布団の上に撒いた。

「あ〜……あ〜……」

老人が、声にならない叫びを上げた。

女は笑いながら、灯油を撒き続ける。布団の上だけでなく、老人の頭にも掛けた。

「あ、あ〜……。あ、ああ〜……。あああ……」

老人が、泣いた。泣きながら、叫んだ。

「いくらでも、叫べばいいがね……。泣けばいいがね……」

女は最後の一滴を振り掛けると、空になったポリタンクを放った。

「あ、あ……」

女は八畳間に戻り、オーバーコートを羽織った。灰皿からタバコを取り、一服吸った。

「じゃあな……」

タバコを、老人に投げた。

「あ～あ～あ～あ～あ……」

タバコの火は一瞬で灯油に引火し、老人を包み込んだ。

後は、振り返らなかった。女は財布の入った買物籠と三和土の靴を掴むと、裸足のまま外に飛び出した。

平成八年一二月二日夜、東京都練馬区関町南二丁目の住宅地で出火した火事は、折からの北風の煽りを受け瞬く間に延焼。石《しゃく》神《じ》井《い》消防署、同関町出張所などから消防車を含む十数台が出動したが、周囲五軒を焼く大火となった。鎮火後、火元となった家に居住していた七一歳の老人の焼死体が発見された。

後に石神井警察署による強制捜査により、出火の原因は〝放火〟と判明。また火元となった家には女性の同居人がいたが、現場から遺体は発見されなかった。

所轄の石神井警察署はこの女が何らかの事情を知っているものとして手配したが、その行方は杳《よう》として知れなかった。

第一章　緑の記憶

1

小出《こいで》駅の四番線ホームに下りると、もう始発列車が待っていた。先頭が赤と白のツートンカラー、後ろが白地に青のストライプの入った不揃いの、古い二輛編成の列車である。

見上げると、抜けるような夏空に白い雲が浮かんでいた。まだ朝の七時半を過ぎたばかりだというのに、残暑の強い日射しが照りつけている。

狭いホームに、乗客の姿は疎《まば》らだった。発車までには、まだ時間がある。片倉康孝《かたくらやすたか》はショルダーバッグからルミックスのデジタルカメラを取り出し、発車を待つ列車にレンズを向けて数回シャッターを切った。

警察官などという仕事は因果なもので、石神井警察署の刑事課に配属されて以来、三〇年以上も盆暮れ正月にまともに休んだことがなかった。ところが〝定年〟の足音が聞こえはじめたこの一、二年は、捜査の現場から追われると共に自由に休みが取れるようになってきた。

今年もお盆は過ぎたが、まだ八月が終わらぬうちに三日間の夏休みが取れた。普段は家でごろごろしているだけで休みが終わってしまうのだが、今回は少し思うところがあって旅に出た。

休みの初日はゆっくりと家を発ち、在来線とバスを乗り継ぎ、夕刻にJR上越《じょうえつ》線の小出駅に着いた。どうせ道連れもない気ままな一人旅である。その日は駅前のビジネスホテルに宿を取り、翌日の朝一番にこの小出駅のホームにやってきた。

始発列車は、すでにドアを開けて乗客が乗るのを待っていた。片倉はカメラを手にしたまま、車内に入った。遠い記憶の奥に眠っていたような空間に包まれると、時間が止まってしまったような錯覚があった。

車内には、数人の乗客しかいなかった。四人掛けの対座式ボックスシートの窓際に座り、発車を待った。

間もなくベルが鳴り、ドアが閉まる。七時五八分発・上り会津若松《あいづわかまつ》方面行き只見《ただみ》線の始発は、まるで大太郎法師《ダイダラボッチ》が重い腰を上げるようにディーゼルエンジンを唸らせ、小出駅の四番ホームを発車した。列車は磨《す》り減ったギアを軋ませ、老人が咳込むように力を込めながら少しずつ加速していく。

警笛が鳴った。

只見線は鉄橋を響かせながら、悠久の魚野川《うおのがわ》を渡る。夏の陽光に煌《きら》めく川面に、長い鮎竿を構える釣り人がぽつりぽつりと佇んでいた。やがて列車は国道三五二号線と一七号線の下を潜り、小出の市街地を外れ、風景は日本有数の米穀地帯、新潟県魚沼《うおぬま》の豊かな田園地帯へと移り変わる。

片倉は、走る列車の窓からぼんやりと風景を眺めた。初めて来た場所なのに、いつか、どこかでこの風景を見たような気がするのはなぜだろう。宮城県の故郷にも、こんな風景があったのかもしれない。それとも似たような風景は、日本のどこにでもあるのだろうか。

『JR只見線』は全長一三五・二キロメートル。磐越西線《ばんえつさいせん》の福島県『会津若松駅』と、上越線の新潟県『小出駅』を結ぶローカル線である。その間に日本屈指の豪雪地帯を抜け、只見川の渓谷を走り、六十里越《ろくじゅうりごえ》の険しい県境を幾多のトンネルで越える辺境の路線としても知られている。

鉄道を撮影するよりも、乗って旅をすることを好む鉄道ファンを〝乗り鉄〟という。

ここ数年、片倉はいわゆる〝乗り鉄〟を自認していた。とはいっても、小まめに地方までローカル線に乗りに行くほど熱心なわけでもない。休日に日帰りで東京近郊の私鉄に乗るか、〝出張〟の折にでもたまたま鉄道ファンの間で話題になった路線に乗れればそれで満足している程度の趣味だったのだが。

その片倉にとっても、只見線だけはある意味、特別な路線だった。理由のひとつには、もちろんこの只見線が日本有数の秘境を走り、鉄道ファンにとって最も人気が高いローカル線であるということもある。もうひとつは、片倉自身が只見線の沿線の特定のある場所に関して、忘れることのできない思い入れがあることだった。

三〇年以上も刑事などをやっていると、いろいろなことがある。特に捜査に関しては、良かったと思える記憶などはほとんどない。むしろ〝迷宮《オミヤ》〟になった〝事件《ヤマ》〟など、後悔してもしきれない心残りの記憶ばかりが自責の念として蓄積されていく。

あの〝事件〟も、そうだった。今年の冬が来れば、あれからもう二〇年になる……。

列車が速度を落とし、ひとつ目の駅、藪神《やぶかみ》に停まった。田園風景の中にコンクリートの小さなホームがあり、駅舎がわりの木造の小屋がつくねんと建っているだけの無人の駅だった。

ドアが開いたが、誰も降りず、誰も乗らなかった。駅に面した田圃では、蛙が鳴き声を競っていた。運転士が発車のホイッスルを吹き、ドアが閉まり、二輛編成の古い列車はまたギアを軋ませながら走り出した。

二〇年前——。

あのころ、片倉は、まだ三十代だった。刑事としても捜査の第一線で走り回り、署内では〝中堅〟として力量を認められはじめたころでもあった。だからこそ、あのころの悔恨が尾を引いているのかもしれない。

片倉は、窓の外を流れる風景を眺める。視界の中を淡々と、緑々《あおあお》とした田園風景が通り過ぎていく。夏空の彼方に低い山脈が連なり、霞んでいる。

思えばあのころは、こんな茫洋とした風景をぼんやりと眺める心の余裕もなかった。妻がいながら、家庭を顧みるゆとりすらも……。

列車は二つ目の駅の越後広瀬《えちごひろせ》に停まり、また走り出した。単線の二本のレールは真っすぐに、稲穂の実りはじめた豊かな田園風景の中に続いている。風景は、どこまで行っても変わらない。

だが、もうすぐだ。確か、次の駅だったはずだ……。

片倉は、まだ迷っていた。次の駅で降りるべきなのか。それともこのまま、只見線の終点の会津若松まで乗っていってしまうべきなのか……。

列車が線路を鳴らしながら、速度を落としはじめた。体を揺さぶるように、三つ目の魚沼田中《たなか》駅に着いた。車内に運転士のアナウンスが流れ、ドアが開いた。

片倉は、椅子に座ったままでいた。この駅で乗客が二人降り、一人乗った。そしてまた、発車のホイッスルが鳴った。

気が付くと片倉は席を立ち、閉じかけたドアを押し開いて外に飛び出していた。列車が、ゆっくりと動きはじめる。片倉は夏草に埋もれそうなコンクリートの無人のホームに立ち、広大な田園風景の中に走り去る列車をいつまでも見つめていた。

二輛編成の小さな列車は、まるで箱庭の中を走る模型のように遥か六十里越の山脈に向けて走っていく。その姿が、陽炎の中に揺らいでいる。やがて咳込むようなディーゼルの音も線路の軋みも遠ざかり、すべてが暑い夏風の中に消えた。

だが、これでいい。定年まで、あまり時間は残っていない。悔恨の念はひとつでも、この先に引きずっていきたくはない。

片倉は、踵《きびす》を返した。バラックのような無人の駅舎に入り、時刻表を見た。

腕の時計の針は、まだ八時二〇分になったばかりだった。次の上り会津若松行きは、一三時二七分。下りの小出行きは、一〇時二八分。進むにしても戻るにしても、二時間は足止めを食うことになる。

もう、列車を降りてしまったのだから仕方ない。片倉は会津若松まで買ってあった切符を改札の箱に入れ、駅舎を出て歩きだした。

あたりは、静かだった。駅といっても周囲に町があるわけではなく、田圃の中に何軒か家が寄り添う集落が見えるだけだ。耳を澄ましてみても、田圃の中で鳴く蛙の声しか聞こえない。

この駅で降りるのは、初めてだ。土地勘があるわけではないし、特別なあてもない。いや、たったひとつだけ〝見てみたい場所〟はあった。

片倉は額の汗を拭い、夏の暑い日射しの中を歩き出した。

線路を離れ、只見線と並走するように走る国道二五二号線に出た。地図を見ながら、西へ向かう。時折、土砂を積んだ大型トラックや農器具を載せた軽トラックが、片倉の横を通り過ぎていく。

沿道にはぽつぽつと人家や廃屋が続く。途中で、夏休み中の中学生らしき数人の少女とすれ違った。呼び止めて、〝須門神社〟の場所を訊ねる。少女たちは訛《なまり》まじりの言葉で、この先の大きな杉の木があるところだと教えてくれた。

〝須門神社〟の場所は、すぐにわかった。少女たちがいったとおり、樹齢数百年の杉の森の中に、小さな鳥居と社殿がひっそりと鎮座していた。

片倉は国道を渡り、森の中に入っていった。低い石垣が積まれた参道を進み、石の鳥居を潜る。立ち止まり、天をつくほどの杉の梢を見上げた。

どこか、似ている……。

片倉は、東京の関町にある〝天祖若宮八幡宮〟の風景を思い出していた。境内の広さと配置も、石の鳥居と巨木も、そしてその先に見える小ぢんまりとした社殿の佇まいも、すべてが似ているような気がした。

いや、それとも神社というものは、どれも似ているものなのか。

片倉は水屋で手と口を清め、社殿の前に立った。賽銭を入れて、二礼、二拍手を打つ。最後に深く一礼しながら、胸に秘めた様々な思いを祈った。

樹齢数百年の杉の古木の幹で、無数の蟬がけたたましく鳴いていた。

2

東京都練馬区の石神井警察署に最初の通報があったのは、一九九六年（平成八年）一二月二日の夜八時ごろだった。

管轄の関町南二丁目で、火災が発生。さらに日付が変わり、火災が鎮火した三日午前〇時三〇分ごろ、現場で男性と思われる焼死体が発見された。また不審火の痕跡があったことなどから、石神井消防署長より正式に強制捜査の要請を受けた。

当日、当直で刑事課に控えていた片倉は上司の落合正男《おちあいまさお》警部補、若手の西村貴司《にしむらたかし》巡査と共に現場に向かった。片倉は当時、巡査部長だった。〝現場《ゲンジョウ》〟ではすでに、所轄の巡査二人が消防の火災調査に立ち会っていた。

煌々《こうこう》と照らすライトの中に、まだ火が燻《くすぶ》っているのか、煙とも湯気ともつかないものが漂っていた。その中に炭化した柱や壁の影が、亡霊のように浮かび上がる。北風が吹いているのに妙に熱が籠もり、体が汗ばんだ。動物の蛋白質が焼け焦げた嫌な臭いが、二〇年を過ぎたいまも脳裏の片隅にこびり付いている。

焼死体は火元となった五一平米ほどの平屋の借家の、一番奥の部屋で発見された。布団の中に横になり、顔や手の一部は完全に炭化していた。その周辺の焼け方が特にひどく、部屋には火の気や漏電の痕がなかったことから放火が疑われた。

後に遺体は司法解剖に付され、上気道に火傷、胃や肺の内部に煤《すす》などの生活反応、また血中にCOヘモグロビンが存在したことから正式に〝焼死〟と鑑定された。また焼死体に掛けられていた布団に、大量の灯油が染み込んでいたこともわかった。つまり、何者かが寝ている男に灯油を掛けて火をつけた、放火殺人だった。

被害者は井苅忠次《いかりただつぐ》、一九二五年（大正一四年）五月二一日、山形県東田川郡十六合《いざあい》村（現・庄内町《しょうないまち》）生まれの当時七一歳。火事が起きる七年前から、この借家に住んでいた。借家に入る時の契約書と火災現場に残っていた免許証などから、身元が判明した。

井苅は青梅街道沿いに古い居抜きの店舗を借り、焼鳥屋のような商売をやっていた。カウンターに五〜六人が座ればいっぱいになる小さな店だったので、本当にそれだけで食っていたのかどうかはわからない。だが、後日、何人か見つかった証人の証言によると、店の評判は上々ではあったようだ。

住民票の本籍地から出生地を割り出して連絡を取ると、庄内町の生家にはまだ井苅の兄が住んでいた。だが、井苅はもう五〇年以上も生家には戻らず、音信不通になっていたという。

井苅には、女の影があった。焼鳥屋の客や、火事になった借家の近所の者が何人か女のことを覚えていた。時々、井苅の店を手伝って客の酌をしていたし、借家に同居していたことも何人かが証言している。

本名かどうかはわからないが、女は〃アユコ〃と呼ばれていた。魚の〃鮎〃に、〃子〃と書く。歳は井苅よりもだいぶ若く、当時は四十代の半ばほどで、五〇にはなっていなかったろうという。

井苅は、火事が起きる二週間ほど前に一度、卒中で倒れていた。近くの〃山中《やまなか》脳神経外科〃という専門医に担ぎ込まれたが、以来、口と体が不自由になっていたようだ。

だが、「入院費が払えない……」という理由で自宅療養に切り換えた。この時〃妻〃として名乗り出て、井苅を引き取った女がいた。その入退院の書類の保証人の欄に書かれていた名前が、〃井苅鮎子《あゆこ》〃になっていた。

だが、井苅の戸籍には、妻は存在していなかった。そして井苅の退院の二日後に、あの関町南二丁目の火事が起きた。

石神井警察は当時の高村《たかむら》美智夫《みちお》副署長の元に「関町南放火殺人事件捜査本部」を立ち上げ、女の行方を追った。この時の捜査主任は、事件当日に現場に駆けつけて指揮を執った落合正男警部補。片倉もしばらくは、この〃事件〃の専任となった。

当初はそれほど長期化することもなく、〝事件〟は解決すると思われていた。女に関しては当日の目撃例も多く、井苅の過去と周辺を洗えば必ず該当する人物に行き当たると予想していたからだ。だが、捜査は予想以上に難航した。

当日の女の足取りは、まず夕方の五時一〇分ごろに最寄りの西武新宿線『武蔵関駅』に降りたところからわかっている。一九九六年当時はすでに防犯カメラが普及しはじめていた時代で、バスやタクシー乗り場のある南口出口のカメラにその女らしき姿が映っていた。この映像は、井苅の店に来ていた客などによって確認されている。

女の次の足取りは、駅から西に二〇〇メートルほど行った天祖若宮八幡宮という神社の近くの路上で確認されていた。学校帰りの女子中学生三人が女の不審者を見掛け、後に石神井警察署に届け出た。

あたりはすでに暗く、女の人相ははっきりしていない。だが、着衣の特徴などから、駅の防犯カメラに映っていた女と同一人物である可能性が高いことがわかった。時間は午後五時半から六時ごろで、女はぶつぶつと奇妙なことを呟きながら、青梅街道の方に向かっていた。

そこからしばらく、女の足取りは跡絶《とだ》える。次の目撃情報は、青梅街道を渡って東に少し戻った所にある大手スーパーの店内で確認された。時間は、六時二四分。レジの防犯カメラに、オーバーコートを着て買物籠を提げた同一人物らしき女の姿が映っていた。

同時刻にレジを担当していたパートの宮田衣里子《みやたえりこ》という主婦は、女のことをはっきりと記憶していた。この日だけでなく、週に何回かは見掛ける客であったことを証言している。このパートの主婦はこの女を以前から〝変わった人〟と認識していたこともあり、〝地取《じど》り〟の網に掛かってきた。

レジの記録から、女が当日に買った品物も明らかになった。カップ酒が二つに鮪の刺身、惣菜の肉ジャガとホウレンソウの胡麻和え、エビの天ぷらが一本、それだけだ。

どう考えても、一人分である。病床の老人に食べられるようなものは、何も買っていない。冷蔵庫の中にも、食料はほとんど残っていなかった。つまり、女は、最初から井苅には何も食べさせる気はなかった、ということになる。

火事が起きる以前の女の足取りは、ここで終わっている。現場の関町南二丁目の借家はこのスーパーの裏手で、徒歩数分のところにあるが、女が何時に帰宅したのかはいまもわかっていない。

次に女が目撃されたのは、午後八時前後だった。すでに出火の後で、周囲が騒ぎになりはじめていたころだ。

近くに住む相澤《あいざわ》宗《そう》太郎《たろう》という六九歳の男を含め、火事を見物に行った何人かが女のことを記憶していた。女は火事を見て笑い、飛び跳ねて喜び、気が付くとその場にいなくなっていた。

最後の目撃証言は、八時二〇分ごろだった。青梅街道の北裏《きたうら》の信号の先にある宅配ピザのアルバイト店員、佐藤肇《さとうはじめ》という二十歳《はたち》の若者が当該の女を目撃していた。女はオーバーコートを着て買物籠を手に提げ、なぜか笑いながら青梅街道を東伏見《ひがしふしみ》の方角に向かって急ぎ足で歩いていったという。

この目撃証言を最後に、女の姿は確認されていない。その後の足取りも、まったくわかっていない――。

これらの目撃証言などを総合すると、女の特徴は大旨《おおむね》以下のようになった。

身長一五〇センチから一五五センチくらい。年齢は四十代の半ばくらいで、髪に白髪がまじっているという証言もある。髪形はショート、もしくは長い髪を後ろで束ねていて、顔は化粧っ気がなく地味だが、色白で美形だという証言もあった。

当日の着衣はグレー、もしくは黒っぽい膝より上の丈のオーバーコートに、やはり黒っぽいズボン。マフラーを首に巻き、買物籠を提げていた。火事現場には何着か女のものらしき服が残っていたが、やはり地味なものが多かった。

目撃証言と共に手掛りになったのが、現場の遺留品だった。服や靴だけでなく、それほど多くはないが、〝女の物〟と思われる品が焼け跡から何点か発見されている。

例えば、安普請の借家には似付かわしくない上等の桐箪笥と、同じ桐の米櫃《こめびつ》が残っていた。調べてみるといずれも古い物で、戦後間もなく福島県の奥会津で作られたものであることがわかった。米櫃の中には、新潟産のコシヒカリと思われる米も焼け残っていた。

もうひとつ、決定的なものがあった。

平屋建ての借家の玄関を入ってすぐの八畳間に、聞き慣れない神社の名が書かれた守札が貼られていた。守札は出火場所から離れた漆喰の壁に糊でしっかり貼られていたために、ほぼ完全に焼け残っていた。

守札には、こう書かれていた。

〈――須門神社　御守護――〉

調べてみると、〝須門神社〟は新潟県北魚沼郡広神村《ひろかみむら》（当時）にある村の鎮守であることがわかった。しかも守札はそれほど古いものではない。社務所に照会すると、およそ三年前の平成五年の年末から翌平成六年に掛けて、地域住民を中心に配布したものであることも判明した。

近くの新潟県栃尾《とちお》市（当時）、守門岳《すもんだけ》の麓にも、〝守門神社〟という由緒ある神社がある。〝須門神社〟は読みが同じことから、同じ守門岳の山岳信仰の分霊であるとされている。

だが、なぜ全国的にそれほど有名でもない須門神社の守札が火事の現場に残されていたのか――。

捜査本部の中でも、当初は様々な臆測を呼んだ。死んだ井苅忠次が、過去に北魚沼郡広神村に住んでいたことがあるのではないか。もしくは現場から姿を消した女が、北魚沼郡広神村の出身者ではないのか——。

いずれにしても須門神社の守札は、時系列でいえば井苅が借家に入居した後に壁に貼られたことは事実だった。そして火事が起きる三年前のどこかの時点で、少なくとも死んだ井苅か同居していた女のいずれかが、この北魚沼郡広神村に行ったことになる。

事件当時、石神井警察署は、この須門神社の守札についてかなり深く調べている。捜査主任の落合と若手の西村が現地に出張し、所轄の小出警察署に協力を求めて四日間にわたって〝地取り〟を行なった。結果は手掛りを何も得られず、空振りに終わった。

だが、片倉は思う。この只見線の沿線には、何かがあるのだ。

〝現場〟に残っていた桐箪笥や桐の米櫃も、只見線の福島県側にある会津西方《にしかた》駅に近い三島町《みしままち》で作られたものだった。また井苅忠次の兄の総一《そういち》は、「弟は奥只見ダムや田子倉《たごくら》ダムの現場で、土工として働いていたことがある……」とも証言していた。調べてみると、一九五三年から六〇年にかけて、〝井苅忠次〟の名前は『日本電源開発』の下請各社の名簿や労災保険の記録の中に確かに残っていた。

偶然では有り得ない。何もかもが、この只見線沿線に点々と痕跡を残しているのだ。だが、片倉は二〇年前の事件当時、署の方針で只見線沿線の捜査に加わることができなかった。

以来、現在に至るまで、女の行方はわかっていない。女の本名も、生きているのか死んでしまったのかもわからない。

だが、まったく希望がないわけではなかった。

二〇一〇年（平成二二年）四月に公布された改正刑事訴訟法により、殺人罪の公訴時効は廃止された。この改正刑事訴訟法は過去の犯罪についても施行時点でまだ時効になっていないものには遡及適用される。つまり、一九九六年一二月に起きた放火殺人に関しては、永久に公訴時効が成立しないのだ――。

片倉は暑い夏空に聳《そび》える杉の巨木を見上げ、額の汗を拭った。

太い幹や梢の中で、蟬の群が狂ったように鳴き叫んでいた。

3

片倉は、須門神社の参道を歩いた。

これからどうするのか、特にあてはなかった。

時間は、午前九時になっていない。駅に戻ったとしても次の上り電車まで、まだ四時間半もある。

神社を出た所に、古い旅館があった。看板は出ているが、やっているのかどうかはわからない。訪ねてみようかと迷っているうちに、背後から声を掛けられた。

「何かうちに用かぇ」

振り返ると、小柄な老人が立っていた。

「いや、用というほどでは……」

片倉は一瞬、戸惑った。

今回は、個人的な旅行だ。正式な捜査ではない。何かを訊かなければと思っても、咄嗟《とっさ》に言葉が出てこなかった。

「うちに、泊まりなさるかいや。てっていうても、うちはもう旅館はやってねぇすけ、泊められんねぇ……」

素朴で、優しい笑顔だった。

「いや、宿を探しているわけではないんです……」老人の笑顔に心が和んだのか、やっと言葉が素直に出てきた。「実は、お訊きしたいことがあります。以前、この宿に、井苅忠次という人が泊まったことはないでしょうか……」

老人は、怪訝《けげん》そうに片倉を見つめた。

「イカリ……。人捜しかぇ……」

「いや、人捜しというほどのものではないんですが……」片倉はそういって、ショルダーバッグの中から旅の時にはいつも持ち歩くノートと、ボールペンを取り出した。「〝イカリ〟というのは、こう書きます……」

ノートのページを開き、〝井苅忠次〟と書いた。

「知らん名前だがぇ……。いつごろの話だか……」

老人がノートを覗き込み、首を傾げる。

「いまから二三年ほど前、おそらく平成五年の年末から翌六年にかけてのころだと思いますが……」

もし井苅が自分の手であの須門神社の守札を家の壁に貼ったとしたら……。

そのころに、この旅館に宿泊したのかもしれないと考えた。

「いや、知らんがぇ……。そのころはうちも旅館をやっていたが、もう当時の宿帳も捨てちまっただか……」

老人はふと、そこで言葉を止めた。

「何か、思い出しましたか」

片倉が訊いた。

「いや、思い出したっていうこともねえがのぅ……。そういや昔、同じようなことさ訊かれたことがあったが……。東京から、刑事さんがいらしてのぅ……」

二〇年前、落合と西村も〝地取り〟でこの旅館を回っていたのだ。

だが、結局老人は、井苅忠次のことも鮎子という女のことも、何も知らなかった。片倉は老人に礼をいい、暑い日射しの中をまた歩きだした。

国道に戻る手前に、米や酒を売る商店があった。来る時には気が付かなかったのだが、いまはガラス戸の中のカーテンが開いていた。中に、人がいた。

土産物でも見るつもりで、気軽に店を覗いた。観光客相手ではなく、地元の生活に根付いた商店のようだった。酒の棚を眺めていると、若い店主らしき男が話し掛けてきた。

「何か、お探しですか」

それほど訛を感じない話し方だった。

「ええ、何か土産にでもなるものがないかと思いましてね」

片倉が応じる。

「東京からですか」

「そうです」

「いまこのあたりは、土産になるようなものは少ないんですよね。新米が出るのはまだ一カ月以上は先だし。〝しぼりたて〟の原酒は一年に一度、冬場にしか出ませんから。いまなら、これか、これかなあ……」

店主に薦められて辛口の〝たかの井〟と、地元〝八海山《はっかいさん》〟の〝魚沼で候〟という酒を買い、東京の自宅宛に宅配便で送ってもらうことにした。

送り状に住所を書きながら、何げなく話し掛ける。

「そこの須門神社というのは、静かでいい神社ですね。有名な神社なんですか」

「特に有名ではないと思います。私ら地元の者は新年に初詣でに行ったり、秋には小さな祭くらいのことはやりますが、その程度ですね。どうしてですか」

「いや、東京のある家に、そこの神社の守札が貼られているのを見たことがありましてね」

「東京に、ですか。この地元の人なんですかね……」

「さあ、どうでしょうか。名字は井戸の〝井〟に稲刈りの〝刈〟に草かんむりで、〝いかり〟と読むんですが、このあたりに住んでいたことがあるのかな。もう、亡くなりましたけれどね……」

片倉が、書き終えた送り状を渡した。

「あ、はい。ではこれで送っておきますね。それで、〝井苅〟さんですか……。このあたりでは聞かない名前ですね……」

元々、井苅忠次は、山形県の十六合村の出身だった。魚沼のこのあたりで聞かない名前なのも、無理はない。

「このあたりの町の中心は、どちらになるんですか」

代金を払いながら、訊いた。

「だいたい、ここから魚沼田中の駅のあたりにかけてですか。あとはここから越後広瀬に戻っていくと、昔〝守門〟という集落がありましてね。〝守る〟に〝門〟と書いて、〝守門〟です。須門神社は、だいたい〝田中〟と〝守門〟の境界線に建ってるんですよ。元来、このあたりは旧行政地区で〝北魚沼郡広神村〟といいましてね……」

店の主人は、地元の者しか知らないことをいろいろと教えてくれた。

釣りと領収書を受け取り、最後にひとつ訊いた。

「このあたりで〝鮎子〟という名前の人を知りませんか。おそらく、もう六十代から七〇歳くらいにはなると思うんですが……」

主人は、首を傾げ、

「どうかなあ……。このあたりはよく配達に回りますが、聞いたことはないですね……」

一応、片倉の個人の名刺を置いて店を出た。生活に密着した商店は、地域で顔が広い。何か引っ掛かってこないとも限らない。

片倉はまた、あてもなく歩きはじめた。国道に出て、魚沼田中駅の方向に戻る。

右手に、只見線の単線の線路が並走している。国道の両側には、青々と実る豊かな田園がどこまでも広がっていた。その向こうには里山のなだらかな山並みが、遠くまで続いている。

唐突に、郷愁に駆られた。訳もなく、あの青々とした田の中を歩いてみようと思った。

その向こうに見える遠い山まで、行ってみたくなった。

魚沼田中の駅を過ぎると、右に折れる道があった。道は踏切で線路を越える。気が付くといつの間にか、視界のすべてを青々とした田園の風景に囲まれていた。

道路を外れ、畦道《あぜみち》を歩いた。あたりには、誰もいない。熱い夏の風が吹き、実りはじめた稲が爽々《さわさわ》と揺れた。

しばらく行くと、畦道は破間川《あぶるまがわ》の土手に行き当った。土手に沿って歩き、橋を渡る。その先にもさらに、豊かな棚田の風景が広がっていた。

片倉は汗を拭い、夏の風の中を歩く。遠く、山並みの麓に家々が肩を寄せるように、集落があった。まるで緑の絨毯のような田圃の中に軽トラックが停まり、農作業をしている老夫婦らしき人の姿が見えた。

足は自然に、集落の方に向いた。古い入母屋造の民家が数軒と、まだ真新しい家が混在する小さな集落だった。

途中の畦道に立ち止まり、農作業を眺めた。目映《まばゆ》く、どこか懐かしい光景だった。

新潟県中越地方の魚沼は、日本有数の穀倉地帯である。中でも〝魚沼産コシヒカリ〟は有名で、味の良いことから全国的に高値で取引されている。

〝魚沼産コシヒカリ〟の収穫量は毎年およそ六万八〇〇〇トン。これは全国の米生産量の、〇・七六パーセントに及ぶ。そしてその収穫量のほとんどすべてが大規模農業ではなく、こうした高齢者による個人農家によって支えられている。

しばらくすると老夫婦が片倉に気付き、農作業の手を休めてこちらを見ていた。片倉は頭を下げ、大きな声で呼び掛けた。

「すみません……少し、お訊きしたいことがあるんですが……」

麦藁帽子のひさしの陰で、老人の日に焼けた顔が白い歯を見せて笑った。

老夫婦に、同じようなことを訊いた。だが井苅忠次に関しても、〝鮎子〟という名前についてもやはり何も知らなかった。

「何を調べなさるがの」

老人が訊いた。

すでに八〇歳は超えているだろう。小柄だが、かくしゃくとしていた。

「はい、昔のことを少し……」

片倉は、少し言葉を濁した。

「昔のことかえの。そしたら、住安《すみやす》さんに会ってみたらええ」

「スミヤスさん……ですか……」

「そうですけぇ。守門中学校の校長さんをしとった方で、住安武治《たけはる》さんといいますで。守門の役所に行けば、わかりますがね」

老夫婦に礼をいって、また畦道を歩いた。

地方には、どこにでも郷土史家のような人物が一人や二人はいるものだ。その住安という人が、そうなのだろう。特にこの地方の歴史を知りたいわけではないが、郷土史家に話を訊いてみるのも悪くないかもしれない。

地図を調べてみると、守門中学と守門庁舎は只見線のひとつ先の越後須原《えちごすはら》の駅の近くに見つかった。ここから歩くには少し遠いが、時間はまだ十分にあった。

片倉はショルダーバッグから水筒を出し、朝ホテルを出る時に詰めてきた氷の入った日本茶を飲んだ。飲んだ水分が、すぐにその場で汗になり、揮発していく。

越後須原までは、徒歩で小一時間ほど掛かった。

守門中学は、緑の山々と田園風景に囲まれた、このあたりでは比較的大きな集落の中にあった。周囲には人家も多く、田園の中には古い団地のような建物も建っていた。夏休みのために、授業はやっていない。

越後須原駅は、ここまでの只見線のいくつかの駅よりも幾分か大きかった。平屋建の建物に入り、時刻表を見る。次の会津若松方面の上りは、一三時三四分。まだ、二時間半もある。

駅には駅員室はあったが、誰もいなかった。表口から外に出ると、駅前広場の右手に『JA北魚沼』の平屋の建物が建っていた。その向こうの国道二五二号線に面した信号の両側に、小さなスーパーマーケットとガソリンスタンドがあった。

駅前には何台か軽自動車が駐《と》まっていたが、人はほとんどいない。老人が一人、ベンチに座ってタバコを吸っているだけだった。

老人に、守門庁舎の場所を訊いた。

「ああ……公民館がぇな。国道に出て、左へ行げばあるすけ。西村《にしむら》という信号があるがぇ、その先の右側ですけ……」

また少し、戻らなければならない。刑事という職業柄、歩くことには慣れてはいたが、朝着替えてきたポロシャツはすでに汗で体に貼り付いていた。水筒からお茶を飲み、息をつく。

老人のいったとおり、守門庁舎はすぐに見つかった。

正式には『魚沼市守門庁舎守門市民センター』という。このあたりでは比較的大きな建物だった。市役所の分室であると同時に、老人がいっていたように公民館や図書館も備えているようだ。

受付には若い女性が座っていた。

片倉は名刺を出し、このあたりに〝スミヤスタケハル〟という人が住んでいないかを訊いた。以前、守門中学の校長をしていた人だというと、すぐにわかったようだった。理由は、昔のことを調べているとだけ説明したが、それ以上は深く訊かれることもなく連絡を取ってくれた。

住安武治は、在宅していた。現在は市の教育関連の名誉職に就いているが、時間はあるので会えるという。受付の女性に家の場所を訊き、訪ねてみることにした。

どうせ、急ぐ旅でもない。すでに只見線を降りてしまったのだから、魚沼の郷土史について学ぶのも一興かもしれない。

住安の家は、里山と田畑に囲まれた一軒家だった。旧家の佇まいのある古い家で、広い庭には農機具が置かれていた。

縁側に座り、冷たい麦茶を出された。水筒に入れていたお茶がもうなくなっていたので、ありがたかった。山からの心地好い風が吹き、しばらくすると汗が引きはじめた。

「東京の練馬区からですか……」片倉が差し出した名刺を見ながら、住安がいった。「私も学生のころは、あのあたりに行ったことがあります。学友が住んでいましたのでね。それで、どのようなことをお知りになりたいのですか」

住安の年齢は、七十代の半ばくらいだろうか。穏やかだが、かつての片鱗なのか表情に勤勉さが滲《にじ》み出ていた。

「実は、昔このあたりに、何か変わった出来事がなかったかどうかを調べています……」

片倉がいうと、住安が怪訝そうな顔をした。

「変わった出来事というと、例えばどんなことでしょうか……」

住安も、訛があまりないので話しやすい。

「そうですね。例えば事件とか、大きな火事……放火とか……」

〝放火〟といったのは、たまたま口をついて出たわけではなかった。

警察用語で放火のことを〝赤猫〟という。〝赤猫〟は窃盗や万引き、掏摸《すり》と同じように常習化しやすい犯罪として知られている。大人になってから〝赤猫〟をやる者は、子供時代や若いころにも同じような犯歴がある者が多い。

「事件、ですか……。このあたりは昔から、平和な土地柄ですからなあ……。だいたい、いつごろの時代の話ですか……」

〝時代〟といわれても、特に片倉に確固とした狙いがあったわけではなかった。

「さあ……。だいたい戦後の、昭和のころでしょうか……」

曖昧に、いった。それでも住安は片倉の言葉に真剣に耳を傾け、過去のいろいろな資料を持ち出してきては〝事件〟にあたるような事例を見つけて説明してくれた。

一九四〇年一月、湯之谷村葎沢《ゆのたにむらむぐらさわ》で雪崩《なだれ》が発生。死者六名――。

一九四八年九月、アイオン台風による豪雨により魚野川が大洪水――。

一九四九年、広神村と山古志《やまこし》村を繋ぐ中山隧道《なかやまずいどう》が完成――。

一九六〇年七月、集中豪雨により魚野川流域が冠水し、小出町の柳生《やぎゅう》橋が流失。同年、奥只見ダムが竣工――。

一九六四年七月、集中豪雨により破間川流域が氾濫。堤防が決壊し家屋一九一戸が浸水

——。

一九六九年四月、広神村水沢新田《みずさわしんでん》で大規模な地滑りが発生。死者七名——。

一九八一年一月、豪雪により雪崩が各地で発生。守門村大倉《おおくら》にて死者八名、負傷者三名、倒壊家屋四戸。湯之谷村下折立《しもおりたて》にて死者六名、負傷者七名、倒壊家屋一戸——。

一九八八年三月、入広瀬《いりひろせ》村で融雪期の出水による被害が激甚災害の指定を受ける——。

片倉は蟬の声に耳を傾けながら、住安の説明を聞いていた。だが、昭和のころの魚沼は本当に平和だったようだ。事件と呼べるような事例は、ほとんどが自然災害ばかりだった。二〇年前に東京で起きた〝赤猫〟に関連しそうな事例は、何も見つからなかった。

最後に片倉は、〝井苅忠次〟と〝鮎子〟という名前を出してみた。だが、住安もまた、思い当たることは何もないようだった。

名刺を渡し、何か思い出すようなことがあれば携帯の方に連絡をしてくれるように頼み、礼をいって家を出た。時間はやっと、一二時半になったところだった。これから昼飯でも食って上り電車に乗れば、ちょうどいいだろう。

国道沿いに手頃な蕎麦屋を見つけ、暖簾《のれん》を潜った。朝から歩きどおしだったので、腹が減っていた。少し多いと思ったが、鴨南蛮せいろと、名物のざるうどんを注文した。

二人前を、一気に食った。これでやっと、腹が落ち着いた。

店を出て、重要文化財の目黒邸などを観ながら時間をつぶす。一応、自分なりに心残りだったことを確認して、やっと旅行者気分に戻れたような気がした。

少し早めに駅に戻り、切符を買った。誰もいないホームに立ち、目の前の守門中学の校庭から聞こえてくる運動部の生徒たちの声に耳を傾けながら、上り列車を待った。

踏切の警報が鳴り、遠くに列車が見えてきた。その時、片倉のジーンズのポケットの中で携帯が振動した。

知らない番号からだった。電話に出ると、嗄《しやが》れた男の声が聞こえてきた。

――ああ、片倉さんですか。先程の、住安ですがね。実はあれから〝鮎子〟という名前のことを思い出しましてね――。

電話の声が、ディーゼルのエンジン音で掻き消された。

片倉の前に上り列車が止まり、ドアが開いた。

4

古い鉄道模型のような〝キハ40系気動車〟二輌編成の列車は、線路を鳴らしながら走り続ける。

夏の陽光が、目映い。遥かな山々との間に広がる水田には、重い穂をつけた稲が青く光っていた。

片倉は窓の外を流れる風景を眺めながら、ぼんやりと思う。越後須原の駅で、発車直前に聞いた住安の言葉が、幾度も幾度も脳裏に浮かぶ。

——実はあれから〝鮎子〟という名前の女性を思い出しましてね。その人は、死んでますよ。昭和三二年の秋に広神村で民家が一軒焼ける火事がありましてね。その時に住人三人が亡くなったんですが、犠牲者の一人が羽賀《はが》鮎子という方なんです。いま当時の新聞で確認したんで間違いないんですが——。

昭和三二年（一九五七年）の秋……。

一九九六年一二月、東京の関町南二丁目で起きた放火事件より四〇年近くも前の話だ。放火の〝現場〟から姿を消した〝鮎子〟という女と、広神村の火事で亡くなった〝羽賀鮎子〟はまったくの別人だ。片倉は「折り返し電話を掛けます……」と断り、住安からの電話を切ってこの電車に飛び乗った。

だが……。

どうも、すっきりしない。何かが心に引っ掛かる。長年の〝刑事《デカ》〟としての勘が、頭の芯で燻り続けている。

まずひとつは〝鮎子〟という名前だ。たとえ時代が昭和であったとしても、そう多い名前ではない。むしろ、珍しい名前だ。

もうひとつは昭和三二年の火事が、当時の北魚沼郡の広神村で起きていることだ。広神村には、あの須門神社があった。

そしてどちらの〝鮎子〟も、火事に関連している。一人の〝鮎子〟は昭和三二年の火事で亡くなり、もう一人の〝鮎子〟は平成八年の放火の現場から姿を消した。

偶然なのか。ひとつひとつの要素を別々に考えるならば、〝偶然〟のひと言ですますこともできるだろう。だが〝偶然〟も三つ重なれば、〝必然〟となる。

頭の中で、長年の〝刑事〟の勘が囁く。

これは偶然ではない。何かがある――。

だが頭の中に、もう一人の冷静な自分がいた。昭和三二年の火事で亡くなった羽賀鮎子と二〇年前の放火の〝現場〟から姿を消した鮎子は、別人であることは確かなのだ。それならば〝事件〟のことなどは忘れ、いまはせっかくの休暇を楽しむべきだ。

列車はディーゼルエンジンが息をつくように速度を落とし、次の上条《かみじょう》駅に着いた。ここも豊かな田園風景の中に、バラックの小屋が一棟あるだけの無人駅だった。ここでは一人、老人の乗客が降りた。そしてまた列車は磨り減ったギアを軋ませ、大太郎法師《ダイダラボッチ》が重い腰を上げるように次の駅に向かって走りはじめる。

このあたりまでくると、風景が少しずつ変わりはじめた。緑の水田は狭まり、彼方にあった山々も近くなってきた。左手には、破間川の流れが沿っている。

間もなく列車は、入広瀬駅に停まった。ここには安普請だが少しは大きな駅舎があり、そこに〝雪国観光会館〟と書かれていた。だがここでも乗客は一人降りて、一人乗ってきただけだった。

遠くに、民家が見えた。夏の日差しに輝く、静かで平穏な風景だった。だが、ぼんやりと風景を眺める片倉の意識の中で風景は急速に色彩を失い、光と影が反転したように暗く沈んでいく。

昭和三二年に広神村で起きた火事――。

その火事で、羽賀鮎子という女性を含む三人が死んだ。

その三人は、家族だったのだろうか。家族だとしたら、誰か生き残ったのだろうか。羽賀鮎子はその時、何歳だったのか……。

いや、もっと重大な疑問がある。そもそもその火事は、なぜ起きたのか。何らかの原因による自然火災だったのか。もしくは〝赤猫〟だったのか……。

発車のホイッスルで、我に返った。列車のドアが閉まり、車体を揺らしながら動きはじめる。

只見線は、入広瀬を過ぎるとゆるやかに山を登りはじめる。長らく続いた豊かな田園風景も終わり、周囲は鬱葱《うっそう》とした森の山肌が迫る渓谷へと移り変わる。

高い鉄橋を鳴らしながらいくつかの流れを越え、列車はさらに山の奥へと分け入っていく。眼下に流れる清らかな水の中に、大きな岩魚《いわな》が何匹も群れるのが見えた。

片倉は、思う。

かつて〝鮎子〟と名告《なの》ったあの女も、この風景を見たことがあるのだろうか。それは心の片隅にふと浮かんだ小さな疑問であると同時に、いうならば直感的な確信でもあった。〝鮎子〟は遠い昔のいつの日かに、この連なる鉄橋の上から、片倉と同じ風景を眺めていたに違いなかった。

列車はギアを軋ませ、新潟県側の最後の駅大白川《おおしらかわ》に停まった。川沿いにある駅で、周囲にはほとんど人家はなく、たった一軒だけ老舗の蕎麦屋があった。この駅では誰も降りず、誰も乗らなかった。

ホイッスルが鳴り、列車は力を込めるように動き出す。ここから先はいよいよ、六十里越の険しい山登りが始まる。古いディーゼルが唸り、喘ぎながら、列車は急な坂に向かっていく。

線路は末沢川《すいざわがわ》の清流を鉄橋で越え、国道二五二号線のスノーシェッドの下を潜り、幾度となく交差を繰り返しながら深山に分け入る。ここからがいよいよ、秘境のローカル線として知られる只見線の、文字どおりの山場である。間もなく列車は左手の山肌に末沢発電所を仰ぎ見て、全長六三五九メートルの六十里越トンネルに入っていく。

車内に蛍光灯の照明が灯り、風景は闇に包まれた。片倉は暗い窓に映る自分の顔を見つめた。その向こうに、炎の中に民家が崩れ落ちる光景がフラッシュバックのように過《よ》ぎる。

偶然ではない。やはり、何かがある……。

年老いた列車はゆっくりと、息を切らしながら、闇の中を登っていく。すでに新潟と福島の県境を過ぎた。やがて列車は長いトンネルを抜け、再び地上に出た。

ここは標高五一五メートルの地点、神々の宿る天上の地だ。眼下には田子倉湖の広大な水面が、夏の陽光に煌めいていた。

田子倉湖は、奥只見ダムと同じ日本電源開発が只見川に建設し、管理する水力発電用の人造湖だ。建設期間は昭和二八年から昭和三五年。関町南二丁目の放火で殺害された井苅忠次も、ちょうどそのころに日本電源開発の下請会社の作業員として、このダムの現場で働いていたことがあった。

湖面が見えて間もなく、左手にスノーシェッドに被われた田子倉駅が見えた。だがこの駅は二〇一一年七月の新潟・福島豪雨により営業を休止し、その後は一度も復旧することなく、二〇一三年三月のダイヤ改正で廃止された。列車は旧駅のホームを通過し、束の間の地上を走り、また全長三七一二メートルの長い田子倉トンネルへと入っていく。

考えてみれば井苅が作業員として働いていた田子倉ダムの現場は、あの須門神社からはそう遠くはなかった。当時はまだ只見線は全線開通していなかった。六十里越の工事用道路——後の二五二号線——も、まだ開通していなかった。そして広神村で火事があった昭和三二年秋は、ちょうど田子倉ダムの工事期間に当たっている。

やがて長く暗いトンネルを抜けると、右手に只見湖、前方に只見町の町並が見えてきた。列車は息を抜くように速度を落とし、やがて山間の小さな駅のホームに身を寄せて停まった。ここがＪＲの路線の東北地方最西端、大白川から二〇・八キロメートルに位置する只見駅である。

乗客はここで、全員が降りる。片倉もドアが開くのを待ち、乗客の列に続いてホームを歩き、駅舎へと向かった。

只見は小出を出発してから初めての、有人駅である。改札を出ると駅の構内には土産物屋があり、駅員もいた。外のロータリーには、〈――ＪＲ代行バス　只見↔会津川口《かわぐち》――〉と書かれたマイクロバスが待っていた。

新潟・福島豪雨の被害により、只見線は小出――会津坂下《ばんげ》間一一三・六キロが一時不通となり、寸断された。その後は順次復旧したが、多くの川橋梁を流失した只見――会津川口間の二七・六キロは二〇一六年夏の現在も不通のまま、代行バスによる輸送に頼っている。

片倉は、駅の時刻表を確認した。次の上り会津川口駅行きのバスの出発時刻は、一四時三二分。下り小出駅行きの只見線の出発時刻は、一五時四二分。いずれにしても、時間には余裕があった。

携帯を出し、住安に電話を掛けた。呼び出し音が三回鳴り、電話が繋がった。

「先程は失礼しました。片倉ですが……」

――ああ、あなたか。それで、いまどこにいらっしゃるがぇ――。

「只見です。実はあれからまた考えて、もう一度〝鮎子〟の件についてお話を伺いたいのですが。次の下りまでまだ一時間以上はありまして……」

――それでしたら、夜に小出で待ち合わせましょうか。今日はこれから、町まで出る用がありましてね――。

住安のいう店の名前をメモし、電話を切った。

どうやら今夜、会津若松に予約してある宿はキャンセルしなくてはならないようだ。

片倉はもう一度、只見線の小出までの切符を買った。

5

前日と同じ小出駅前のビジネスホテルに部屋を取り、歩いて街に向かった。

夕刻の空は、まだ明るかった。県道四七号線の小出橋を渡る時に、ふと魚野川の上で足を止めた。川からの風が、シャワーで汗を流したばかりの肌に心地好かった。

夕日に染まりはじめた川面には、朝と同じように長い鮎竿を手にした釣り人がぽつりぽつりと立っていた。まるで、絵画のような風景だった。しばらく見ていると釣り人の一人が竿を立て、釣れた鮎をタモに受け、それを腰の魚籠《びく》に入れた。

片倉は、魚野川の夏の風物詩にしばし見とれた。そして、思う。この風景を見ながら生きてきた者なら、自分の娘に〝鮎子〟という名を付けたくなるものなのだろうか。

住安の指定した居酒屋は、すぐに見つかった。本町の交差点から寂れた商店街を二番町、三番町へと歩いていくと、四番町まで来た右手に看板の明りが灯っていた。

暖簾を潜り、店に入る。約束の七時までには、まだ時間があった。だが、店内を見渡すと、入ってすぐ左手の小ぢんまりとした席に住安が座っていた。

「お忙しいところを、申し訳ありません。二度までもお時間を取らせてしまって……」

片倉も、向かいの席に座った。

「いやいや、忙しくなんかありゃしませんがぇ。ちょうど、町に出なきゃならん用がありましたんでね」

住安の前にはすでに、半分ほど空いた生ビールのジョッキが置いてあった。

片倉も、同じものを注文した。日中は炎天下をかなり歩いたので、ビールが体の隅々まで染み渡るように旨い。

「只見線でいらしたんですか」

片倉が訊いた。だとしたら、上りの最終までもう一時間もないはずだが。

「いや、車ですよ」住安が、驚いたような顔をする片倉に続けた。「もちろん、帰りは

〝代行〟を使いますから。心配はいりませんがぇ」

そういって、笑った。

「ところでなぜ、私をこのお店に？」

ゆっくりと話をするには、良い店だった。だが今日、会ったばかりの片倉がなぜ酒席に誘われたのかが不思議だった。

「いや、別に意味はないですが。ただ、片倉さんには何か事情があるように見えましたがぇ……」

片倉は、この老練な郷土史家に、最初から手の内を見透かされているような気がした。

料理を何品か注文した後で、住安が切り出した。

「ところで、羽賀鮎子のことでしたな」

「はい、昭和三二年に、広神村の火事で亡くなっていたとか」

「ああ、その件ですね。実は片倉さんから〝鮎子〟という名前が出た時に、どこかで聞いたかなぁとは思ったんです。それで古い新聞記事のスクラップを探してみたら、やはりありましたがぇ」

「新聞、ですか」

「はい、昭和三二年の〝上越日報〟です。コピーを取ってきたんで、差し上げますけぇ。これですがぇ」

住安がそういってセカンドバッグの中から折り畳んだコピーを出した。

「拝見します」

片倉はビールを口に含み、コピーを広げた。

〈――『上越日報』昭和三二年一一月二四日・日曜版
広神村で民家全焼　三人死亡一人不明
昨日午前一時ごろ、北魚沼郡広神村金ケ沢《かねがさわ》の農業・羽賀寛治さん（62）宅から出火。火は折からの風に煽られて燃え広がり、母屋と納屋を含む約二〇〇平米をほぼ全焼した。焼け跡から三人の遺体が発見され、警察は連絡が取れなくなっている妻のマサエさん（60）、長男の嫁の鮎子さん（28）、孫の正子ちゃん（7）ではないかと身元を調べている。また寛治さんと長男の治信さん（32）は、当日の夜は留守をしていて無事だった――〉

片倉は、何度か記事を読み返した。三人が焼死した火事は昭和三二年当時、平穏な魚沼地方にとって重大事件だったのだろう。地方紙であることを差し引いても、大きく扱われている。

だが、要領を得ない部分も多い。まず、火災の原因が書かれていない。自然出火なのか、放火なのかもわからない。

さらに、見出しと本文の食い違いだ。見出しには〝一人不明〟となっているが、本文ではそれについてまったく触れられていない。

「記事は、これだけですか。続報などは……」

「市民センターの図書館で調べてみたんですが、上越日報のものはこれだけのようですがぇ。他の新聞や当時の広神村の広報紙の記事でも見つかれば、三人の葬儀の様子くらいはわかるかもしれませんがね……」

料理が運ばれてきた。小ナスの田楽や夏野菜のお浸し、厚揚げ、鯨料理など、どれも素朴で優しい味だった。日本海産の魚も新鮮で旨い。

片倉は生ビールをもう一杯注文し、住安は日本酒の冷やに替えた。

「ところで片倉さんは、なぜこんなことを調べていなさるのかぇ。ただこのあたりの昔のことに興味があるとは思えないのですが……」

住安が、酒を舐めながら訊いた。

「いや、それは……」

答を用意しておかなかったので、言葉が出なかった。

「まあ、いいでしょう。〝人捜し〟ということにでもしておきますかぇ。〝刑事さん〟というお仕事も、大変ですなぁ」

だしぬけに〝刑事さん〟といわれて、片倉はまた言葉を失った。どうやら、完全に見抜かれていたようだ。

最初に頼んであった鮎の塩焼きが、やっと焼き上がってきた。まだ小ぶりだが、目の前の魚野川で獲れた天然の鮎である。

身をほぐし、口に含むと、いつになくほろ苦い味がした。

6

東京に戻ると、日常が待っていた。

片倉はまたいつものように朝八時半の定刻に石神井警察署に出署し、退屈な職務で時間を潰している。

この春に刑事課に配属されてきた〝新人《アンコ》〟たちは教育係の片倉の手を離れ、〝現場〟へと巣立っていった。〝定年〟の足音が聞こえてきたロートルは、自分で仕事を探さないと署に居場所がなくなるような危機感がある。

だが、考え事をする時間が十分にあるのは、悪いことじゃない。

日中、人の出払った刑事課の自分のデスクに座りながら、片倉はよく魚沼の旅のことを思い浮かべた。結局、念願だった只見線は半分しか乗れなかったし、楽しみにしていた会津若松にも行けなかった。だが、こうして後から思い返してみると、それなりに印象深い旅であったような気がした。

あの時、只見線の車窓から眺めた魚沼の豊かな田園風景は、これからもずっと緑の記憶として心の中に残るだろう。

そして昭和三二年一一月に当時の北魚沼郡広神村の民家の火災で亡くなった、羽賀鮎子という当時二八歳の女性だ。もし当時の『上越日報』の記事が事実だとしたら、この三九年後の一二月に東京の関町南の放火現場から姿を消した〝鮎子〟とは、やはり別人だったということになる。

旅から帰った次の休みの日に、片倉は久し振りに元上司の落合正男に会ってみることにした。当時の〝赤猫〟の〝事件《ヤマ》〟の捜査主任を務め、魚沼の〝地取り〟に出向いた落合ならば、何かを覚えているかもしれないと思ったからだった。

落合はもう一〇年以上も前に定年で退職していたが、まだ現役時代と同じ下石神井の一軒家に住んでいた。魚沼の旅の土産を持って訪ねると、妻と一緒に温かく迎えてくれた。

最近、大病を患ったとかで、落合は以前の面影もないほどに痩せていた。だが、紅茶を飲みながら話す声は昔と同じように快活だった。

「康《やす》、お前はまだあの〝事件〟を追ってるのか。物好きだなぁ」

落合はそういって笑うが、妙に納得したように何度か頷いて見せた。

「まあ、〝追っている〟という程ではないんですが、たまたま魚沼に行くことになったものですから。それで、こんなものを見つけたんですが……」

片倉はそういって、昭和三二年の上越日報の記事のコピーを見せた。

落合は老眼鏡を掛け、ソファーで紅茶を飲みながらしばらく記事に見入っていた。そして溜息をつき、コピーを閉じた。

「この記事のことは知っているよ。魚沼に出張した時に、向こうの所轄で見た覚えがある。しかし、関町南二丁目の〝事件〟とは無関係だろう。そう判断して、〝捜査本部《ホンブ》〟には報告しなかった覚えがあるな」

なるほど。そういうことだったのか。魚沼に行く前にもう一度二〇年前の〝事件〟の捜査資料に目を通してみたのだが、昭和三二年一一月の広神村の火事についてはどこにも書かれていなかった。

「やはり、無関係ですか……」

「だってそうだろう。二人の〝鮎子〟は、年齢も違うんだからさ。もし昭和三二年に死んだはずの〝鮎子〟の遺体が別人のものだったとしても、当時二八歳だろう。平成八年の関町南の〝事件〟の時には、三九年後だから、六七になってるはずなんだ。〝現場〟から姿を消した〝鮎子〟とは、まったく特徴が一致しないじゃないか……」

落合がいうことは、もっともだった。

だが……。

「しかし、奇妙な符合がいくつもあるんです。共通する〝鮎子〟という名前や〝火事〟もそうですが、昭和三二年当時、関町南の〝被害者《ガイシャ》〟の井苅忠次は、広神村からそう遠くない田子倉ダムの工事現場にいたわけですからね……」

「まあ、それはそうなんだけどね……。おれも一時はその線を疑ってはみたんだが、取っ掛かりが摑めなくてさ……」

落合はどうも、歯切れが悪い。

「何か、臭うんですよ……」

片倉が、腕を組む。

「もしこの線を追ってみるつもりなら、西村に訊いてみちゃどうだい。あいつもおれと一緒に魚沼に〝出張〟したんだが、やはり例の広神村の火事の件を気にしていたようだったな……」

「西村って、西村貴司ですか」

「そうだ。その西村だよ。奴はまだ、署にいるんだろう」

「いや、西村は何年か前に署を辞めましたよ。いまは故郷の静岡県に戻って、県会議員になっているはずです」

何日か前にその西村にも連絡を取ってみたのだが、「いまは過去の事件について何かを話す立場にはない……」ということで、取り合ってはもらえなかった。

「へぇ、西村が県議にねえ……。あいつも、偉くなったもんだなぁ……」

落合が、少し嬉しそうに目を細めた。

7

九月の二週目になって、久し振りに柳井淳《やないあつし》と顔を合わせた。

いや、旅から帰った後も、何度か見掛けてはいた。

だが、刑事課の若手の〝エース〟として捜査の第一線を走る柳井は、いつも時間に追われているかのようだった。見掛ければ挨拶くらいはするが、折入って話をする機を失っていた、というのが本当のところだろうか。

この日は前日に担当していた大きな〝事件〟が解決し、刑事課の打ち上げも終わったためか、柳井も定刻に出署してきた。デスクに着いたまま報告書でも作っているのか、〝現場〟に出掛けていく様子もない。

「柳井、あいかわらず忙しそうだな」

片倉は少し思い切って、柳井に声を掛けてみた。

「ああ、康さん……」柳井がノートパソコンを閉じて、振り返った。「お久し振りです……って、よくお見掛けはしていたんですが……」

どうやら柳井も、片倉と同じようなことを考えていたようだ。

「ひとつ〝事件〟が片付いたそうじゃないか」

「はい。昨日、やっと。いまその報告書を作っているところです」

柳井が担当していたのは、一年ほど前から管内で発生していた連続強姦事件だった。先週末に容疑者の外国人の男が〝確保〟され、当日のうちに自供。昨日〝送検〟されたと聞いていた。

「ちょっと相談したいことがあるんだが、時間の空いた時に話を聞いてくれないかな」

「どんなことですか」

「うん、実はいま、二〇年前の〝迷宮《オミヤ》〟になりそうな〝赤猫〟を掘り起こしてるんだ。いや、掘り起こすというほど大袈裟なものでもないんだが……」

片倉は二〇年前の「関町南放火殺人事件」について、簡単に説明した。いずれにしても捜査本部はとっくに自然消滅しているし、再捜査を掛けるにも一人では無理だ。それに柳井はまだ二十代の若手だが、捜査の〝相棒〟としてはこれほど頼りになる男もいない。

「その〝事件〟については聞いたことがあります。〝現場〟から女が逃走か……。面白そうな〝事件〟ですね……」

柳井がもう一度パソコンを開き、署内の事件資料を検索しながらいった。やはり、この天性の〝刑事〟は〝事件〟に興味を示してくれたようだ。

「まだ、見込みがあるわけじゃないんだけどさ。ただ、気になることがいくつかあるんだ。もしかしたら、瓢簞《ひょうたん》から駒が出るかもしれないと思ってね……」

「わかりました。今日はこれから報告書を作成して、午後には地検の方に行かなければならないんで、夜でよろしいですか」

「ああ、もちろんだ。それならいつもの〝吉岡《よしおか》〟にしないか。魚沼から、旨そうな酒を買ってきてある」

「いいですね」

話は、簡単に決まった。


石神井公園から西武池袋線でひとつ目の大泉学園《おおいずみがくえん》の近くに、『吉岡』という店がある。腕のいい板前とその姉が切り盛りする、小ぢんまりとした割烹料理屋である。家が近く、刑事風情にも値段が手頃なので、片倉も月に何度かは顔を出すひいきの店である。

六時半に暖簾を潜ると、店にはまだ誰も客がいなかった。

「あら片倉さん、お久し振り……」

女将の可奈子《かなこ》が、いつものように呑気なことをいった。先週も一度、来ているはずなのだが。

「今日は柳井も来るんだ。これ、飲んでもいいかな」

片倉が家に寄って持ってきた、魚沼土産の酒を出した。

「はい、もちろん。それじゃあ冷蔵庫に入れておきますね」

酒を女将に預け、小上がりに上がった。生ビールを頼み、突き出しと茹でたての枝豆をあてに先にゆっくりとやりはじめた。

ビールを飲みながら、左手で何げなく腹に触れる。もう完全に治癒したはずなのに、二年前に暴漢に刺された傷が疼《うず》いたような気がした。まあ、少しくらいは痛んでくれた方が、酒の量を自重するためにもかえって都合がいい。

七時を過ぎたころになって、柳井が店に入ってきた。

「遅くなって、すみません……」

時間を約束したわけでもないのに、額に汗をかいている。駅から、だいぶ急ぎ足できたのだろう。気のいい男だ。

「まあ、落ち着いて一杯やれよ」

片倉が、柳井と自分の分の生ビールを二杯注文した。

柳井が落ち着くのを待って、例の『上越日報』の記事のコピーを見せた。ここに着くまでの間に事件資料の概要を完全に頭に入れてきたのか、柳井は余計なことを一切、訊かない。ビールを置いたまましばらく目を通し、何かに納得したように小さく頷いた。

「どう思う」

片倉が、訊いた。

「いくつか、ありますね。まず昭和三二年に広神村で起きた火事の被害者の〝羽賀鮎子〟と、平成八年の関町南の火事の〝現場〟から姿を消した〝鮎子〟とは、まったくの別人であることは確かですね」

それは、片倉にもわかっている。

「他には」

柳井がビールを飲み、頷く。

「ただ新潟県の広神村と東京の関町南、この二つの火事は、何らかの関係があることも確かですね。三九年間という長い年月を経て、〝何か〟で繋がっている……」

「なぜ、そう思う」

片倉の言葉に、柳井が頷く。

「偶然にしては、共通点が多すぎると思います。この昭和三二年の広神村の火事から手繰っていけば、どこかで〝真犯人《ホンボシ》〟の〝鮎子〟に行き当たると思いますね。〝鮎子〟がいま、生きているか死んでいるかはわかりませんが……」

さすがは柳井だ。話が早くて助かる。

「まったく同感だな。しかし、捜査を再開するにしても、おれ一人では動きようがない。どうしたらいいと思う」

率直に、そう持ち掛けた。

「この〝事件〟は、まだ時効にはなっていませんね」

「ああ、二〇一〇年の〝改正法〟に引っ掛かるからな。放火殺人だとすれば、永久に時効にはならない」

捜査本部も自然消滅しているが、正式に解散はしていない。

「ぼくは、それなら〝やる〟べきだと思います」

柳井が、はっきりといった。

ひと区切りついたところで、酒を日本酒に替えた。あの日、片倉が須門神社の近くで買った『八海山』の〝魚沼で候〟という銘柄である。

可奈子が冷蔵庫から酒を出してきて、片倉と柳井の前に置いたグラスに注いだ。店の二人にも、わがままを聞いてくれた礼に一杯ずつ振るまった。グラスを唇に当てて傾けると、まるで滑るように清涼な味わいが咽《のど》を落ちていった。

「お、旨いですね……」

「美味しい……」

「純米酒ですか。これは、いい酒だな……」

次々に、言葉が口を衝《つ》いて出る。

うん、これはなかなか、いける酒だ。

日本酒に合わせてお造りが出たところで、また話に戻った。

「例の〝事件〟の捜査主任は、落合さんという人だったようですね」

柳井が、声を潜めるようにいった。店には、他の客が入りはじめていた。

「ああ、落合さんには、先日会ってきたよ。当時、魚沼に出張したのも落合さんで、この昭和三二年の広神村の火事のことも知っていた。しかし、この件に関しては脈はないと読んでいたようだったな……」

「他には、誰か残っていないんですか」

「もう一人、落合さんと一緒に魚沼に出張した西村というのがいたんだが、こいつも署を辞めて静岡の県会議員になっちまって話は聞き辛い。他には……」

「確か、捜査資料の中に、今井《いまい》さんの名前もありましたね」

「ああ、〝キンギョ〟か……」

〝キンギョ〟とは、今井国正《くにまさ》刑事課長のことだ。何でも自宅でトサキンという珍しい金魚を沢山飼っていて、折に触れてはその自慢ばかりするので〝キンギョ〟という渾名《あだな》で呼ばれている。確かにあいつも、当時の捜査本部に入っていた。

「今井課長には相談してみたんですか」

「まさか。おれが〝キンギョ〟に話すわけがないだろう」

片倉と今井は、刑事課内で天敵同士の間柄だ。

「しかし、今井課長抜きでは再捜査するにしても、何も動き出しませんよ。わかりました。課長には、ぼくから話してみます。それと、当時の鑑識は誰だったんでしたっけ。確か、得丸《とくまる》さんではなかったようでしたが……」

柳井がそういって、ブリーフケースの中から自分のパソコンを出して広げた。

「鈴木新平《すずきしんぺい》さんという人だよ。もう引退してずい分になるが、元気なのかな。得《とく》さんに訊けばわかるかもしれない」

「わかりました。鑑識の件は、康さんにお願いします。問題は、昭和三二年の広神村の火事の方ですね。当時の北魚沼郡の所轄というと、やはり小出警察署になるのかな。現地の所轄か消防署に、火事の記録が残っているといいんですが……」

柳井は本気で〝やる〟つもりなのか、次々とパソコンで検索しては手帳にメモを取っていく。

面白いものだ。それまでは片倉自身が、この二〇年前の〝事件〟については半信半疑だった。ところが元部下の柳井に打ち明け、とんとん拍子に話が進みはじめると、どうにかなるように思えてきた。

話に夢中になるうちに、〝魚沼で候〟の四合瓶もほとんど空いてしまった。最後の一杯ずつをお互いのグラスに分け合い、渇いた咽を潤して息をつく。

「それにしてもこの酒、旨いですね。ぼくも魚沼に行ってみたくなったなぁ……」

柳井が、おっとりといった。

8

鑑識の得丸和也《かずや》は、いつものように署内の鑑識課の部屋でお茶を飲んでいた。

彼は石神井警察署の鑑識の〝ヌシ〟である。その大きな腹の風格だけでなく、実際に署内の鑑識についてこれほど多くを知る者は他にいない。

最初に片倉が引退した〝鈴木新平〟の名前を出すと、得丸は少し怪訝な顔をした。次に二〇年前の〝関町南放火殺人事件〟のことを話すと、どこか納得したように頷いた。

「もう一度あの〝事件〟を掘り起こすつもりなのかい」

得丸が訊いた。

「まあ、そんなところだ。新潟県の魚沼で関連するような火事が見つかってね。昭和三二年の古い新聞で確認しただけなんだが、もしかしたら取っ掛かりになるんじゃないかと思ってさ……」

片倉はこれまでの経緯を掻い摘んで説明した。だが得丸は腕を組み、少し難しい顔をした。

「鈴木さんはいまも健在だけど、話を聞くのは無理かもしれないな……」

「どうしてだ。まだそんな歳でもないだろう」

「いや、もう七五を過ぎてるよ。何年か前に奥さんを亡くされて、いまは区内の施設にいるんだが、つい先日会いに行ったら少し頭の方が怪しくなっててね。ああいう第一線でばりばりやっていた人の方が、いきなり職場を取り上げられちまうと脆いものなんだろうなぁ……」

そういえば先日会った落合も、大病を患ったというようなことをいっていた。二人とも七五を過ぎているが、片倉もあと二〇年もしないうちにそんな歳になる。

「そうか。鑑識の件でいくつか確認しておきたいことがあったんだが、何か方法はないかな……」

片倉がいうと、得丸が自分の顔を指さした。

「おれがいるじゃないか」

「得さんがかい。だって得さんは、あの〝事件〟の担当じゃあなかったろう」

「直接の担当ではなかったさ。でも、何度か〝現場〟にも足を運んだし、〝遺留品《ブツ》〟の整理もやったよ」

「そうだったっけか」

「そうだよ。〝現場〟でも捜査会議でも顔を合わせてたの、覚えてないのかよ」

得丸が、ちょっと腹を立てたようにいった。

そういわれてみれば、そんな気もした。だが、いずれにしても二〇年も前の〝事件〟だ。得丸とはそのころから現在に至るまで無数の〝現場〟や会議の場で顔を合わせているので、記憶は定かではなかった。

「それで、何が知りたいんだい」

得丸が訊いた。

「ひとつは、〝遺留品〟に関してだ。もうひとつは、鑑識の目で見て〝現場〟で何か気付いたことはなかったか、それを訊きたかったんだけどな……」

片倉が、考えていることを簡単に説明した。

まず今回の〝事件〟を再捜査するとなると、重要なのは状況証拠だけでなく〝物証〟だ。そうなると最も有力なのが、〝現場〟の〝遺留品〟ということになる。

例えば、指紋だ。当時の捜査資料には、〝現場〟から姿を消した女のものと思われる指紋が、何点か採取されたことが記録されている。もしその指紋が本当に〝鮎子〟のものなら、もう一度〝履歴〟を洗い直してみれば何か他の〝事件〟が引っ掛かってくる可能性もある。

もうひとつは、やはり女のものと見られる毛髪が〝現場〟の下水管の中から大量に発見されたと書かれていたことだ。〝事件〟があった一九九六年当時は、まだ警視庁の捜査にDNA鑑定が用いられることはあまり一般的ではなかった。この〝事件〟でも、やっていない。だが、もし遺留品が残っているなら、改めてDNA鑑定をやることによって何かがわかるかもしれない。

「毛髪や指紋は、まだ残っているはずだ。未解決や再審の可能性のある〝事件〟の〝遺留品〟は、絶対に捨てたりしないからな。確か、女の血液型はO型だと思ったが……」

さすがは鑑識の〝ヌシ〟といわれる得丸だ。二〇年も前の〝事件〟の血液型を、よく覚えているものだ。

「そうだ。〝鮎子〟は、O型だったようだね。捜査資料を確認したら、そう書いてあったよ」

「しかし、どうしてDNA鑑定をやるんだ。あれは、比較する対象がなければ意味がないだろう」

得丸がいった。

「いや、それがあるんだよ。〝現場〟から、〝被害者〟の井苅忠次の毛髪も採取されていたはずだ。両方の毛根のDNA鑑定をやれば、少なくとも二人が親子かどうか、親族か他人かははっきりするだろう」

当時、死んだ井苅と〝鮎子〟という女が「親子ではないか……」という証言は、確かに二人を知る者の間に存在した。

「なるほどね……」

「それだけじゃない。いま話した、昭和三二年に広神村で起きた火事だ。被害者の親族を探してみれば、見つかると思うんだ……」

実は、むしろそちらの方が片倉の〝本線〟だった。もし三九年という時を経た二つの火事が〝DNA〟という要因で繋がれば、それだけで関連が証明されることになる。

「康さんは、さすがに考えることが違うな。それで、見込みはあるのかい。二つの〝事件〟の関連については……」

「いまの段階では何ともいえないな。とにかく、DNA鑑定をやってみないと……」

ここから先はどう詰めていくか。その手順が難しい。いずれにしても小出署の協力を得られなければ、再捜査も行き詰まる。

「ところでこの件、〝キンギョ〟には話してあるのかい」

得丸が訊いた。

「いや、まだだ。柳井が一枚嚙んでるんで、あいつに話をつけさせようかと思っている」

いずれにしても、もう少し外堀を埋めてからだが。

「〝キンギョ〟の奴が、こんな昔の〝事件〟を蒸し返すことに同意するかな……」

得丸が、首を傾げた。

「それも、やってみなくちゃわからんさ」

〝キンギョ〟が「うん」といわなければ、そこから先には一歩も進めない。

「わかった。とにかく関町南の〝事件〟の〝遺留品〟は探しておくよ。他には、そうか、あれか。鑑識の目から見て、何か気付いたことはなかったか、だったな……」

「そうだ。どんなことでもいいんだ」

得丸が冷めたお茶を飲んで腕を組み、しばらく考えた。

「ひとつ、あったなぁ……」

「どんなことだい」

片倉も、冷めたお茶を口に含む。

「いや、大したことじゃないんだ。当時は〝上〟にいっても相手にされなかったような、些細なことなんだけどね」

「いいから、話してみてくれよ」

「うん、実は、おれだけしか気が付いていなかったかもしれないんだが、あの家には女物の服や日用品が少なかったんだ。それに、焼け残った服や下着を見ても、安物ばかりだった……」

「金が無かっただけじゃないのか」

「そうかもしれない。しかし、死んだ井苅という男の持ち物は、けっこうまともだったんだよ。高級品ではないけど背広なんかも二、三着はあったし、靴も高そうなのが何足かあったからね」

「しかし、〝現場〟に高級な桐の簞笥が焼け残っていただろう。あれは、女の物だろう」

「康さん、よく覚えてるな。まあ、そういえばそうなんだが……」

「他には」

「〝現場〟から、死んだ井苅という男のものも含めて、銀行の通帳や判子の類がまったく出てこなかった。確か、周辺の銀行を当たってみても、井苅という男の口座はひとつも存在しなかった。それも、おかしいとは思わないか。まあ、焼けちまったのかもしれないがね」

確かに、そんなことがあった。刑事課の別の班が〝地取り〟で井苅の銀行口座や郵貯の口座を洗い出そうとしたが、少なくとも近隣の西武新宿線やＪＲ中央線の駅周辺の金融機関には見つからなかった記憶がある。

「いくら二〇年前といっても、銀行口座もなしに生活するのは無理だからな……」

片倉がいった。

「そうなんだよ。おれはそこが一番、気に掛かってたんだ」

得丸が一度、体を伸ばし、力を抜くように溜息をついた。

間が悪く、〝動こう〟と思った矢先に出鼻を挫《くじ》かれた。

九月八日の深夜から翌九日の未明にかけて、石神井警察署の管内で同一犯と思われる連続コンビニ強盗事件が発生。たまたま手が空いていた柳井が担当に回され、しばらく動きが取れなくなった。

柳井が別件を追っている間も、片倉は地道に二〇年前の「関町南放火殺人事件」を追った。いまの段階でできることは限られているが、どうせロートルには時間だけはたっぷりとある。

9

まず一度、日中に署を抜け出して〝現場〟に足を運んでみた。

捜査の基本は、〝現場百遍〟である。足を使い、何度〝現場〟に足を運んでも無駄になることはない。だが、二〇年振りに見るかつての〝現場〟は、まったく見覚えのない場所のように大きく変わっていた。

当時、類焼した五軒の民家のうち、借屋だった三軒は跡形もなく整理され、小綺麗なマンションになっていた。他の二軒も、いまは建て替えられてどこの家だったかすらもわからなくなっている。

片倉は記憶を頼りに、〝現場〟を歩いた。出火場所は、いま目の前にあるマンションの北側の外れあたりだったろうか。現在は、建物の裏庭になっていた。

二〇年前、ここで井苅忠次の焼死体が見つかった。だがいまはこのマンションに別の人間が住み、新しい生活が営まれている。

マンションの南側の家に回った。ここにも、新しい家が建っていた。当時は〝増田《ますだ》〟という老夫婦が住んでいたはずだが、表札の名前は〝村上《むらかみ》〟に変わっていた。

二〇年も経てば、街の様子だけではなく、人も何もかもが変わってしまう。

隣の家に回った。表札に〝相澤〟と書かれていた。この名前には、見覚えがあった。

片倉は、手帳を開いてメモを確認した。やはり、そうだ。火事の〝現場〟で「女を見た……」と証言した、相澤宗太郎という男の家だ。

〈――女は火事を見て笑い、飛び跳ねて喜んでいた。気が付くと、その場からいなくなっていた――〉

当時の捜査資料には、相澤の証言がそう書き残されていた。

相澤の家は、あの火事で焼けたのか。それとも、焼けなかったのか。そのあたりの記憶が、曖昧だった。

だが、家はそう古くない。デザインや建築の特徴を見ても、少なくともこの二〇年以内に建て替えられたことは確かだった。

屋根付きの車庫に、まだ真新しいトヨタのハイブリッド車が駐まっていた。家に、誰かいるらしい。片倉は、門柱のインターフォンのボタンを押した。

しばらく待つと、家の中に人の気配を感じた。ドアが開き、三十代くらいの女が顔を出した。

「はい、何でしょう……」

くたびれた背広姿の片倉を見て、少し警戒されたようだ。

「少しお訊ねしたいことがありまして。ここは、相澤宗太郎さんのお宅でしょうか……」

片倉が警察手帳を出して、訊いた。

「はい、お爺ちゃん……いえ、祖父でしたら、もう一〇年近く前に亡くなりましたけれども……」

やはり、そうか。

捜査資料によると、相澤宗太郎は当時六九歳。もしいまも健在ならば、八九歳になっていることになる。鬼籍に入っていたとしても、不思議はない。

〝二〇年〟とは、そういう時間だ。

「実は、もう二〇年も前になるんですが、その先のいまマンションになっているあたりで火事がありまして、その時に相澤さんに捜査に協力していただいたことがあったものですから……」

捜査に〝協力〟と聞いて、やっと女は安心したようだった。

「私はこの家に嫁に来た者なのでよく知りませんが、主人や義母《はは》からそんな話を聞いたことはあります。確か放火で、どなたか亡くなったとか……」

「そうです。いま、御主人とお義母《かあ》さまはどちらに……」

「主人は、仕事に出ています。でも、当時は中学生だったとかで、あまり覚えていないと思います。義母は、いま家にはいますが、あまり話し好きな人ではないので……」

結局、話を聞くことはできなかった。

他にも何軒かの家を訪ねてみたが、二〇年前の火事について知っている者はほとんどいなかった。覚えてはいても、捜査の参考になるようなことは何も出てこない。

片倉は仕方なく住宅街を抜け、青梅街道に出てみた。片側三車線に車が途切れることなく行き来する、このあたりでは主要道路だ。

当時、出火の二時間ほど前の〝鮎子〟の足取りが確認された大手スーパーは、まだそこにあった。

店名は同じだが、建物の外観はかなり変わったような印象があった。店内に入り、店長に取り次いでもらい、警察手帳を出して話を訊いた。だが、まだ四十代半ばに見える店長は二年前にこの店舗に赴任したばかりで、火事のことは何も知らなかった。

当時、このスーパーのレジで〝鮎子〟のことを記憶していた宮田衣里子というパートの店員がいた。彼女のことを知る者も、いまは一人もいない。この店舗で働いていた記録すら、何も残っていなかった。

すべてが、二〇年という時空の中に消え去ろうとしていた。形ある物は崩れ、記憶は風化し、人もいなくなる――。

店長の神田《かんだ》という男に礼をいい、スーパーを出た。片倉は上着を脱いで肩に掛け、また歩き出した。

空はどんよりと曇ってはいたが、蒸し暑かった。歩いているだけで、汗が滲み出てくる。歩道の横を走り抜けていくトラックの排気ガスを全身に浴びた。

だが、けっして悪い気分ではなかった。先日の魚沼でもそうだったが、足を使った〝地取り〟は久し振りだ。こんな時間を一人で過ごしているだけでも、自分の居場所を見つけたような安堵を覚える。

北裏の信号の先まで歩くと、左手に宅配ピザ店があった。片倉は、店の前で足を止めた。

確か、この店だったはずだ……。

二〇年という時の流れの中に忘れ去られたように、この宅配ピザの店だけが周囲の風景の中に取り残されていた。

あの夜、八時二〇分ごろに、この店の佐藤肇という二十歳の店員が〝鮎子〟を目撃していた。

〈——黒っぽいオーバーコートを着た中年の女性が関町の方からやってきて、急ぎ足で東伏見の方に歩いていきました。年齢は四五歳から五〇歳くらい。買物籠のようなものを手に提げていました。配達のために店の外にいた私を突き飛ばすようにして、なぜか笑いながら急ぎ足で歩き去ったので、よく覚えています——〉

〝鮎子〟は、笑っていた。相澤宗太郎も、佐藤肇も〝笑っていた〟と証言した。他にも何人か、笑う女を見ていた。

なぜ、〝鮎子〟は笑っていたのか……。

狂っていたのか。放火が、そんなに愉快だったのか。それとも他に、何か面白いことでもあったのか——。

片倉は、また歩き出した。交通量の多い青梅街道を、西へと向かった。

歩きながら、考えた。

〝鮎子〟はこの道を、どこに行こうとしていたのだろう。もし逃走しようとしていたのだとしたら、どこかの駅に向かうはずだ。だが、この先にあるどの駅を調べてみても、当日の〝鮎子〟の痕跡は見つからなかった。

彼女も、すでにこの世にはいないのかもしれない。

ふと、そんなことを思った。

10

九月中旬の雨の降る日の午後、柳井が片倉のデスクの背後に立った。

「康さん、ちょっといいですか」

「おう、何だ」

片倉は読んでいた捜査資料のファイルを閉じ、椅子を回して振り返った。

「今井課長がお呼びです」

柳井がいった。

「〝キンギョ〟がか。どうしてだ」

「例の関町南の〝赤猫〟の件です。話があるそうです」

「ああ、あれか。面倒だな……」

顔を顰《しか》める片倉を見て、柳井が笑っている。

渋々〝キンギョ〟のデスクに向かうと、どうもいつもと様子が違った。普段は片倉を自分の前に立たせたまま話すのに、今日は椅子を持ってきて座ってくれという。しかもどうした風の吹き回しか、自分で片倉と柳井の分までコーヒーを淹《い》れてきた。

「柳井君から聞いたよ。それで康さん、二〇年前の関町南の〝赤猫〟の件、やりたいんだってな」

　声色までいつもと違う。

「ああ、そのつもりだ。〝捜査本部〟は解散していないし、時効にもなっていない。別に、かまわんだろう」

　ぶっきらぼうに、いった。

「ああ、もちろんだよ。新しく〝証言《ゲン》〟も取れてるそうだし、魚沼の方で関連しそうな〝事件〟も挙がっているんだろう。ぜひ、その線でやってみようじゃないか」

　うるさいことをいわれるとばかり思っていたので、拍子抜けしてしまった。

「こちらの好きにやらせてもらって、かまわないのかな」

　片倉が、探りを入れた。

「ああ、そうしてくれ。何なら、康さんに〝捜査主任《シュニン》〟をやってもらってもかまわないんだ。それで、魚沼の方に〝出張〟することになるんだろう。〝探費《タンピ》（捜査費用）〟の件は、経理に話を付けておくよ」

　どうも様子がおかしい。やはり、いつもと勝手が違う。柳井の様子を窺うと、何食わぬ顔でコーヒーを飲んでいる。

「ちょっと待ってくれ。〝出張〟の前に、いくつかやらなくちゃならないことがある。向こうの所轄に根回しをしておかなくちゃならないし、それにもうひとつ……」

「ああ、所轄の件は私にまかせてくれ。こちらで話を通しておくよ。それで、〝もうひとつ〟というのは？」

「関町南の〝事件〟の〝現場〟から出た女の髪を、〝科警研〟でDNA解析に掛けてみたい。〝出張〟は、その結果が出てからの方がいい」

今井が一瞬、考えた。だが、すぐに頷いた。

「そうだな。その件も柳井君から聞いたよ。DNA解析、やってみようじゃないか」

どうも話がうまくいきすぎる。

「それから、もうひとつ。この件は、柳井とコンビでやらせてもらう。それもかまわないだろう」

「はい、私も手が空きましたから」

それまで黙ってコーヒーを飲んでいた柳井が、答えた。

「そうか、そうか。ぜひ、そうしてくれ。康さんと柳井君のコンビは実績があるからね。柳井君、頼むよ」

ここまでくると、逆に何か裏でもあるのかと勘繰りたくなってくる。だが、それならそれで、やりやすい。

「わかった。それじゃあ好きなようにやらせてもらうよ。何か動きがあったら、また報告する」

片倉はコーヒーを飲み干し、椅子から立とうとした。だが今井課長が、それを引き止めた。

「康さん、ちょっと待ってくれ……」

「何だ、まだ話があるのか」

片倉が、椅子に座りなおす。

「実は、そうなんだ……。ひとつだけ、頼みを聞いてもらいたいんだけどね……」

今井が妙に、下手に出てきた。

「頼みって、何だよ」

片倉が訊いた。

「うん、今度の〝出張〟に、私も同行させてもらうわけにはいかないかな。あの二〇年前の〝赤猫〟に関しては、私もいろいろ思うところがあってね……」

そんなことだろうと思った。全身の、力が抜けた……。

自分のデスクに戻って、改めて溜息をついた。

「柳井、お前〝キンギョ〟が〝出張〟に行きたがってることを知ってたんだろう」

「いえ、ぼくも驚いてるんです。まさか一緒に行きたいというとは……」

「本当か？」

「本当ですよ。でも、課長の気持ちがわからないでもないです。課長だって、昔は一人の〝刑事〟だったんですから。それに、〝捜査本部〟にも入っていた。どんな〝刑事〟だって、〝事件〟を〝迷宮《オミヤ》〟にしたくないのは同じなんじゃないでしょうか……」

柳井もいつの間にか、一人前のことをいうようになった。

そういわれてみればあのころ、〝キンギョ〟もくたびれた背広姿で靴底を減らしながら〝地取り〟に走り回っていた。その姿は、片倉や他の〝刑事〟仲間と同じだった。

「そうだな。〝キンギョ〟も連れていってやるか……」

片倉が溜息をついた。

11

二〇年前の関町南の〝現場〟の下水管の中から採取された数百本の毛髪は、四つのビニール袋に入れられて鑑識の証拠保管室に保管されていた。

小分けされた小さな袋〔A〕が〝被害者〟井苅忠次の毛髪。袋〔B〕が〝被疑者〟鮎子のものと思われる毛髪。袋〔C〕が井苅でも鮎子のものでもない第三者のものと思われる毛髪。さらに選別されていない他の毛髪は、別の少し大きなビニール袋にひとまとめにされていた。

こうした毛髪の選別は、DNA鑑定によって行なわれたものではなかった。二〇年前、事件当時のごく標準的な方法、すなわち目視による特徴と血液型によって選別されたものだ。

「この仕分けは、おれがやったんだよ。あの家に住んでいた二人の他に、もう一人分の毛髪があったことを発見したのもおれだったんだ……」

鑑識の得丸が、懐かしそうにいった。

そうだった。二〇年前の〝赤猫〟の〝現場〟からは、三種類の毛髪が発見されていた。〝被害者〟の井苅と、〝被疑者〟の鮎子という女。そして、もう一人。未知の第三の人物の毛髪が、あの〝事件〟の直前に〝現場〟となった家の風呂の排水口に入っていた。

その顔も、名前も、性別さえわからない人間があの家の同居人だったのか。それとも、ただの客だったのか。もし客だとしたらあの二人のいずれかの親族なのか、もしくはただの知人にすぎなかったのか。

当時は、何もわからなかった。わかっていたのはただ血液型がA型だったことと、他の二人よりもかなり年齢が若かったということだけだ。

「ところで得さん、いまDNA鑑定っていうのは何日くらい時間が掛かるんだ。もし、今日にでもこのサンプルを〝科警研〟の方に送ったとして……」

片倉が訊いた。

「いや、何日も掛からんさ。向こうの都合にもよるが、こちらから予約を入れて持ち込めばその日のうちに結果が出るよ」

「そんなに早いのか」

「そうさ。今年から全自動の解析装置が導入されて、早ければ五サンプルまでの細胞採取からDNA型検出まで、一時間半ほどで終わっちまうらしい……」

そもそもDNA鑑定——DNA型鑑定——が実用化されたのは、一九八五年になってからである。当時の第一世代は「DNA指紋法」とも呼ばれ、イギリスでは翌八六年に起きた強姦殺人事件の捜査に、世界で初めてこの技術が使われた。

日本でも一九八六年から『警察庁科学警察研究所』が研究に着手し、同年から捜査への実用化が始まった。だが、一九九〇年五月に発生した『足利事件』(栃木県足利市のパチンコ店駐車場から女児が行方不明になり、翌朝近くの河川敷で遺体が発見された事件)がDNA型鑑定により有罪が確定していながら二〇一〇年三月の再審で無罪になったことでもわかるように、当時の技術や証拠能力はまだ限定的なものだった。実際に社会的な重大事件でもなければ、捜査にDNA型鑑定が用いられる機会も少なかった。

世界的にＤＮＡ型鑑定の犯罪捜査への応用が本格化したのは、一九九五年に第二世代のシングルローカスＶＮＴＲ法から第三世代のマルチプレックスＰＣＲ法に技術が進化した直後からである。同時に世界各国でＤＮＡのデータベース化も始まった。

日本でも一九九七年の『東電ＯＬ殺人事件』、同年の『奈良県月ヶ瀬《つきがせ》村女子中学生殺人事件』の捜査などにＰＣＲ法のＤＮＡ型鑑定が用いられたが、犯罪捜査における実用化という意味では世界よりも遅れていた。日本ではさらに法整備が遅れたこともあり、ＤＮＡのデータベース化が始まったのも二〇〇四年になってからだった。

二〇一三年一月現在で、ＤＮＡ型鑑定の先進国であるイギリスのデータベースは約二〇〇万件。日本はこの時点で、まだ三四万件をやっと超えたにすぎない。

連休明けの九月二〇日、片倉は得丸と共に車で千葉県柏《かしわ》市の『科学警察研究所』に向かった。

運転は、前年に片倉が教えた若手の須賀沼《すがぬま》にまかせた。須賀沼は〝刑事〟としてはまだ半人前だが、刑事課に配属される前までは交通課にいたこともあり、運転は信用できる。柳井も行きたがっていたのだが、この日は片付いたばかりの〝事件〟の事後処理に追われ同行できなかった。

片倉と得丸がわざわざ標本を〝科警研〟まで手持ちで運ぶのは、ＤＮＡ型鑑定の証拠能力を向上させるためだ。現在、ＤＮＡ型鑑定の誤差は「数兆分の一……」といわれるまでに精度が上がっている。もしミスが起こり得るとすれば、人為的なケアレスミスの方が可能性は大きい。そのミスを最少限に食い止めるためにも、担当捜査員と鑑識課員が鑑定に立ち会うことが通例となっている。

午前一〇時前に〝科警研〟に着くと、法科学第一部生物第四研究室の佐々木周一《ささきしゅういち》という担当技官が待っていた。色白で黒縁の眼鏡を掛けた、いかにも〝科学者〟というタイプの男だった。二年振りに科警研に来る片倉は初めてだったが、得丸は佐々木と顔見知りのようだった。

「それで、これなんだけどね。もう二〇年も前の〝ブツ〟なんだが、DNA採取できるかな……」

得丸がそういって、アタッシェケースの中からビニール袋入りの毛髪を出して佐々木に見せた。佐々木は黒縁の眼鏡を指先で少し持ち上げ、ビニール袋を光にかざした。そして、小さく頷く。

「毛根の部分がよく残っているので、だいじょうぶでしょう。これで何とかなると思います……」

よく誤解されることだが、人間の体毛——主に毛幹部——からDNAを検出することは難しい。体毛にはDNAの含有量が少ないからだ。一般にDNA型鑑定に用いられるのは、体毛や頭髪の毛根の部分である。

「このA、B、Cと書いてあるのが別々の三人の毛髪でね。そしてこっちの大きな袋が、その三人分の未選別の毛髪なんだ……」

得丸が、説明する。

「わかりました。五種類のサンプルを同時に解析できるので、A、B、Cからひとつずつ、あとの二つは未選別のものをやってみますか」

「時間は、どのくらい掛かるんですか」

片倉が訊く。

「そうですね。セットしてしまえば、九〇分くらいだと思います……」

佐々木が両手に医療用のゴム手袋をはめ、ビニール袋を開ける。サンプルをガラス板の上に出し、小さな試験管の蓋を外して中の綿棒を毛根の部分に擦り付け、それをまた元に戻す。試験管に〔A〕という印を書き、それを片倉と得丸が確認し、『DNAスキャン』と書かれた小さな箱型の解析装置にセットする。

「こいつが今年の一月から、〝科警研〟の方にも配備されたんです」佐々木が作業を進めながら、説明する。「このスキャンができてから、解析も楽になりましたよ。こいつは全自動で、セットさえすればすべて機械の方でやってくれますから……」

佐々木は五本の試験管をすべてセットし終えると、解析装置のスイッチを入れた。遠心分離器が回り、低いモーター音が聞こえはじめる。

「これだけですか」

「そう、これだけです。もしＤＮＡがうまく採取されていれば、九〇分後には結果が出ます。それまで、お茶でも飲みながら待ちましょう」

「見てなくていいんですか」

片倉がいうと、佐々木が首を傾げた。

「人間はミスを犯しますが、機械は間違えたりしませんから」

確かに、そうなのかもしれない。


一時間半ほどして第四研究室に戻ると、ＤＮＡ型鑑定はすでに終わっていた。

「結果はどうでしたか」

得丸が訊いた。

「ちょっと待ってください。いま、コンピューターの方に入力しますので……」

佐々木がコンピューターの前に座り、キーボードとマウスを使って何やら作業を始めた。

〝パソコン〟があまり得意ではない片倉は、後ろで見ていても何が何やら皆目わからない。

しばらくすると佐々木の指先が止まり、振り返った。

「出ましたね。これがサンプルＡの塩基配列です」

〔Ａ〕、すなわち〝被害者〟の井苅忠次のＤＮＡの塩基配列だ。

コンピューターのディスプレイに、〝A〟と〝G〟、〝T〟、〝C〟の四つのアルファベットの無秩序な羅列が延々と続いている。〝A〟はアデニン、〝G〟はグアニン、〝T〟はチミン、〝C〟はシトシンを表わす。DNAはこの四つの物質——有機塩基類——で構成され、その配列によって表わされる。

「何か、わかりましたか」

片倉が訊いた。

「これ単体では、何もわかりません。DNA型は、他との比較によって初めて意味を持ちますから。次に、Bのサンプルの塩基配列を出してみましょう」

佐々木がそういって、またコンピューターを操作した。間もなくディスプレイに、〔B〕の塩基配列が表示された。

「これが〝鮎子〟のDNAか……。井苅のものと、ほとんど変わらないな……」

得丸が呟く。

「いや、そうでもないと思いますよ。二つの配列を重ねてみましょうか」

佐々木がマウスを動かす。ディスプレイ上に表示されるアルファベットの数は、およそ六〇〇文字。その中で三カ所だけが異なり、他はすべて一致している。

佐々木が、説明する。

「元来、PCR法によるDNAの塩基配列は、人間とチンパンジーの間でも九九パーセント以上が一致するんです。この配列を見ると、Aサンプルの〝G〟の箇所がBサンプルでは〝T〟、この〝C〟のところが〝G〟、そしてもうひとつ〝T〟のところが〝A〟になってますね。約六〇〇塩基のうちの三カ所が異なるということは、同じ日本人だとするとかなり大きな違いだということになります」

「つまり……」

「コンピューターに、計算させてみましょう」佐々木がキーボードでアルファベットを打ち込み、マウスを操作する。「やはり、思ったとおりですね。このAサンプルとBサンプルが、四親等以内の肉親である可能性はほぼ〇パーセント。つまりこの二人は、まったくの他人だということになりますね……」

片倉と得丸は、顔を見合わせた。

井苅忠次と〝鮎子〟は、親子ではなかった――。

「Cサンプルの結果はどうですか」

「表示してみましょう……。これは、面白いな……」

「何か、わかりましたか」

「はい……。このサンプルCは、サンプルBの塩基配列と一カ所しか違いませんね。やはり、そうだ。コンピューターで計算させてみると、BサンプルとCサンプルが一親等以内である可能性が九九・九パーセント以上……。つまりこの二人は、親子ですね……」

片倉と得丸は、また顔を見合わせた。

〝鮎子〟には、子供がいた……。

「AサンプルとCサンプルの関係はどうですか」

「待ってください……」佐々木が、AサンプルとCサンプルの配列を重ねる。「これは、だいぶ違いますね。この二人は、近親者ではありませんね……」

いったい、どういうことだ？

他に未選別の袋の中から無作為に選んだ二つのサンプルの解析結果も確認した。これはサンプル〔D〕が〝鮎子〟、〔E〕が井苅のものと一致した。

「これが、すべてか……」

片倉が、溜息を洩らした。

「他の未選別のサンプルの解析もやってみてもいいですけどね。でも、見たところはこれまでの三人のものと変わりませんね。それと、あともうひとつ……」

「何かありますか」

「このコンピューターは、警察庁のDNAのデータベースと繋がっています。一応、〝前科《マエ》〟があるかどうかだけでも照合してみましょう」

佐々木がそういって、コンピューターを操作した。間もなく、結果が出た。

「これは……」

「このAサンプルのDNAには、犯罪歴があるようですね……」

井苅忠次は、過去に重罪を犯していた。

12

警察庁が保管する三四万件以上のDNAデータベースの中の一つのサンプルが、井苅忠次のものと一〇〇パーセント一致した。

データによると、該当する〝事件〟があったのは一九八七年（昭和六二年）一二月一〇日、群馬県沼田市《ぬまたし》坊新田町《ぼうしんでんまち》の市街地だった。午後一〇時半ごろ、住宅街の一角で火災が発生。翌未明に消火後の〝現場〟から男性一人の焼死体が発見された。

遺体は後に、この家で一人暮らしをしていた折原清一《おりはらせいいち》、当時六七歳と判明。折原の遺体がロープで縛られ、焼死であったことなどから、所轄の沼田署は〝放火殺人〟の線で捜査を展開した。だが二〇〇二年一二月、犯人検挙に至らぬまま公訴時効を迎え、迷宮入りとなった。

この〝事件〟には、ひとつ有力な物証があった。被害者の爪の間に残っていた、〝犯人〟のものと思われる人間の皮膚である。この皮膚片が、公訴時効後も所轄の沼田署に保管されていた。

二〇〇四年以降の警察庁によるDNA型のデータベース作成では、主に犯罪歴があるサンプルを中心に登録された経緯がある。一九八七年に沼田市で起きた放火殺人事件の物証のデータも、そうした数十万件のサンプルの中に含まれていた。その忘れ去られていた〝事件〟が、発生から二九年も経って亡霊のように蘇ったことになる。

片倉は、井苅忠次のDNAが一致したことをすみやかに沼田署に報告した。所轄ではすでに捜査本部も解散し、当時の担当者も残っていなかった。だが、これで一九八七年に沼田市で起きた放火殺人事件は、被疑者死亡のまま処理されることになるだろう。

またしても、〝赤猫〟か……。

それにしても、一九九六年一二月に〝赤猫〟で殺された井苅忠次がその九年前に沼田市で同じ放火殺人を犯していたとは。運命の皮肉を通り越して、奇異ですらある。

さらに沼田署から事件当時の資料を取り寄せてみると、いくつかの興味深い事実が判明した。ひとつは焼死体となって発見された折原清一という男が、昭和二八年（一九五三年）から五四年（一九七九年）までの間、『日本電源開発』に職員として勤務していたことだ。つまり、井苅忠次とは顔見知りだった可能性がある。

もうひとつは事件が起きた一二月一〇日の午後、何者かが『群馬信用金庫』沼田支店にあった折原の預金口座からほぼ全額を引き出していたことだ。その額は、四四〇〇万円にのぼった。

一連の事実から、ひとつの推理が生まれる。

井苅は金が目的で顔見知りの折原を訪ね、預金を奪い、殺した。二年後に井苅は東京に姿を現わし、〝鮎子〟と共に関町南の借家に入居し、焼鳥屋の店を持った。その資金もすべて、折原から奪った金でまかなわれたのではなかったのか――。

これは偶然ではない。二〇年前の関町南の〝赤猫〟と二九年前に沼田市で起きた放火殺人、そして五九年前の新潟県北魚沼郡広神村で発生した火災は、目に見えない一本の線で、確かに繋がっているのだ。

〝科警研〟でDNA型鑑定を終えた翌週の九月二六日――。

石神井警察署の刑事課で、およそ一五年振りに「関町南放火殺人事件捜査本部」による捜査会議が行なわれた。

捜査会議とはいっても、出席者は本部長代理を務める〝キンギョ〟こと今井国正刑事課長、捜査主任の片倉康孝警部補、柳井淳巡査部長、他に得丸和也鑑識課長の四人だけだ。会議の場も通常の会議室ではなく、空いていた小さな応接室を使った。

「それで……本件に関連があると見られるその昭和六二年の沼田の〝事件〟だが、本当に井苅の犯行だったんだろうね」

今井が資料を読みながら、眉間に皺を寄せた。

「それは間違いないよ。DNA解析の誤差は、数兆分の一なんだからさ。もし不安があるならば山形の庄内で井苅の親族を捜して、そちらの方のDNA解析もやってみればいい」

得丸が、説明する。

今井課長が疑問を持つのも、わからないではない。確かに関町南の〝赤猫〟の焼死体と、その九年前の沼田の〝事件〟の〝被害者〟の爪から採取された皮膚片のDNAは一致した。だが、この二人が同一人物だとしても、そもそも関町南の焼死体が井苅忠次である保証はどこにもないのだ。

「ところで今井よ、向こうの所轄の件、小出署の方には話がついたのか」

年上の片倉は、〝キンギョ〟が刑事課長になったいまも呼び捨てにする。

「あ、ああ、話はついてるよ。半世紀以上も前の〝事件〟を掘り起こそうっていうんだから、あまりいい顔はしないだろうけどね。一応、協力はしてくれるそうだよ」

協力するといっても、当時の担当者は署に誰も残っていない。いや、ほとんど生きてさえいないだろう。

「柳井、例の記事を載せた〝上越日報〟の方はどうなってる」

片倉が訊いた。

「はい、一応、連絡を取ってみました。やはり思ったとおり、記事を書いた記者はわからないようですね。小見出しになぜ〝一人不明〟と書いてあるのかも訊いてみたんですが、誰も知らないそうです。我々が行くまでには、調べておいてくれるとはいっていましたがあまり、あてになりそうもないが、仕方ない。

「それからもうひとつ、柳井に頼みたいことがある。井苅が〝日本電源開発〟の下請で作業員をやっていたころの知り合いはいないかな。これも、もうほとんど生きていないとは思うが……」

「そちらの件も一応、〝日本電源開発〟の方には当たっています。もう少し、時間をください……」

広神村で三人が死亡する火事が起きたのは、昭和三二年。もう、六〇年近くも前の話だ。細い糸を手繰ろうにも、その糸が途切れてしまっている。片倉も刑事を長くやっているが、自分が生まれたころの〝事件〟を調べるのは初めての経験だった。

「他に、何かないか」

片倉が、三人の顔を確認する。

「ひとつ……」

得丸が言った。

「何だい、得さん」

「例の広神村の火事の遺族の件、どうなってる。DNA解析、やるんだろう」

「ああ、その件なら小出署に頼んでおいたよ。我々が行くまでに、捜しておいてくれるそうだ」

今井が、ちょっと得意そうな顔をした。

「それで、〝出張〟はいつにしますか。やると決まったなら、できるだけ早い方がいいと思います」

柳井がいった。

「小出署の方では、来週にしてくれといっている」

「それなら、一〇月三日の月曜からでどうだ……」

出張の日程が、やっと決まった。

「それから〝足〟の方はどうする。鉄道で行くか、車を使うか」

片倉が、今井の方を見た。

「車で行こうよ。只見線は本数が少なそうだし、向こうでの〝足〟がないと身動きが取れなくなるだろう……」

確かに〝キンギョ〟のいうとおりだ。

車で行くとなると東京駅で買うゲン担ぎの鳥めし弁当は、諦めなくてはならないようだ。

13

一〇月三日、月曜日——。

午前八時に石神井署に集合し、ミニバンに乗り込み、出発した。

天候は、曇り。一〇月に入ったとは思えないほど、風が生温《なまぬる》い。

沖縄には、台風が接近している。今夜あたりから、また天気が崩れるかもしれない。

八時半には練馬インターチェンジから関越自動車道に入り、一路北上する。今回の〝出張〟には運転手兼現地の雑用係として、須賀沼も連れてきている。総勢、五名。男ばかりのむさくるしい一行だ。

「どうだい、この車。なかなかいい車だろう。この車ならば、男五人の出張だって快適だよ」

〝キンギョ〟がしきりに、自分の物のように車を自慢する。うちの署で一番新しい、日産のエルグランドを借り出せたのは自分の手柄だと主張したいらしい。それはともかくとして、交通課の巡査時代にパトロールカーに三年間乗っていた須賀沼の運転は、正確無比で快適この上なかった。

「ところで、今夜の宿はどうなってるんだ。取ってあるのか」

片倉が、助手席の柳井に声を掛けた。

「はい、小出に近い湯之谷温泉郷の旅館に二泊、部屋を取ってあります」

「温泉旅館だなんて、またずいぶんと豪勢じゃないか」

刑事の〝出張〟の〝探費〟は、一人一泊につき四〇〇〇円までと上限が決められている。

「いまはシーズンオフなので、無理をいって安くやってもらいました。食費の方は、少し自腹でお願いします」

「いいよいいよ、酒代くらいは私が奢るからさ。それより、しっかりやって、成果を出そうじゃないか」

〝キンギョ〟はいつになく、上機嫌だ。聞けば、〝出張〟は七年振りだという。いくら階級が上がっても、刑事は捜査の現場が生き甲斐であることは誰も同じなのだ。

午前中に、小出署に入った。

担当者――昭和三二年一一月の広神村の事件の担当者ではなく、あくまでも今回の捜査協力の件の担当者――は、小谷松大作《こやまつだいさく》という珍しい名字の男だった。

階級は片倉と同じ警部補だが、年齢はまだ四〇にはなっていないだろう。もう一人の担当者の下鳥《しもとり》という男は、まだ二十代のようだ。だが、いずれにしても二人の担当者は、昭和三二年に管内で起きた火事のことなど知る由もない。

小出署は石神井署と似たり寄ったりの、古く小さな建物だった。地方の所轄お決まりの狭い応接室に通され、これもお決まりの名刺交換を終え、微温《ぬる》いお茶を囲んで話が始まった。

「お電話でだいたいの話は伺いましたが、何しろ昭和三二年の火事の件ですからね……。うちの署にも、ほとんど記録らしいものは残っていないんですよ……」

小谷松が、難しい顔をした。

「いやいや、それは当然ですよ。何しろ六〇年近く前、私が生まれる前の〝事件〟ですからね」

〝キンギョ〟が早速、余計なことをいった。

「ひとつ、確認しておきたいことがあります。この記事はご覧になってますか。昭和三二年当時の新聞に載ったものなんですが……」

片倉が昭和三二年一一月二四日付の『上越日報』の記事のコピーを出した。小谷松が受け取り、簡単に目を通して頷いた。

「ああ、これですね。このお話を聞いた後に市の図書館で調べてマイクロフィルム版のを手に入れて読みました。これが、何か」

「ええ。この記事の見出しに〝三人死亡一人不明〟となってますね。しかし本文の方では、不明の一人に関してはまったく触れられていない。こちらに残っている資料で、その点に関して何かわかりませんか」

「さあ、どうでしょう。先程いったようにほとんど資料らしきものは残っていないんですが、当時の報告書には何も書かれていなかった気がするなぁ……。後で、お見せしますけどね……」

「消防署の方には、どうでしょう」

「大差ないんじゃないですかね。一応、話は通してありますから、後程ご案内しますよ」

さすがに六〇年近くも前の〝事件〟ともなると、考えていた以上に難しいようだ。

市内の蕎麦屋でヘギ蕎麦の昼食を掻き込み、手分けして捜査に当たることにした。

今井と得丸は小出署に残り、当時の資料と証拠の〝ブツ〟の確認と検証に当たる。その後、時間があれば魚沼市消防本部に出向く。

片倉と柳井は、小出署の方で捜し出しておいてくれた昭和三二年の火事の関係者に会ってみることにした。『上越日報』に、〈——当日の夜は留守をしていて無事だった——〉として名前が載った当時三二歳の羽《は》賀《が》治信《はるのぶ》が、あれから五九年が経ったいまも存命であることがわかった。

須賀沼が運転するミニバンで、当時の広神村にある羽賀治信の家に向かった。便利な時代だ。ナビに住所を入れれば、道に迷うことはない。

現在の住所は、魚沼市金ケ沢〇〇〇——になっていた。行ってみると、家は片倉が前回魚沼を訪れた時、最初に立ち寄った須門神社のすぐ近くであることがわかった。神社から只見線の魚沼田中駅の方に戻り、そこから少し西の山側に向かった所だった。

「ここだな。須賀沼、小出署に戻って待機していてくれ。終わったら知らせる」

「了解しました」

田園に囲まれた一軒家の前で、柳井と二人で車から降りた。車が、走り去る。表札を確認すると、確かに「羽賀治信」と書いてあった。昭和三三年一一月の火事で焼死した、もう一人の〝鮎子〟の亭主である。

辺りの田園風景は前回に来た時とは違い、すでに稲の刈り取りは終わり、水が抜かれた田圃には稲藁が干されていた。空はどんよりと曇っていたが、平穏で豊かな風景だった。いくら六〇年近くも前とはいえ、この風景の中で火事があり、三人の命が奪われたことを想像するのは難しかった。

「さて、訪ねてみるか……」

「そうしましょう」

石の門柱にある呼び鈴のボタンを押した。

最初に娘なのか、五十代の半ばほどに見える女性が玄関に出てきた。来意を告げると、小出署の方から話があったのか、すぐに家の奥へと通された。

羽賀治信は家の南側の庭に面した、風通しの良い一〇畳間に一人で座っていた。新聞に書かれていた当時三二歳という年齢が正しければ今年で九一歳になるはずだが、それよりも一〇歳は若く見えた。小柄だが、長年農業で鍛えた体はいかにも頑健そうで、かくしゃくとした雰囲気があった。

座卓の周囲にはすでに、四人分の座蒲団が敷かれていた。女性に勧められるままに、羽賀治信の向かいに座った。

「初めまして。東京の石神井警察署の片倉と申します。今日は、昭和三二年に起きた火事についてお訊きしたくて伺いました」

「同じく、柳井です」

型どおりに、挨拶した。だが、羽賀は戸惑うような笑いを浮かべ、女性の方を見た。

「すみません、父は少し耳が遠いんですがぇ……。父っつぁ、東京からいらした刑事さんたちやが。昔の火事のことを訊きてえんだと」

女性が耳元で大きな声でいうと、羽賀はやっと納得したように頷いた。

「ああ、そうだがぇ……」

「ところで、失礼ですが、羽賀さんの娘さんでいらっしゃいますか」

片倉が、女性に訊いた。

「はい、娘の菊恵《きくえ》です。いまお茶をお出しするがぇ、お待ちくれや」

女性がそういって一度、部屋を出ていった。しばらくして四人分の茶を持ってきて、自分も羽賀の横に座った。

「昭和三二年の一一月に、ここで火事がありましたね。その時のことを、覚えていますか」

片倉が訊く。

「父っつぁ、あの火事のこと、覚えてるかと」

娘の菊恵が、通訳するように羽賀の耳元で繰り返す。羽賀が、頷く。そんなぎくしゃくしたやり取りの中で、五九年前に起きた火事の事情聴取が始まった。

「あの火事の日のことは、よぉく覚えてるがぇ……。忘れようったって、忘れられんが……」

羽賀は耳は遠いが、頭ははっきりしていた。当時のことも、よく覚えていた。

昭和三二年一一月二二日——。

北東の山颪《やまおろし》に小雪の舞う、冷え込みが身に染みる金曜日の夜だった。羽賀治信は父親の羽賀寛治《かんじ》と共に、周辺の村の寄り合いに出掛けていた。ちょうど一年の農繁期と須門神社の秋祭りも終わり、来年度の農協の役員の推薦をどうしようかなどという取って付けたような理由の集まりだった。

この年の落鮎の豊漁や、次の村長選挙などで話が盛り上がり、いつもより酒も過ぎた。気が付くと時計も午前〇時を回り、日付も一一月二三日に変わっていた。

それからも、しばらく飲んだ。父の寛治は、飲み疲れて座蒲団を枕に寝てしまっていた。

いくら何でも遅くなったのでお開きにしようという話になった時に、「広神村の方で火事だ……」という知らせが舞い込んできた。

場所を確認すると、どうやら羽賀の家の方らしい。父親を叩き起こし、慌てて村に戻った。燃えていたのは、やはり自分たちの家だった。

母屋も納屋も、小雪の舞う夜空を焼き尽すほどの炎に包まれていた。間の悪いことに消防団の何人かも寄り合いに顔を出していて、いつものように迅速な対応ができなかった。消防本部の方から消防車が着いたころには時すでに遅く、手が付けられないほどに火勢が強くなっていた。

火はやがて牛小屋にも燃え移り、牛が狂ったように啼《な》いた。家にいたはずの家族を捜したが、会えなかった。羽賀治信と父の寛治は、涙を流しながら、焼け落ちる自分たちの家を見つめていた。

火事が鎮火し、警察と消防が現場の捜索に入ったのは夜が明けてからだった。まず最初に母のマサエの焼死体が発見され、その後、相次いで妻の鮎子、娘の正子《まさこ》が見つかった。ここまでは、翌一一月二四日の『上越日報』の記事にあったとおりである。

「父は、いまでも時々、火事のことを話すがぇ。亡くなった婆ちゃんと、嫁の鮎子さんと、娘の正子ちゃんが本当に哀れだったけぇなあて……」

羽賀の父親の寛治は、妻のマサエを亡くしたことですっかり消沈した。いまのこの家を建て直した後、マサエを追うように、火事から二年も経たないうちに卒中で亡くなった。

「私が生まれたのはその後ですけぇ、爺ちゃんも知らねえがぇ……」

娘の菊恵が、羽賀のいうことを補足するように話す。

「ひとつ、確認したいことがあるんですが。羽賀さんは、この記事をお読みになったことがありますか」

片倉が、例の『上越日報』の記事のコピーを出した。娘の菊恵がそれを受け取り、羽賀に見せる。

「父っつぁ、この新聞、読んだことがあるけぇ」

羽賀が老眼鏡を鼻の上に載せ、記事を読む。そして、かすかに頷く。

「知っとりますけ、よくこれを見つけましたがゃ……」

片倉が訊く。

「この新聞の見出しに、〝一人不明〟となってますね。これは、誰のことだかわかりますか」

羽賀が、助けを求めるように娘の菊恵を見る。

「父っつぁ、この行方不明になった人って、峰子《みねこ》さんのことだがぇね」

娘の菊恵がいった。

「そうだ……。峰子だけぇ……」

羽賀が、頷く。

「〝ミネコ〟さんというのは……」

柳井が訊いた。

「山の〝峰〟に、子供の〝子〟と書くんですけぇ。火事で亡くなった鮎子さんの妹さんで、羽賀の家に遊びに来とったと聞きましたがぇ……」

このあたりの話は、少し複雑だ。羽賀の話と娘の菊恵の説明を整理すると、だいたい以下のようになる。

火事で亡くなった嫁の鮎子には、三つ歳下の峰子という妹がいた。いわゆる〝出戻り〟で、実家にも居辛い事情があったのか、当時は住み込みの働き口を転々とする生活を送っていた。だが、姉の鮎子とは仲が良く、度々羽賀の家に泊まりに来ていたらしい。

五九年前の一一月二二日の日にも、峰子は羽賀の家に遊びに来ていた。羽賀と父親の寛治が村の寄り合いに出掛けた夜の時点でもまだ家にいたので、てっきり泊まっていったものとばかり思っていた。

ところが火災現場からは、峰子の遺体は発見されなかった。調べてみると、二二日の夜遅くに職場の住み込み先に戻り無事だったことがわかった。

「〝不明〟というのは、峰子のことだけぇ。他にはいないがぇ……」

羽賀は、そういう。だが、片倉は胸の中に小さな違和感を覚えた。

昭和三二年といえば、この辺りはいまよりも遥かに交通の便が悪かったはずだ。

「峰子さんは、どこまで戻ったんですか」

柳井が訊く。それを娘の菊恵が、羽賀の耳元で伝える。

「さて……。どこだったがぇな……。峰子は、いろんなところにおったが、知らねぇんが……」

六〇年近くも前のことだ。覚えていないのも無理はない。

「峰子さんというのは、いまどうしてらっしゃるのかな。ご存命ですか」

片倉が訊いた。

「いえ、もうずい分と前に亡くなったはずですけぇ」娘の菊恵が答える。「でも、二〇年以上も前だったか、この家に突然訪ねてきたことがありましたが。姉の、鮎子さんの墓に参らしてほしいとかいってたが。なあ、父っつぁ、覚えてるがぇ」

だが、羽賀は首を傾げる。

「そうだったがゃ……。覚えてねえが……」

峰子が、姉の墓参りに訪ねてきた……。

普通ならば当然のことであるはずなのに、なぜかやはり、違和感があった。

「それは正確に、いつのことだかわかりますか。二〇年以上前というと……」

「さあ……。いつのことだったか……。田圃の青い、夏のころだったと思ったけぇ……」

「その時、峰子さんがどこから来たのか、住んでいた場所もわかりませんか」

「さあ、どうでしょう……。聞いた覚えがあるんやが……」そこまでいって、菊恵が何かを思い出したように頷いた。「峰子さんが訪ねてらしてから、何年か年賀状が来とりましたがぇ。もしかしたら、それがまだあるかもしれんけぇ……」

菊恵がそういって座蒲団から立ち、部屋を出ていった。

しばらくして、菊恵が段ボール箱を持って戻ってきた。

「この中にあると思うすけ、探してくんねぇかゃ」

段ボールの中には、輪ゴムや紐で括った年賀状の束が山のように入っていた。おそらく数千枚、三〇年分以上はあるのだろう。束の上にはメモ用紙が挿《はさ》まれていて、年号が書かれている。

「だいたい、何年くらいだかわかりませんか」

「そうですね……。今年が平成二八年だから、たぶん平成三年から八年くらいの間じゃねぇかと思うがぇ……。なぁ、父っつぁ。そうだろね……」

「さあ、覚えてねぇが……」

羽賀は、首を傾げる。だが本当に平成三年から八年の六年間ならば、すぐに見つかるだろう。

「手分けして探してみましょう。それで、その峰子さんの名字はなんていうか、わかりますか」

片倉がそういって、段ボール箱の中から〝平成五年〟と書かれている年賀状の束を手に取った。

「さあ、どうやったが……。峰子さんも鮎子さんも、実家は〝栗城《くりき》〟といったと思うがぇ……。父っつぁ、峰子さんの嫁ぎ先の名字、何てったがぇや……」

だが、やはり羽賀は首を傾げる。

どうやら、実際に探した方が話が早そうだ。

四人で手分けして、葉書の束の中から〝峰子〟の年賀状を探した。時代なのか、この地方の気質なのだろうか。平成に入っているのに印刷のものは少なく、版画や手書きのものばかりで字が読みにくい。

それでも探し始めて一〇分もしないうちに、娘の菊恵が一枚の葉書を束の中から抜き出した。

「ありました。これでねぇか……」

そういって、座卓の上に置いた。

平成八年の年賀状だった。お年玉年賀葉書に干支の子《ね》の赤い判が押され、その周囲にそれほど上手くない筆文字で月並な新年の挨拶が書かれていた。

〈――明けましておめでとうございます。今年もよろしくお願いいたします。
峰子――〉

裏を返す。宛先は、〈――羽賀治信様――〉になっていた。だが、左下の差出人の住所と名前を見た瞬間、愕然とした。

〈――〒968―04
福島県南会津《みなみあいづ》郡只見町大字只見字新町○○○○番地　松岡方　井苅峰子――〉

片倉は思わず息を呑み、柳井と顔を見合わせた。

こんなところにも〝井苅〟の名前が出てきた……。

「この〝井苅〟という名前は……」

片倉が訊いた。

「だから、峰子さんが嫁に行った先の姓だと思いますがぇ……」

つまり、峰子は離婚しても、元の亭主の名字を使っていたということになる。

「その、峰子さんの別れたご主人の名前はわかりませんか」

菊恵がそれを、羽賀に伝える。

「父っつぁ、峰子さんの別れた亭主の名前を知らねぇがと」

羽賀が、首を傾げて考える。

「いや……知んねぇが……」

だが、〝井苅〟という名字は、このあたりでは珍しい。偶然のわけがないのだ。

「それでは〝井苅忠次〟という人は知りませんか。字は、こう書きます」

片倉が上着のポケットから手帳とボールペンを出し、〝井苅忠次〟と書いた。それを、羽賀が老眼鏡をずらして覗き込む。そして、首を横に振る。

「いや、知んねぇが……。おれは、峰子の亭主には一度も会ったことねぇがぇ……」

やはり、だめか。

最後にひとつだけ、訊いた。

「ところで、話は戻りますが、昭和三二年の火事の原因は何だったんですか。〝放火〟ではなかったんですか」

菊恵が伝える。羽賀が〝放火〟と聞いて、驚いたような顔をした。

「火事の原因は、わからねぇが。消防は、石炭のストーブでねぇがってぇ。〝放火〟なんて、聞いてねぇすけぇ……」

ここまでだった。これ以上は、何を訊いても大した情報は得られなかった。片倉は念のためにDNA型鑑定用の羽賀の毛髪を預り、家を出た。

「これから、どうしましょうか……」

柳井が、歩きながらいった。

「峰子が平成八年まで住んでいた住所はわかっている。少し遠いが、只見町まで行ってみないか」

峰子の年賀状は、平成六年から八年まで、計三枚が確認できた。そのことから、峰子が墓参りで羽賀の家を訪ねたのは平成五年のお盆ごろではないかということになった。

気になるのは、その年賀状が平成八年——一九九六年——で途切れていることだ。菊恵は、その年に峰子は亡くなったのではないかという。そしてその同じ年の年末に、あの関町南の〝赤猫〟があった。

「それなら、須賀沼に迎えに来させましょうか。今井課長にも只見に向かうと断っておかないと」

「いや、ちょっと待ってくれ……」

片倉は、腕の時計を見た。すでに、午後三時を回っていた。このまま魚沼田中駅まで歩いても、一日に四本しかない只見線の次の上りまで二時間以上になる。それに乗って只見まで行ってしまうと、今日中に小出まで戻れなくなってしまう。

「康さん、どうしました」

「いや、何でもない。そうだな、須賀沼に車で迎えに来るようにいってくれ……」

田圃の刈り入れは終わっても、周囲の山々はまだ青かった。空には、暗雲が垂れこめていた。

気がつくと、いつの間にか、大粒の雨が降りはじめた。

14

宿は旅館というよりも、温泉地によくあるような観光ホテルだった。

まるで迷路のような大きな建物の中に大浴場や露天風呂があり、部屋数も多い。部屋と風呂を行き来するだけでも迷いそうになる。〝出張〟といえば小さなビジネスホテルの部屋で寝起きすることに馴らされてきた片倉には、罪悪感にも似た違和感があった。

ともかく、温泉に入るのも久し振りだった。夏に魚沼に来た時には予定が狂って入れずじまいだったし、その前となると昨年の年末ごろまで記憶がない。

久し振りに浸かる温泉の湯は、ガタのきた体と古傷に染みた。

片倉は二年前に暴漢に刺された腹の傷を押さえた。もう完治してからかなり経つのに、まだ腹の中に刃物が入っているように疼くことがある。

「康さん、まだ上がらないのかい」

湯煙の中で、得丸がいった。

「ああ、せっかくだからもう少し温まるよ。腹の傷に具合好くてね……」

「そうか。それなら先に部屋に戻ってるぜ」

「おれもすぐに行くよ」

得丸が湯から上がってしまうと、広い露天風呂は片倉一人になった。湯の中で、体を伸ばす。眼下に流れる渓流が岩を伝う音と、森を吹き抜ける清涼な風が心地好かった。

こんな温泉に来ると、いつも離婚した元妻の智子《ともこ》の顔が目に浮かぶ。

あいつを連れてきてやったら、喜ぶだろうな……。

そういえば智子とも、ここのところしばらくは連絡を取っていない。

部屋に戻ると、みんな浴衣姿でくつろいでいた。五人が揃ったところで、食事が用意されている大広間に向かう。どうも〝出張〟という緊張感がない。

料理は最低限のものを頼んだはずなのだが、なかなか豪華だった。お決まりの小鉢が数品にお造りと天ぷら、人数分の小鍋まで付いた。見ているだけで、腹が鳴った。

「仲居さん、とりあえずビール三本くらい持ってきてね」

〝キンギョ〟は、もう完全に慰安旅行気分に浸っている。

まずはビールで乾杯し、料理に箸を付け、人心地ついたところでやっと仕事の話が始まった。

「ところで康さん、そっちの方はどうだったんだい。何だかまた〝井苅〟の名前が出てきたとか聞いたが……」

今井が小鉢をつつきながら訊いた。その件に関してはすでに簡単に、柳井が電話で報告してある。

「一応、昭和三二年の火事の当事者だった羽賀治信には会ってきたよ。九〇を超えていたけど、頭の方ははっきりしていた」

片倉もビールを飲みながら応じる。

「それで、その〝井苅〟というのは……」

「あの火事で亡くなった〝鮎子〟に妹がいたんです」柳井が説明する。「〝峰子〟というんですが、離婚歴があって、その別れた亭主の姓が〝井苅〟といったようです」

「それは〝井苅忠次〟かい？」

今井が、片倉に訊いた。

「それはまだわからんよ。井苅忠次かその〝峰子〟の戸籍の原本を調べてみれば、過去にその二人が夫婦関係にあったかどうかはっきりするだろう」

いずれにしても明日、〝峰子〟の線をもう少し洗ってみなくては何もわからない。

「ところで得さん、小出署の方はどうだったんだ。何か目ぼしい線でも出てきたかい」

今度は片倉が得丸に訊いた。

「目ぼしいものなんて、何もないいさ。何しろ昭和三二年の〝火事〟だからなぁ。捜査資料は整理されちまってるし、まして参考になるような〝ブツ〟は何も残っていなかった。鑑識の出る幕はなしだよ」

得丸がそういって溜息をついた。

「犠牲者の死因はわからなかったのか」

昭和三二年の広神村の火事の犠牲者は、計三名。その三人の死因が〝焼死〟だったのか否かでもはっきりすれば、今回の捜査は大きく進展する。

「だめだね。当時は検死も、目視でしかやってなかったようだ。司法解剖されてないんだよ。資料には一応〝焼死〟とは書いてあったが、まったく当てにならんね……」

昭和三二年という時代を考えれば、仕方ないだろう。

「すると、火事の原因については……」

「記録上は〝失火〟になってたね。石炭ストーブの周辺が火元だったようなことが書いてあったが、どうだかな……」

やはり、羽賀が記憶していたとおりだ。だが、石炭ストーブといえば普通は鋳鉄《ちゅうてつ》製だ。そんな重いものがどうやったら火元に成り得るのか理解できなかった。

「その件に関しては魚沼市の消防本部の方にも行ってみたんだが、やはり当時の資料らしきものは何も残ってなかったね……」今井がいった。「ただ当時の消防団員の日誌のようなものが見つかって、そこにたった一行〝ストーブによる失火〟と書いてあっただけなんだよ……」

予想はしていたが、やはり六〇年近く前の〝事件〟ともなるとそう簡単にはいかないようだ。

「それで、明日はどうするかな。明後日にはもう、東京に帰らなくちゃならないわけだしね」

得丸がいった。

「おれと柳井は、南会津郡の只見町まで行ってみようかと思っている。例の火事で死んだ羽賀鮎子の妹の〝峰子〟が、平成六年から八年ごろまで住んでいた住所が年賀状に書いてあったんでね。今井、一応福島県警の方に断りだけ入れておいてくれないか。〝上越日報〟の方は、後回しだ」

片倉がそういって、自分を納得させるように頷いた。

「了解。我々はどうしようか」

今井が、片倉に伺いを立てる。まったく、どちらが上司なのかわからない。

「得さんと今井は、例の日本電源開発の小出電力所の方に行ってみてくれないか。井苅が奥只見ダムや田子倉湖の工事現場にいたころの記録が、何か残っているかもしれない」

「もし、何も残ってなかったら……」

まったく世話の焼ける奴だ。これでよく刑事課の課長になれたものだ。

「もし井苅の記録が何もなかったら、一九八七年に沼田で起きた〝赤猫〟の〝被害者〟の折原清一について当たってみてくれないか。折原は日本電源開発の社員だったんだから、何か出てくるだろう」

「わかった。折原について調べてみよう……」得丸がいった。「折原は確か一九七九年まで日本電源開発にいたんだろう。だったら、まだ社内に折原のことを覚えている人間が残っているかもしれないな……」

やはり得丸の方が話が早い。

「もうひとつ、頼みたいことがあるんだ。時間があったら魚沼市役所に回って、井苅忠次か井苅峰子の名前で戸籍の記録を探してみてくれないか」

「わかった。それもやってみよう」

戸籍の保存期間は、当時でも八〇年だ。もし井苅忠次か峰子のどちらかが過去にいまの魚沼市内に本籍を置いていれば、現在も戸籍の台帳が残っているはずだ。

「それならおれと柳井は、只見線で行くよ。車はそちらで使ってくれ。須賀沼、明日の朝おれと柳井を小出の駅まで……」

そういって須賀沼の方を見た時、異変に気が付いた。真赤な顔をして、座ったまま寝息を立てている。

「こいつ、どうも静かだと思ったら座ったまま眠ってるぞ」

「今日は長いこと運転して、疲れたんだろう」

「そういえば須賀沼は下戸《げこ》だったはずだが、今日はずい分ビールを飲んでたようだぞ」

「おい、須賀沼。緊急出動！」

片倉が肩を揺すると、須賀沼が驚いたように目を覚ました。

15

翌朝、片倉は柳井と共に、七時五八分小出駅発の只見線に乗った。

八月に来た時と同じ、会津若松方面行きの始発列車だ。だが、あれからまだ二カ月も経っていないのに、魚沼の田園風景は大きく変わっていた。

あの時はまだ青々とした稲穂を実らせていた水田も刈り入れを終え、いまは水も抜かれて黒々とした豊穣な大地が遠い山並まで続いていた。遥か山々の緑も、心なしか紅葉の気配に色付きはじめていた。

「のどかな風景ですね……」

車窓の外を流れていく風景を眺めながら、柳井がぽつりといった。

「お前は東京生まれの東京育ちだから、こんな風景をあまり見たことがないだろう」

片倉も向かいの席で、同じ風景を眺めている。

「はい、少なくともこんな風景の中を列車で走るのは初めてだと思います。でも、なぜか懐かしく感じるんです……」

そういえば片倉も、夏に只見線に乗った時に同じことを感じた。魚沼の田園風景は、すべての日本人の血の記憶に刻まれた普遍の心の故郷なのかもしれなかった。

二輛編成の〝キハ40系気動車〟はあの日と同じように古いディーゼルエンジンを唸らせ、静かな田園風景の中を走り続ける。藪神――越後広瀬――魚沼田中――と鉄道模型のジオラマにあるような駅にひとつずつ停まりながら、遠い山並に向かっていく。やがて入広瀬、大白川――を過ぎると線路は深い森の中に分け入り、鉄橋で末沢川の渓谷を幾度となく渡りながら、険しい六十里越の峠へと登りはじめる。

長いトンネルを抜けると、眼下に田子倉湖の広大な水面が広がる。ここはもう福島県、南会津郡の只見町だ。天上の地は、すでに秋の色に染まっていた。

列車は定刻どおり、九時一五分に只見駅に着いた。あの日と同じように乗客の列に続いてホームを歩き、線路を渡り、駅舎を抜けて改札を出た。だが今日は、夏に来た時よりも少しはゆっくりできるだろう。

駅前には、会津川口駅行きのマイクロバスが待っていた。広く閑散としたロータリーの駐車場に、駅から出てくる乗客を待つ車が数台。その向こうに、観光用のタクシー会社の車庫と、〝奥只見荘〟という小さな旅館の建物が見えた。

「この住所の〝大字只見字新町〟というのは、どのあたりだろうな……」

片倉が、駅前に立てられた周辺地図を見ながらいった。

「いや、康さん。これのほうが早いですよ。もう住所を入力してありますから、ナビを見ながら行きましょう。向こうですね」

柳井がスマートフォンを手にし、ディスプレイを見ながら歩き出した。

「あ、ああ……そうだな……」

片倉は、どうも最近のＩＴ技術の進歩には付いていけないところがある。

只見駅から駅前のロータリーを横切り、国道二五二号線に出た。ここから会津川口の方向に、少し歩く。大人二人が小さなスマートフォンを頼りに雄大な自然の中を歩く姿は、さぞや滑稽なことだろう。

しばらく行くと左手に町立の小学校があり、その先の右手に金網で囲まれた電力施設が見えた。近付くと、『日本電源開発　田子倉電力所』と書かれた看板が掛かっていた。

「〝日本電源開発〟か……」

何やら、因縁めいたものを感じた。

さらに、先に進んだ。間もなく右手に、旅館らしき建物が二軒並んでいるのが見えた。

「あのあたりのようですね……」

柳井がスマートフォンを見ながら、指さした。

どちらもそれほど古くない建物だった。営業しているようだ。手前の旅館には『古里』、奥は『松岡《まつおか》旅館』という名前が書かれた看板が出ていた。

「どうやら、ここのようだな……」

片倉が、奥の旅館の建物を見上げた。

「住所も合ってますね……」

柳井が、郵便受けに書かれている住所を確認する。

ちょうど宿泊客が、宿を引き払う時間だった。宿の前に駐まっている宿泊客の車は二台。一台目の車が走り去り、後の車が出るまで少し待って、宿を訪ねてみた。

最初に、初老の女将らしき女が出てきた。警察手帳を見せて来意を説明すると、すぐに主人らしき男を連れてきた。片倉はその男に羽賀の家から預かってきた峰子の年賀状を見せた。

「以前、この家に井苅峰子さんという方が住んでいませんでしたか。おそらく、平成六年から八年くらいのことだったと思うんですが……」

男が年賀状を見て、驚いたような顔をした。

「はい、峰子さんなら、よく知っとるがなし」

二〇年以上もの時間の空白が、一気に縮まった。

宿の主人の名は、松岡秀行《ひでゆき》といった。

昭和三〇年生まれの六一歳。片倉よりもかなり上に見えたのだが、歳はあまり違わなかった。

松岡は井苅峰子のことをよく覚えていた。平成六年から八年よりもさらに以前から、峰子はこの松岡旅館に住み込みで仲居として働いていた。そして平成八年の年末ごろに、それまで患っていた心臓の持病を悪化させて亡くなった。まだ六四歳だった。

「井苅峰子さんは、いつごろからここにいらしたんですか」

片倉が訊いた。

「古い方ですべなぁ……。んだから、おいが高校さ出て、郡山《こおりやま》の会社に就職してからこっちに戻ってきたころにはもうここにおったように思いますべ。昭和五四年か五五年ごろからではなかったすべか……」

県境を越えて会津側に入るとまた方言がまるで違ってしまうので、聞き取りにくい。

松岡がいうには、井苅峰子は先代のころの仲居だった。少なくとも亡くなるまで、途中で他の土地に移った時期はあるが、繁盛期を中心に一五年はこの旅館で働いていた。

タバコを吸い、酒好きで、男好きのする美人だった。客にも、人気があった。そんな峰子がなぜこの山奥の小さな旅館に落ち着いてしまったのか、松岡は不思議に思ったことがあるという。

松岡は、〝井苅忠次〟という男のことは知らなかった。

「まあ、若いころには多少の色恋沙汰はあったのかもしんねぇべが、特定の男の影は無かったように思いますべ。結婚していたことがあったとは、聞いたように思うんだけんどもなぁ……」

松岡によると、井苅峰子にはほとんど身寄りがなかったらしい。亡くなった時も、峰子の実家を探してみたのだが、結局わからず仕舞だった。遺体は数人の知人の立会の元に荼《だ》毘《び》に付され、いまも裏山の墓に無縁仏として眠っているという。

「そうですか……。峰子さんに、年賀状をやり取りする親戚がおったんだすべか……。そういえば親父が、そんなことをいってたかもしんねぇ……。まあ、峰子さんも、どっかから流れてきたような人だったすべな……」

〝流れてきたような人〟という言葉が、胸に小さな刺《と》棘《げ》のように引っ掛かった。

「峰子さんは、ここに来る前にはどこにいたのかわかりますか」

片倉が訊いた。

「さあ、どこだったか。いろんなところにおったと聞いたすべ、東京におったとか、会津若松の方にもおったとか……。そういえばずっと昔に、新潟県の小出やこの只見の他の場所で働いとったようなことも聞いたことがあったべなぁ……」

「昔というと、いつごろのことですか」

「さあ……。おらがまだ生まれたばかりのころだから、昭和三一年とか三二年とか、そのくらいだど思うべ……」

片倉と柳井は、思わず顔を見合わせた。

井苅峰子が、昭和三二年に小出か只見にいた可能性がある——。

羽賀治信はいっていた。峰子は火事があった一一月二三日の夜、「職場の住み込み先に戻り無事だった」と……。

「その昭和三二年当時、峰子さんが小出か只見のどちらにいたのかわかりませんか」

柳井が訊いた。だが松岡は首を傾げ、難しい顔をした。

「そこまではわからんべな……。だいたいそれが昭和三一年か三二年のころだっていうのも、そんなもんじゃねぇかなっていうだけのことだべ……」

もう、六〇年近くも前の話だ。そんな昔のことを、誰だって細かく覚えていたりはしない。

だが、これ以上は無理かと諦めかけた時に、松岡が何かを思い出したように手を打った。

「そうだ、峰子さんの遺品があったかもしれねぇだな……」

「〝遺品〟ですか」

「んだ。大したもんではねぇと思うが、親父が処分してねければ残ってっかもしんねぇだね……」

井苅峰子の遺品は古い桐の衣裳箱に納められて、旅館の納戸の奥に仕舞われていた。箱の上に、〈――井苅峰子　遺品――〉と書かれた紙が貼られている。その黒ずんだ汚れた箱を見た時、片倉は平成八年一二月の関町南二丁目の火事現場から発見された小さな桐簞笥のことを思い出した。

だが、南会津は桐簞笥や桐細工の名産地だ。桐の衣裳箱も、特に珍しいものではない。箱を開けた。

中に、虫の喰った着物が二枚。絣《かすり》らしき帯が二本。他に革のハンドバッグがひとつに、松本清張《まつもとせいちょう》や横溝正史《よこみぞせいし》の文庫本が数冊。革表紙のアルバムが一冊。あとは古いお河童頭の女の子の市松《いちまつ》人形がひとつ入っていただけだった。

ハンドバッグの中を見た。

化粧道具が一式に、小さな手鏡。女物のセイコーの腕時計がひとつ。イミテーションらしき真珠のネックレスに、小さなダイヤの指輪。他に印鑑がひとつと、東邦銀行只見支店の預金通帳が一冊。通帳の残高は、数千円しか残っていなかった。

それが、井苅峰子という女の人生のすべてだった。

「このアルバムを見てもよろしいですか」

柳井がいった。

「どうぞどうぞ、見てやってくだっしょ」

片倉は、柳井と二人でアルバムを開いた。

どうやら、井苅峰子が成人して以後のアルバムらしい。和服を着た、まだ二十代と思われる若い女の写真。洋装の写真。写真はモノクロームで、髪型も化粧もかなり古いが、どれもなかなかの美人だった。

「これが、峰子さんですか」

片倉が訊いた。

「そうだすべ。亡くなった時よりかなり若いっすが、面影はあるすべなぁ……」

さらに、ページを捲《めく》る。

古い街並を背景に撮った峰子の写真。大きな川の前に立つ峰子の写真。そして、おそらく写真館か何かのスタジオで撮った、若い男と二人で写る写真……。

「これは……」

片倉が、柳井を見た。

「もしかして、井苅忠次かもしれませんね……」

峰子は和服を着て、手前の椅子に座っている。その斜め後ろに、体に合わない借り物のような背広を着た痩せた男が立っている。髪は角刈りで、モノクロームの写真で見ても顔が浅黒く、目つきが鋭い。

警察官ならば、片倉でなくても直感的に思うだろう。この男は、何かをやらかしそうな目をしている。

「確か、署の事件資料の中に井苅の庄内の実家から預かった若いころの写真がありましたね……」

柳井がタブレットの電源を入れ、その写真をディスプレイに表示した。古い不鮮明な写真だが、よく似ている。

「どうやら、同一人物と見て間違いなさそうだな……」

やはり峰子が離婚した元亭主は、井苅忠次だったようだ。

次のページにも、井苅忠次らしき男が写っていた。ニッカボッカに地下足袋を履き、頭には白い鉢巻。背広姿ではわからなかったが、隆とした筋肉の腕を胸に組んでいる。

背後にはボタ山のような山があり、その手前に古いジープが写っている。井苅が、田子倉ダムか奥只見ダムの工事現場で作業員として働いていた時の写真だろうか。

だが、まさか……。

次のページ。そこで、意外な写真が片倉と柳井の目に飛び込んできた。胸に赤ん坊を抱いた、峰子の写真……。

「これは、峰子さんの子供ですか」

片倉がアルバムのページを松岡に向けた。

「さあ……どうだすべか……。峰子さんに子供がいたかどうかは、知らねがったが……」

だが、そこから後にも何枚かの子供の写真が出てきた。一歳くらいだろうか、綿入れを着せられて布団の上に座っている赤ん坊の写真があった。

次の写真は、もう三歳くらいになっている。右手に千歳飴を提げ、髪をお河童に切り揃えているところを見ると、女の子らしい。どことなく、桐箱の中に入っていた市松人形と似ていた。

同じ、三歳か四歳ごろの写真。写真館で撮ったのか、峰子と子供が二人で写っている。だが、井苅らしき男の姿はない。そしてこの写真を最後に、子供の姿はぷっつりと跡絶えてしまう。

次の写真まで、それから少なくとも一〇年以上の時間の空白がある。写真は色褪せているがカラープリントになり、そこに写る峰子の姿もだいぶ老けたように見える。その後は東京の街並で撮った写真があり、旅行先なのか誰かの古い乗用車の前に立つ写真があり、いまのこの只見町の松岡旅館で撮った写真があって、アルバムは消え入るように終わっていた。

後半の三分の一ほどのページには、写真は貼られていなかった。だが、アルバムを閉じようとすると、最後のページに目が止まった。何か、詩のような文章が書いてある。

「これは何だろう……」

「さあ、歌か何かですかね……」

達筆な文字を読むと、こう書かれていた。


〈——とんと昔にのう。

村に兎と狢がおったとや。

兎は頭が良くってな、いつも狢を騙したてや。

ある日、兎が狢にいよったと。

今日は天気が良いすけ、山に柴を伐りに行がねかや。

狢が兎にいよったと。

そらあ良いごっだのぉ。山に柴を伐りに行ごうそや。

狢どん、お前は力があるだんが、柴をどおど背負ってくれねろか。

兎どん、よしよし。おらがどおど背負って、わけもねえ。

二人は柴を背負ってよ、山さ下るはじめたとや。

狢どんが先を歩いて、兎どんが懐から火打石を取る出して、かちり、かちりと火を打ちはじめたと。

狢どんは、いったとよ。かちり、かちりと音がするが、何だろうのう。

すると兎どんが、いったとよ。かちかち鳥が、鳴いてるであるめぇか。

兎どんは、かちりかちりと火を打った。狢どんが背負う柴に、火を打った。そのうちに、狢どんの背中の柴が、ぼうぼうと燃え出した。

狢どんがいったとよ、背中が熱くてたまらねぇが、どういがらいや。

兎どんがいったとよ。おやおや、お前の背中に火がついてるが、こりゃあ大変なごっだ。

狢どんが、火だるまになってころげたと。背中が焼けて、あっちっち、あっちっち。

兎どんが、いったとよ。ころげてないで、早く背中の柴を下ろしょっさい――〉

話はこの後も、狢が背中の火傷で死ぬところまで続いている。

「これは、このあたりの民話ではないすべ。言葉からすると、峠の向こうの魚沼のもののようだすべが……」

松岡が、民話の説明をする。だが片倉は、まったく別のことを考えていた。

「松岡さん、ちょっとお願いしたいことがあるんですが」

「はい、何だっしょ」

「確か、峰子さんの無縁墓が裏山にあるとか。そこに案内していただけませんか」

片倉がいった。

16

井苅峰子の墓は、山間の只見町を見下ろす山の中腹にあった。

寺も宗派もない無縁墓地である。昔はダム工事や飯場で亡くなった無縁者や、六十里越峠を越える途中で倒れた身元不明の旅人などが埋葬されて墓地になったという。以前から只見町が管理していたが、いまは訪ねる者もいないのか、墓は森の草木に呑まれるように埋もれかけていた。

森の中を探してみると、墓は全部で二〇基ほどあった。墓石はいずれも苔むしていて、あるものは倒れ、またあるものは長年の風雪の中で風化しかかっていた。埋葬された者の名前が彫られた墓石もあり、戒名らしき文字が彫られたものもあった。

「この墓地は、江戸時代からあったんだすべ。昔はここに、小さな山寺があったと聞いたこともあっけど。もしかしたら、この墓に納まったのは峰子さんが最後だったのかもしんねぇすべ……」

案内してくれた松岡が、独り言のようにいった。

峰子の墓は、それほど探すことなく見つかった。この墓地の中でも日当たりのいい場所に、まだそれほど古くは見えない御影石の墓石がつくねんと建っていた。

墓碑銘は、こう刻まれていた。

〈——井苅峰子之墓

昭和七年六月十七日生　　　平成八年十二月十九日没——〉

それだけだ。戒名も、出身地も書かれていない。

「どうもこの墓だけ、あまり荒れてないな。他の墓より少し綺麗なような気がしないか」

片倉が、柳井にいった。

「そうですね。他の墓よりも、周りの草の生え方が少ないし、掃除をした形跡もありますね。誰か最近、墓参りにでも来たのかな」

だが、峰子に身寄りはなかった。いったい誰が、墓参りに来たのだろう。

「誰か、ここに墓参りに来る人でもいるんですか」

片倉が、松岡に訊いた。

「さあ、いないと思いますべな。この墓は峰子さんが亡くなる直前に建てたものと聞いとるで、親戚がいるとは聞いておらんですけぇ。うちで働いとった者でも誰か来たんだすべか……」

その時、墓石の周囲を調べていた柳井が、何かを見つけた。

「康さん、これ、何ですかね……。ここにもうひとつ、墓石のようなものがあるんですが……」

見ると、峰子の墓石のすぐ近くの下生えの中に、同じような御影石の石柱が倒れていた。大きさは少し小さいが、これも墓石らしい。近くに、台座があった。

「起こしてみよう」

片倉も柳井を手伝い、墓石を表に向けた。付いていた泥を払う。

「これにも墓碑銘がありますね……」

だが、その墓碑銘を読んだ瞬間、声を出しそうになった。

〈――井苅君子之墓
　昭和二十九年五月二日生
　　昭和三十二年十一月二十日没――〉

井苅峰子の子供は、僅か三歳で亡くなっていた。

そしてその君子《きみこ》という子供が死んだのは、昭和三二年一一月二〇日。あの広神村の火事の、三日前だ。

いったい、どういうことだ——。

17

時計はすでに、昼を回っていた。

片倉は峰子のアルバムと遺品の一部を預り、松岡旅館を後にした。

「どこかで昼飯を食おう。蕎麦屋くらいあるだろう」

片倉は自分でいっておいて、また蕎麦かと、少し食傷気味になった。

「駅に戻る途中に、確か食堂がありましたね。そこに行けば、蕎麦以外のものもあるでしょう」

柳井が片倉の気持ちを察したようにいった。

その食堂は、このあたりでは有名店のようだった。蕎麦もあるが、他にも定食や寿司など品数が多かった。

片倉はその中から、鮎のわっぱ飯を頼んでみた。そのわっぱ飯を食いながら、思う。そのうち鮎が、夢の中にまで出てきそうだ。

「今日はこれから、どうしますか」

柳井が、ボリュームのあるカツ重を食いながらいった。若いというのは、それだけで素晴らしいことだ。

「これを食い終わったら、行きたい所がある。急いで食っちまって、戻ろう」

「戻るって、どこに行くんですか。只見線の下りは確かこの後、一五時四〇分までなかったはずですが……」

「かまうもんか。駅前にタクシー会社があったろう。タクシーを使えばいい」

片倉がそういって、わっぱ飯の鮎にかぶりついた。

昼食を終えて駅前のロータリーに戻り、タクシー会社に駆け込んだ。

越後須原の近くまで、タクシーを一台手配した。この季節、魚沼側への長距離の客は珍しいのか、タクシー会社の対応もいい。

車を待つ間に、片倉は一本、電話を掛けた。前回に魚沼を訪れた時に会った、住安武治である。

住安は思ったとおり、在宅していた。片倉のことも覚えていた。これから一時間半ほどでそちらに着くと伝え、電話を切った。

「誰に電話したんですか」

柳井が訊いた。

「住安さんという、魚沼の郷土史家だよ。ほら、前に来た時に、おれに昭和三二年の広神村の新聞記事を見せてくれた人だ」

思い返してみれば、すべてはあの『上越日報』の記事が発端だった。だが、捜査はこれから先、どこに向かおうとしているのか。行く先はまだまったく見えてこない。

運転手は、浅黒く日に焼けた実直そうな男だった。年齢は七〇歳に近いだろう。

「さあて、あいばっせ（行きましょう）」

運転手のそんなひと言で、タクシーが走り出した。会津訛が強いが、饒舌だった。

「あんつぁま東京からきらったなし。道は長いですべ、ゆっくりしてがんしょ」

言葉は聞き取りにくいが、何とかいっていることはわかる。

「このあたりも、昔は賑やかだったんだろうね。特に昭和二十年代の終わりから三十年代の前半ごろには……」

片倉が話し掛けると、運転手が乗ってきた。

「そりゃあもう。只見町のおらほさ、んだべしたな。なんでも田子倉ダムの工事ん時には電源開発さんつぁがいらして、旅館やら飯屋やら飲み屋やら女を置ぐ店なんかもでっこらでけてよ。おらなんかまだ子供だったからわがんねかったけど、まんま東京の銀座みてぇだったと……」

運転手の四方山話《よもやまばなし》は、長い道中の退屈凌ぎになった。

戦後の復興期の電力事業の統制を目的として、『国土総合開発法』が制定されたのが一九五〇年（昭和二五年）五月二六日。同年一一月には『電気事業再編成令』が公布され、電力事業の再編は『日本発送電株式会社』を軸にして一気に加速することになった。

その電力再編の目玉事業となったのが、奥会津の只見川一帯に巨大水力発電地帯を構築する〝只見特定地域総合開発計画〟だった。この中には複数のダムや発電プラントの建設だけでなく、周辺の道路整備や鉄道の敷設計画も含まれていた。その鉄道というのが、戦時中までに敷設が終わっていた福島県側の会津線と新潟県側の只見線を六十里越トンネルで結ぶ〝只見線開通計画〟だった。

〝只見特定地域総合開発計画〟は、奥只見ダムと田子倉ダムの二つの巨大ダムの建設を中心に進められた。奥只見ダムは一九五三年（昭和二八年）着工、鹿島建設が施工。田子倉ダムも同年着工、前田建設工業が施工した。事業者はいずれも日本電源開発だった。

田子倉ダムの建設の基地となったのが、奥会津の只見村（当時）だった。本格的に工事が始まる二年ほど前から測量や道路拡張工事で日本電源開発の職員や施工建設会社の技術者、下請の工事関係者などが大挙して只見村に押し掛けるようになった。

まず最初に会津線終点の只見駅周辺に旅館ができ、バラックやテントの飯屋が営業を始めた。工事現場の近くには飯場ができ、そこで寝起きする作業員の人数が増えてくると共に、男たちが落とす金を目当てに全国各地から女が集まりはじめた。

それが、昭和二七年から二八年ごろの話である。終戦から、まだ数年。敗戦国、日本は、貧しい時代だった。

昭和二八年に二つのダム工事が着工するころには、只見村にさらに大挙して工事関係者が集まるようになった。駅周辺もさらに賑わうようになり、旅館や店も次々と建った。週末や休日に町で買い物をしたり遊ぶ工事関係者を当て込み、新潟県側の魚野川の小出駅対岸に大きな商店街や歓楽街が栄えたのも、このころだった。

奥会津の只見村周辺や魚沼市（現在）の小出周辺は、日本電源開発の電気事業再編計画の好景気に沸いた。昭和三〇年から三二年ごろの最盛期には、元来数千人だった只見村の人口だけでも三万人に達するほどだったという。

「したがら、おらい親父もダム工事でこっち来だすが、だけんじょダムができても居ついちまったすべな……」

運転手の四方山話に耳を傾けながら、タクシーは険しい山道を登り続ける。時に只見線と並行しながら、車はさらにその上を国道二五二号線の六十里越トンネルで峠を越えていく。

「ところで運転手さん、この国道二五二号線はいつ開通したんですか」

片倉が訊いた。

「んだな……確か、六十里越トンネルが通ったのが、昭和四八年ごろじゃながったかと思うすべな……」

つまり、広神村で火事があった昭和三二年には、まだこの六十里越の道はなかったということか。

「それでは、どうやって只見と小出を行き来してたんですか」

「直接は、行きぎできながったと思うべしたな……」

昭和三二年当時、只見村から新潟県側に行く道は存在しなかった。只見線は大白川から小出まで通っていたが、最終は一九時半ごろだったはずだ。それならば昭和三二年一一月二二日の夜、井苅峰子は、只見線で〝小出に〟帰ったということか――。

午後二時前に、魚沼市の守門地区まで戻ってきた。

住安武治の家は、以前と同じように里山と田畑に囲まれた箱庭のような風景の中に建っていた。タクシーを降り、門の前に立つ。周囲の水田の稲の刈り入れが終わったためかどことなく寒々しく、家も少し小さくなったように見えた。

呼び鈴を押すまでもなく、玄関から住安が顔を出した。穏やかで、知的な笑顔。その笑顔を見た瞬間、肩の力が抜けていくような安堵感を覚えた。

居間に通されると、もう暖房が入っていた。柳井を紹介する。出された熱いお茶を飲むと、身も心も温まったような気がした。

「いつも、急ですみません」

片倉がいった。

「いえいえ、暇を持て余している身分ですがぇ。それで今日は、どのようなご用件ですかな」

住安の態度はいつもゆったりとしていて、だが、こちらの気持ちを見透かすような辛辣さを含んでいる。

「実は見ていただきたいものがありまして……。これなんですが……」

片倉がそういって、ショルダーバッグの中から井苅峰子のアルバムを出した。

「ほう……。これはまたずい分と古い写真ですなぁ……」

住安が老眼鏡を掛け、アルバムのページを捲る。

「例の昭和三二年の広神村の火事で亡くなった、羽賀鮎子の妹のアルバムです。その写真に写っている女性が、妹の峰子です」

「ほう……」

〝妹〟と聞いて住安が怪訝な顔をした。

「見ていただきたいのは、写真ではないんです。一番最後のページを開いていただけませんか」

住安が、最後のページを開く。

「これは……」

「はい、その民話のようなものを見ていただきたかったんです。おそらく峰子という女性が書いたものだと思うのですが、この民話が何かわかりませんでしょうか」

〈――とんと昔にのう。

村に兎と狢がおったとや。

兎は頭が良くってな、いつも狢を騙したてや――〉

片倉が読んでも、昔話の「かちかち山」に似ていることくらいしかわからない。だがこのアルバムの末尾に書かれた民話には、狸（狢）が老婆を残虐に殺す場面は存在しない。

住安は、しばらく民話を読んでいた。読み終えると小さく頷き、顔を上げた。

「これは、魚沼地方の民話だがぇ。よく知られる〝かちかち山〟の原形のひとつですな。言葉も、元の北魚沼郡のものだがぇ……」

やはり、そうか。

「魚沼の民話ということは、このあたり……守門の周辺にも伝承しているんでしょうか……」

片倉が訊いた。

「いや、このあたりではありませんな。たぶん、北魚沼でも、もっと西の小千谷《おぢや》の方だと思いますがぇ……」

小千谷、か……。

住安によると小出と小千谷は直線距離で二〇キロほどしか離れていないが、信濃川《しなのがわ》から西側はまた文化圏が少し違うということだった。だが、〝小千谷〟という地名はこれまでに一度も出てきていない。〝事件〟とは、無関係なのか。

「ひとつ、いいですか」

柳井がいった。

「何だ」

「実は、私も住安さんに見ていただきたいものがあったんです……」柳井がアルバムを手にし、開く。「ありました。これです。この街並がどこだか、わかりますか」

写真を、住安に向けた。住安が、見入る。

「これは……小出ですな。昔の小出の、中ノ島《なかのしま》あたりですがぇ。確か昭和三五年の豪雨で魚野川が暴れた時に柳生橋が流されて、その時にこのあたりもやられましたがぇ……」

住安によると奥只見ダムが竣工した昭和三五年——一九六〇年——七月に魚野川が氾濫する豪雨があり、その時に中ノ島と呼ばれていた一画も壊滅した。写真は、その中ノ島のありし日の繁華街を写したものだという。

片倉はもう一度、写真を見た。

古い街並を背景に立つ、洋装の峰子の写真。どことなく、水商売の匂いがしなくもない。

その下には、大きな川の前に立つ峰子の写真もある。

「すると、この川は……」

「ああ、これは魚野川ですな。まだいまのような護岸がなくて、土手があるだけでしたがぇ。中ノ島は、その土手沿いにあった一画でしたがぇ」

現在の魚野川の河川敷のあたりだ。

「中ノ島は、どんな町だったんですか。つまり、何があったのか……」

峰子の背後には〝キャバレー〟と書かれた看板のようなものも写っている。

「先程もいいましたが、繁華街といいますか、まあ奥只見ダムの工事関係者を当て込んだ歓楽街ですがぇ……」

あの只見村と同じだ。

奥只見ダムの工事が着工する一年前の昭和二七年ごろから、小出町の魚野川に面した中ノ島のあたりに旅館や飯屋、飲み屋などの店が建ち並びはじめた。やがて全国から女たちが集まって〝青線〟(非公然売春地帯)が生まれ、最盛期の昭和三一年ごろにはキャバレーまであった。

そして昭和三五年七月、奥只見ダムの好景気に沸いた中ノ島はその宴の跡を豪雨で洗い流すように、魚野川の濁流の藻屑となって消えた。

その轟々たる風景の中に、峰子という一人の女の運命が浮き沈みする姿が垣間見えたような気がした。

18

宿に戻ると〝キンギョ〟の奴が妙に上機嫌だった。

「どうだい、康さん。戸籍の台帳の中に〝井苅忠次〟の名前を見つけた時はまさかと思ったよ。でも、同姓同名の人間がいるわけないしね。なぁ、得さん」

得丸は話を振られ、苦笑いをしている。

今日、今井と得丸の二人が、魚沼市役所の市民課で井苅忠次の古い〝戸籍の原本〟を探し出してきた。

戸籍には、その一人の人間の人生のすべてが記録される。原則として戸籍の筆頭者を中心にひと組の夫婦の単位で作成され、まず本籍地と氏名、性別、生年月日、以前の戸籍の記録や戸籍筆頭者との続柄などが記載される。夫婦に子供が生まれればその戸籍の中に入り、その子供が成人した場合、もしくは結婚した時に新しい原本を作ることが認められる。

井苅忠次の戸籍の原本は、次のように記載されていた。

〈——本籍

新潟県北魚沼郡小出町大字小出島字〇〇〇

氏名　井苅　忠次
昭和弐拾八年九月一日転入　編成
大正拾四年五月弐拾弐日山形県東田川郡十六合村大字余目○○○に出生　同月二日父届出
父　井苅　総助
母　　貞
昭和弐拾八年九月一日妻　栗城　峰子入籍
昭和七年六月拾七日福島県大沼郡西川村大字名入字諏訪ノ上○○○に出生
父　栗城　正平
母　　ヨシエ
昭和弐拾九年五月弐日長女　君子出生
昭和参拾弐年四月三日妻　峰子除籍
昭和参拾弐年拾弐月参日　福島県南会津郡只見村大字只見字田子倉○○○に井苅忠次の本籍を転出――〉

西川村は現在の三島町《みしままち》である。

「例の関町南二丁目の〝赤猫〟の時には井苅が被害者だったんで、それほど身元の裏付けを詳しく取らなかったからなぁ。持っていた免許証から東京の本籍が割れて、山形県の出生地さえ確認できれば、それでよしとしちゃったんだろうな……」

〝キンギョ〟が苦しい言い訳をした。だが、当時の石神井署の捜査に手抜きがあったことは、ある意味で事実だ。

それでも今井と得丸が井苅忠次の戸籍の原本を見つけ出してきたことは、収穫だった。井苅が小出町に本籍を置いていたのは昭和二八年九月から昭和三二年一二月までの僅か四年余りだが、その中からいろいろなことが判明した。

まず、井苅忠次と峰子が実際に夫婦だったことが確認できた。記載内容を見ると昭和二八年九月に井苅が小出町に戸籍を編成し、同日に峰子とも入籍している。その八カ月後の翌二九年五月に長女の君子が生まれていることから、峰子が妊娠してしまい、あたふたと籍を入れて所帯を持ったことが窺える。

その峰子の出身地は、福島県大沼《おおぬま》郡三島町だった。だが、井苅は、昭和三二年四月に峰子と離婚。二人の結婚生活は、僅か三年半しかもたなかったことになる。

わからないのは峰子が井苅と離婚した時に、なぜか娘の君子の籍が抜かれていないことだ。つまり峰子は君子を連れて出ずに、井苅の元に置いていったということなのか。しかも只見町の墓には、君子は昭和三二年一一月二〇日に亡くなったと書かれていたが、戸籍にはまったくその記録が存在しない。

そして片倉が最も引っ掛かったのは、井苅が福島県南会津郡の只見村（現・只見町）に転出したことと、その日付だ。戸籍の原本に記載されている昭和三二年一二月三日は、あの広神村の火事から僅か一〇日後だ。この符合は、単なる偶然なのだろうか。

一〇月五日、〝出張〟の最終日――。

片倉たち一行は早朝に湯之谷温泉の宿を発ち、まず只見町に向かった。前日と同じように、車で六十里越の峠を越える。目的地は、井苅忠次が小出から転出した〝只見村大字只見字田子倉〟という住所を確認することだった。

現地に行ってみるとこの住所は、只見線の只見駅と二〇一三年に廃駅となった〝田子倉〟駅の中間地点に位置することがわかった。田子倉湖の湖畔に面した一画で、周辺には小さな旅館が一軒と人家が数軒あるだけだった。地元の人間の話によると、昭和三二年当時にはこのあたりに田子倉ダムの工事関係者の飯場があったそうだが、いまはダムに水没して跡形もなくなっていた。

片倉は、山形県の庄内から新潟県の魚沼、福島県の只見村、そしておそらくは群馬県の沼田市、東京の練馬区、もしくはそれ以上の場所を転々とした井苅忠次という男の人生を思う。

普通、人はいくら住所を転々としても、本籍までは移したりしない。本籍まで移転させる人間には、必ず〝何か〟がある。〝何か〟から逃げているのか、犯罪を犯しているのか、もしくはその両方である場合が多い。

只見町の後に、福島県大沼郡三島町に向かった。町役場の町民課に立ち寄り、峰子と羽賀鮎子の父、栗城正平《しょうへい》の戸籍の原本を探してみた。

原本は、すぐに見つかった。記載によると栗城正平は昭和三四年二月一四日に死亡。妻のヨシエも五年後の昭和三九年一月二七日に死亡。戸籍の原本は同日をもって〝閉鎖〟となっていた。いまは出生地の住所、〝西川村大字名入《ないり》字諏訪《すわ》ノ上《うえ》〟の一帯にも栗城姓の家は絶えて、親族が残っているかは確認できなかった。

だが、三島町の名入まで足を延ばしてきて、ひとつわかったことがある。この奥会津の山間部に位置する三島町の一帯は、日本でも有数の桐簞笥の名産地だった。あの関町南二丁目の〝赤猫〟の現場に残っていた桐簞笥と桐の米櫃も、峰子の遺品が入っていたあの桐の衣裳箱も、すべてはこの三島町に起因するものだったのだ。

だが、平成八年一二月二日の夜に関町南二丁目の〝赤猫〟の現場から姿を消した〝鮎子〟という女の足跡は、ここでぷっつりと途絶えてしまった。

「仕方ないさ。おれたちは、やるだけのことはやったんだから。これだけいろいろなところに〝タネ〟を蒔《ま》いたんだから、何か情報があれば引っ掛かってくるだろうよ。さあ、東京に帰ろうじゃないか……」

〝キンギョ〟が珍しく、まともなことをいった。

帰り道、高速道路を走る車の中で、片倉はぼんやりと考えた。いったい〝鮎子〟は、何者だったのだろう。

年齢が一致するとすれば、峰子の娘の君子だろうか。もし彼女が生きていたとすれば、平成八年——一九九六年——当時、四二歳。数件の目撃証言——四十代の半ばから五〇くらい——と一致しなくはない。

だが、君子は井苅忠次の娘でもある。ところが関町南二丁目の〝現場〟から採取された毛髪によるDNA型鑑定では、〝鮎子〟と井苅忠次は「親子ではない」という結果が出た。いったいこの矛盾を、どう説明するべきなのか——。

もうひとつ、矛盾がある。片倉が今回の〝事件〟の再捜査を思い立った切っ掛けは、関町南二丁目の〝現場〟に残っていた〈——須門神社　御守護——〉と書かれた守札だった。だが、殺された井苅忠次も君子も、須門神社との関連がまったく捜査線上に浮上していないのだ。

片倉は、車窓の外の風景をぼんやりと眺める。

暗くなりはじめた高速道路に、車のテールランプの光が、赤い鮎の群のように流れていた。

第二章　白い記憶

1

一一月の第二週に、東京にも〝木枯らし1号〟が吹いた。

前年よりも、一六日遅い気象庁発表となった。今年も暖冬かと思っていたが、この日を境に冬の訪れを知らせる便りがやっと全国から届きはじめた。

片倉が別れた妻の智子と久し振りに会ったのは、その週の金曜日の夜だった。定時の六時に仕事を終え、西武池袋《せいぶいけぶくろ》線の石神井公園まで歩き、池袋行きの上り電車に乗った。

智子とは、午後七時に新宿の紀伊國屋書店本店前で会う約束をしていた。まだ結婚する前、付き合いはじめた当時に、よく待ち合わせた場所だった。何年か振りに見る紀伊國屋の建物は、以前とまったく変わらずそこにあった。

雑踏の中を吹き抜ける風が冷たい。時間はまだ、一〇分ほど早かった。ネオンを眺めながらコートの襟を立て、少し待つかな……と思っていた時に、後ろから肩を叩かれた。振り返ると、智子が立っていた。

「何だ、もう来てたのか……」

「気が付かなかったんですか。私はずっとここにいたのに。あなたが時間より早く来るなんて、珍しいわね」

「そうだったかな……」

そういわれると、面目ない。思い返してみると片倉は、いつも〝仕事〟に託《かこつ》け、智子を待たせ続けてきたような気がする。

一〇月の魚沼出張から戻り、しばらくして、智子からメールで連絡を受けた。秋に商社マンの弟が赴任している香港に遊びに行ってきたので、その時に買ったちょっとした土産物を渡したいという。それならば、新宿あたりで久し振りに中華料理でも食べようかという話になった。

「店まで、ちょっと歩くけどいいかな」

「はい、私はどこへでも」

智子がそういって、背の高い片倉の顔を見上げた。

この日は片倉が、『西康餃子館』という店を予約した。その名のとおり、数十種類の餃子や火鍋、刀削麵《とうしょうめん》などが名物の中華料理店だ。実のところここは柳井に教わった店で、片倉自身もここに来るのは初めてだった。中国人のウェイターに案内され、ビルの四階の窓辺の席に座ると、智子がもの珍しそうに周囲を見わたした。

「どうかしたのか」

片倉が訊いた。

「あなたがお店を予約してくれるなんて初めてだし、それにここは禁煙席でしょう」

「そうだよ。タバコは、もうかなり前にやめたんだ。この前に会った時も、その前も吸ってなかっただろう」

片倉も以前はタバコを吸っていた。だが、禁煙してもう六年になる。

「そうだったかしら……。私はいまでも、どうしてもあなたがタバコを吸っていたイメージが強くて……」

いわれてみれば、そうだった。以前はタバコを吸わない智子の前でも、おかまいなしに煙を燻《くゆ》らせていた。自分も禁煙して初めて、いかに人に嫌な思いをさせていたかがわかるようになった。

最初はビールを頼み、名物の餃子数種類を中心に海鮮料理など何品かを注文した。中華料理の常として料理はすべてボリュームがあり、二人で楽しめる品数は限られているが、どれも美味しくて途中から頼んだ瓶《かめ》出しの紹興酒にもよく合った。別れてから何年も経つのに、智子との食事にはいまもまったく違和感がない。

智子の香港土産は、ちょっと高級そうな中国の黄茶だった。片倉のお茶好きを覚えてくれていたようだ。だが、それも智子が淹れてくれればの話で、離婚してからはペットボトルのお茶くらいしか家では飲んでいない。

「このお茶、五十代以上の人には体にいいそうですよ」

自分ももう、人に体を気遣われる歳になった。

「ありがとう。飲んでみるよ……」

正直、ありがたかった。

「それで、あなたはどうなの。最近はどこかに行ってるの」

智子が料理を取り分けながら訊いた。

「うん、この歳になると署内でも時間が取れるようになってきたんでね。今年の夏と秋には只見線に乗りに、新潟県の魚沼の方に行ってきたよ。只見線て、知ってたかな……」

片倉は、かい摘んで話した。

只見線は福島県の会津若松から新潟県の小出まで、奥会津の豪雪地帯から魚沼の米穀地帯を走り抜ける日本屈指の秘境の鉄道であること。長いトンネルを抜ける六十里越の峠越えと途中の田子倉湖の景色は、秘境の鉄道と呼ばれるに相応しく壮観この上ないこと。だが只見線は二〇一一年の新潟・福島豪雨により多数の橋梁が流失し、寸断され、いまも会津川口から只見駅間の二七・六キロが不通になっていること――。

「今回はいろいろと事情があって、小出から只見までの半分しか乗れなかったんだ。だから年が明けたら、雪の季節に残り半分の会津若松から会津川口まで乗ってこようかと思ってね……」

何げなく、特に予定を決めているわけでもなくそんなことを話した。

「その途中の不通区間て、いまはどうなっているの」

智子が興味深げに訊いた。

「マイクロバスで代行運転してるんだ。だからそのバスに乗れば、会津若松から小出まで半日で行くことはできる」

片倉が説明する。

「よく知ってるわね。あなたは昔から、鉄道で旅をしたいといっていたから」

「そうだったかな……」

自分ではここ数年で〝乗り鉄〟に目覚めたつもりだったのだが。だが、智子にいわれてみると、以前から、そんなことをいっていたような気もしないではない。

途中で料理を少し、追加した。今夜は食も進んだし、話も弾んだ。

「雪の会津って、素敵でしょうね。私は会津にも、魚沼にも、これまで一度も行ったことがないの……」

智子が一瞬、少女のような表情を見せた。

「おれがあまり、旅行に連れていかなかったからなぁ……」

いまになって思えば、後悔の念もあった。

「ねえ、あなた……」

「何だ」

「あなた本当に、年が明けたら会津に行くの？」

智子が片倉のグラスに、紹興酒を注いだ。

「ああ、時間が取れたら行くつもりだけど、どうしてだ」

紹興酒のグラスに、口をつける。

「もし本当に行くなら、私も連れていって。いいでしょう」

一瞬、片倉は、グラスを落としそうになった。

2

一〇月の〝出張〟から戻った後も、片倉は一人で地道に三件の〝赤猫〟について調べ続けていた。

ひとつは被害者の爪の間に井苅忠次のＤＮＡ型と一致する皮膚片が残っていた、昭和六二年一二月一〇日に群馬県沼田市で起きた〝放火殺人〟の一件だった。

魚沼の〝出張〟から戻った翌週に、片倉はこの〝赤猫〟の一件で所轄の沼田署を訪ねた。表向きの理由は〝井苅忠次のDNA型鑑定に関する報告〟だったが、片倉の本来の目的はまた別のところにあった。

片倉は、〝事件〟の〝被害者〟の折原清一という男のことが気になっていた。これまでに沼田署から報告を受けていたのは、折原が事件当時六七歳であったこと。昭和二八年から五四年まで日本電源開発に社員として在籍していたこと。死因がロープで縛られた上での〝焼死〟であったことくらいだった。

幸い沼田署には、〝事件〟を担当した〝刑事〟がまだ一人だけ残っていた。久保塚《くぼづか》という片倉と同世代の、やはり警部補だった。この久保塚に話を聞き、折原清一についてまた新たにわかったことがいくつかあった。

まず、折原が独身で、一人暮らしだったことだ。身内は当時九四歳の母親と、二つ歳下の妹だけだった。母親はいわゆる〝老人ホーム〟に入っていて、妹は夫や他の家族と共に高崎《たかさき》市内に住んでいた。

放火された家は折原が父親から引き継いだもので、つまり折原の生家だった。昭和五四年に日本電源開発を辞めた時点で、生家に戻ったようだ。戸籍を調べてみると生年月日は大正九年（一九二〇年）一〇月九日で、本籍地も放火事件のあった〈――群馬県沼田市坊新田町×××——〉になっていた。

気になるのが、折原が日本電源開発を辞めたのが昭和五四年三月。この時点で折原は、五八歳だったことだ。どうしてあと僅か一年七カ月、定年まで会社に残らなかったのか。人によっていろいろな事情があるのだとは思うが、自分がその歳になってみると、やはり違和感は否めない。

さらに片倉は久保塚に案内され、〝赤猫〟の〝現場〟にも立ってみた。

市役所が近く、周辺に病院やスーパー、アパートや商店があるごく普通の住宅地だった。宅地と宅地の間にはまだ少し緑地や畑が残っているが、東京の関町南二丁目の〝赤猫〟の現場とどこか似ているような気がした。

かつて折原清一という男が住んでいた場所には、いまは別の家が二軒建っていた。どちらも、築二〇年以上は経っているだろうか。一軒の家の表札には〝天田〟、もう一軒には〝小沢〟と書かれていた。

もうひとつ、折原清一に関してわかったことがある。これは沼田署ではなく、日本電源開発から得た情報だった。社員だった昭和二八年から五四年当時、折原は日本電源開発のプラント技術者だった。特に前半の昭和四〇年ごろまでは、奥只見ダム建設の監督と発電プラントの構築、さらにその維持管理などを担当していた。

これまでの捜査の経緯により、戸籍の原本などから、井苅忠次もまた昭和二八年九月から広神村で火事があった直後の三二年一二月まで奥只見ダムの現場で働いていた可能性があることがわかっている。田子倉ダムの現場に移ったのは、その後だ。つまり井苅と折原が知り合ったのも、そのころだということになる。

だが、謎は残る。昭和三二年一二月に縁が切れたはずの井苅と折原がいつ、どこで再会し、三〇年も経ってから群馬県沼田市で放火殺人にまで発展するトラブルになったのか。そもそもなぜ、〝折原だった〟のか。井苅が奥只見ダムから田子倉ダムへと工事現場を渡り歩いた七年間に、折原以外にも何人もの日本電源開発の社員と知り合っていたはずだ。

片倉は、推理を巡らせる。井苅が奥只見ダムの現場にいた昭和二八年から三二年は、ちょうど小出で峰子と入籍し、家庭を持ったころに重なる。ちょうどそのころに、井苅に長女の君子が生まれている。そのことと、折原の一件はまったくの無関係なのだろうか——。

おそらく、考えすぎなのだろう。

一方で片倉は、峰子の線も追い続けていた。彼女には、〝何か〟がある。これまでの捜査から名前がはっきりしている人間の中で、彼女とその娘の君子が一連の〝事件〟のキーパーソンであると思えたからだ。

片倉は自分のノートに、これまでの峰子の人生を簡単に整理してみた。

〈──井苅峰子
○昭和七年六月一七日、福島県大沼郡西川村に栗城峰子として生まれる。
○昭和二七年～二八年ごろ、新潟県小出町に転居。中ノ島の周辺で水商売に従事（推定）。
○昭和二八年九月一日、奥只見ダムの工事現場で働いていた井苅忠次と結婚。二一歳。
○昭和二九年五月二日、長女・君子を出産。
○昭和三二年四月三日、井苅忠次と離婚。
○昭和三二年一一月二〇日、君子死亡（墓碑銘による）。
○昭和三三年一一月二二日、姉・鮎子が北魚沼郡広神村の嫁ぎ先で火事により焼死。
○昭和五四年一〇月一〇日、福島県南会津郡只見町大字只見字新町に移転。
○平成八年一二月一九日、同地で死亡。享年六四──〉

これが、峰子の人生のすべてだった。

昭和五四年一〇月一〇日に南会津郡只見町に移転したことがわかったのは、〝出張〟から帰った後に只見町役場の住民課から、峰子の戸籍の原本が見つかったという知らせを受けてのものだった。これは広神村の火事から二二年後で、田子倉ダムの工事が終わった一九年後のことでもある。つまり、井苅忠次は、すでに只見町にはいなかった。

峰子はそれまで、新潟県の小出町に住んでいた。その小出町から、峰子はなぜ、さらに山奥の只見町に移り住んだのか……。

考えるまでもなく、峰子の人生には不可解な点がある。人生の晩年に住み込みで働いていた『松岡旅館』の松岡秀行は、峰子が「タバコを吸い、酒好きで、男好きのする美人だった……」と証言している。実際に峰子は二十歳《はたち》そこそこで南会津の実家を出て、奥只見ダム建設の好景気に沸く小出町の歓楽街に身を投じた。

その派手好きな峰子が、なぜ昭和五四年から平成八年までの約一七年間、只見町という南会津の山奥で暮らしたのか。片倉にはそれが理解できなかった。

昭和五四年一〇月に只見町に移り住んだ時、峰子はまだ四七歳だった。女として、けっしてやり直しのきかない歳ではない。それなのに、残りの人生を、なぜ山奥の旅館の仲居としてひっそりと暮らしたのか。峰子の生き方として、似つかわしいとは思えなかった。

何かに追われ、身を潜めていたのか。もしくは、誰かを待っていたのか。もし待っていたのだとしたら、その相手は井苅忠次だったのか——。

他にも、峰子の人生には謎がある。そのひとつが、彼女が残したアルバムの最後のページに書かれていたあの奇妙な民話だ。

〈——とんと昔にのう。

村に兎と狢がおったとや。

〈兎は頭が良くってな、いつも狢を騙したてや——〉

あれから片倉は、あの民話の冒頭の一節が頭から離れない。気が付くと、いつも頭の中で繰り返している。

魚沼の郷土史家の住安武治は、あの民話を「もっと西の小千谷の方……」のものだといっていた。だとしたら、人生のどこかで、峰子は小千谷にいたことがあるのだろうか。その峰子の人生の空白の部分が、一連の〝事件〟と何らかの関係があるのだろうか——。

そして、峰子のアルバムに残っていた数々の写真……。

片倉は、今日もアルバムを開く。写真の構図も、峰子の笑顔も、そしてアルバムのページに貼られた写真の順番もすべて目に焼き付いてしまっている。その中に何枚か、どうしても気になる写真があった。

写真が撮られたのはおそらく昭和四十年代の中頃だろうか。それ以前のモノクロームの写真が、このあたりからカラープリントに変わっている。そこに、アルバムの見開き二ページにわたり、前後の峰子の人生とは違和感のある写真が並んでいる。

そこに写る峰子は、三十代の半ばほどだろうか。髪は当時流行したパーマネントをかけたロングヘアで、色褪せたカラー写真でもわかるほど化粧が濃い。ハイヒールを履き、これも昭和四十年代のニューモードのワンピースや、肩にパッドを入れたジャケットを着ている。ラビットのような、毛皮のコートを羽織っている写真もある。

問題は、その写真が撮られた場所だ。この見開きには、新潟県内で撮られたと思うものは一枚もない。場所を特定できるものは、四枚。バックに東京タワーが写っているものや、銀座四丁目の服部時計店の前に峰子が立っているものなど、いずれも〝東京で撮られた写真〟だ。

一連の写真には、共通点がある。すべての写真に、峰子が一人で写っていることだ。つまり峰子はこの時、自分と写真を撮った人物と、おそらく二人で行動していたということになる。

それらしき人物が写っている写真は、一枚も存在しない。だが写真の中の峰子の恥じらうような表情やポーズを見る限り、相手は〝男〟だろう。

写真が撮られた昭和四十年代のこのころ、峰子はまだ小出町に住んでいた。少なくとも、住民票や戸籍の記録ではそうなっている。

もちろん東京に〝旅行に行った〟と考えればすむことなのだが、それにしては不自然なことがある。はたして当時の小出町に、峰子が写真の中で着ているような服を売っている店や、パーマをかけてこんな髪形にできる美容院があったのだろうか。

もうひとつは、同行者が誰だったのかということだ。もし〝男〟だとしても、時間の流れを考えれば別れた亭主の井苅忠次ではないだろう。だとすれば、この時の峰子の愛人か誰かなのか。

細かいことを、気にしすぎるのかもしれない。だが、良くも悪くも、それが片倉の〝刑事〟としての性分だった。一度でも気にしだすと、納得するまで調べなくては気がすまなくなる。

幸い、小さな手掛りはあった。峰子の背後に、古い国産の乗用車が写っている写真が二枚あることだった。

車種は日産510型ブルーバード。年式は昭和四三年式から四六年式。かつて若いころには片倉自身も憧れたことがある車なので、当時のカタログなどを調べてすぐに特定することができた。

もちろん、峰子の車ではない。新潟県、福島県の各公安委員会に問い合わせても、井苅峰子名義での運転免許証の発行記録は存在しないことがわかった。つまり、このブルーバードは同行者の車――峰子の写真を撮った人物の車――だということになる。

二枚のうちの一枚には、車のナンバープレートが写っていた。小さく、不鮮明で、肉眼ではとても読み取れない。

もしこのナンバープレートが読めれば、車の所有者が特定できるかもしれないのだが。

とりあえず鑑識の得丸の担当で、〝科警研〟にコンピューター解析を依頼したが、一〇日以上が過ぎても連絡がない。やはり、現在の技術をもってしても解析は難しいのかもしれない。

そして、〝鮎子〟だ。

平成八年一二月二日、あの関町南二丁目の〝赤猫〟の現場から姿を消した〝鮎子〟という女は、いったい何者だったのか。片倉は先日の〝出張〟の時はもちろん、事あるごとに該当者の情報提供を依頼してきたが、いまのところは何も引っ掛かってきていない。

いずれにしても半世紀、もしくはそれ以上昔の話だ。

ほとんどの証拠や、人々の記憶は、時の流れの中に埋もれてしまっている。

3

日本電源開発の本間《ほんま》一也《かずや》という総務部の福利厚生課長から連絡があったのは、魚沼への〝出張〟からすでに二カ月が経ち、一二月に入ってからだった。

最初は、刑事課の今井課長宛に電話が掛かってきた。どうやら〝出張〟の折に今井と得丸が日本電源開発の小出支所に立ち寄った際、名刺交換をして挨拶をした相手だったようだ。今井では要領を得ないので、片倉が電話を代わった。

要件は、それほど複雑ではなかった。先日の今井の要請を受け、一九八七年に沼田の放火殺人で亡くなった折原清一と同時期に会社にいたOB数十人に書簡で連絡してみたところ、「本人と付き合いがあった」という者が一人名告り出てきたという知らせだった。もし警察が話を訊きたいのであれば、「会って話してもいい」といっているという。

このような時に不便なのが、警察の〝決まり〟だ。刑事課に電話が掛かってきた以上は、正式な〝捜査〟となる。そうなればまた所轄の十日町《とおかまち》署にお伺いを立てなくてはならないし、二人以上での行動が原則となる。結局、諸々の手続きを踏んで柳井の手が空くのを待ち、十日町に出向いたのは師走も酣《たけなわ》の一二月の第四週に入ってからだった。

二カ月半振りに訪れる新潟の風景は、またがらりと趣が変わっていた。一面の雪景色である。ＪＲ飯山《いいやま》線の十日町駅で下りた時には、また灰色の空から雪が降りはじめていた。これから数カ月、このあたりは雪と冷たい北風に曝されながら、暗く長い冬に閉ざされることになる。

「寒いですね……」

駅前からほんの数十メートル歩き、タクシーに乗る間に柳井がコートの前を合わせて首を竦《すく》めた。

「おれは仙台の出身なんで寒さはそうでもないが、それにしても暗いな……」

仙台の冬も奥羽《おうう》山脈からの山颪《やまおろし》は冷たかったが、雪の日は少なかった。そして空は、明るく澄んでいた印象が強い。

十日町署で儀礼的な挨拶をすませ、その足で指定された市内の老人ホームに向かった。

受付に行くと、連絡をくれた日本電源開発の本間がロビーで待っていた。

向かいのソファーに、白髪の老人が一人。それが折原清一と「付き合いがあった」という前田《まえだ》保《たもつ》という男だった。

前田は現在、八六歳。昭和五年の生まれだという。折原が大正九年——一九二〇年——の生まれだったので、一〇歳下ということになる。

ロビーの応接スペースに座ったまま、話がはじまった。

「前田さんは、折原さんとはかなり年齢が違うようですが。社内ではどのようなお付き合いだったんですか」

片倉が訊き、柳井が横でメモを取る。

「ああ、同じ班で、折原さんの部下だったんですよ。私が昭和三五年に小出から奥只見の方に転勤になって、それからずっと折原さんの下で発電プラントの管理をやっていたんです……」

前田が折原の下にいたのは、昭和三五年から四八年までの約一三年間だった。その後はまた、小出支所の方に転籍した。だが、折原が昭和五四年に退社するまではちょくちょく顔を合わせていたので、ほぼ丸一九年の付き合いになる。

「折原さんとは、どんな付き合いだったんですか。会社の上司と部下という関係はともかくとして、私生活の部分とかでは……」

「そうですなぁ……。まあ、私は折原さんにはかなり可愛がられていたので、仲は良かったですよ。よく飲みに連れていってもらったり、休みの日には岩魚を釣りに行ったりしてね……」

前田は懐かしそうに話しながら、左手が常に小刻みに震えている。何か、深刻な病の後遺症かもしれない。だが、日本電源開発という大きな会社の元社員だっただけあり、土地の訛も少なく、声もはっきりしているので話が聞きやすい。

「折原さんが亡くなった時のことを、覚えていますか」

話は、核心に入っていく。

「そりゃあもう……。あんな亡くなり方でしたからね……」

前田が、記憶を辿るように話す。

事件があった数日後、前田は会社から折原が火事で亡くなったと聞いた。社内で有志を募り、かつての同僚何人かと沼田まで通夜に出掛けた。その場で初めて、確か折原の地元の知人から〝放火殺人〟だったことを知らされた。

「当時、沼田署の方から何か事情聴取はされませんでしたか」

片倉が訊くと、前田が少し考えた。

「いや、まったく……。そんなことはなかったと思いますな……」

「それでは、折原さんが何者かに命を狙われていたというような、そんな心当たりはありませんでしたか」

前田がまた、考え込む。

「当時はよくそんなことも考えたんですよ。いったい、折原さんは誰に殺されたんだろうってね。でも、これといった心当たりはないんですよ……」

話がそこで、行き詰まってしまった。

片倉はそこでひと息入れて、疑問のひとつをぶつけてみた。

「前田さんは、井苅忠次という名前を聞いたことはありませんか。年齢は前田さんよりも五歳ほど上で、以前、奥只見ダムの工事現場で働いていたことがある男なんですが……」

前田が一瞬、怪訝な顔をした。

「いや、聞いたことはありませんが……」

そうだろう。少なくとも井苅は、昭和三二年の一二月には奥只見から田子倉ダムの工事現場に移っている。時系列でいえば、前田と井苅はすれ違いで顔を合わせていない。

「もしかしてその井苅という男が、折原さんを殺したのかね……」

逆に前田が訊いた。

すでに物証となった〝犯人〟の皮膚片のＤＮＡが井苅のものと一致し、被疑者死亡として〝事件〟に幕が引かれたことは群馬県の地元紙などに載った。

「新聞を読みませんでしたか。今年、ＤＮＡ鑑定というのをやって、その井苅忠次という男が犯人だったことがほぼ確定したんです。その井苅も、平成八年に東京の練馬区の火事で亡くなっていますが」

「そうですか……。折原さんを殺した犯人が、わかったんだ……。そうでしたか……」

前田が感慨深げに、何度も頷いた。

「ひとつ、いいですか」

柳井がいった。

「ああ、自由にやってくれ」

「すみません。ところで、ちょっと話は戻るんですが、先程前田さんは折原さんに、〝よく飲みに連れていってもらった〟といってましたね。それはいつごろの話で、どこに飲みにいったのか、覚えていますか」

そうだった。その切口があった。

前田が少し考え、話しはじめる。

「そうですね……。奥只見に移ってすぐだったから昭和三五年の春から、小出に戻った昭和四八年ごろまでじゃなかったかな……。場所は小出周辺が多かったですね……。週末になるとよく奥只見から出てきて、小出で飲んだなぁ……」

前田と折原が、昭和三十年代から四十年代の末まで小出で飲んでいた――。

だが、当時の小出にそう店は多くなかったはずだ。片倉がそれなら、と思った瞬間に、やはり柳井がそのポイントを突いた。

「それならば、この写真の女性を知りませんか。おそらく、昭和四五年ごろに撮った写真だと思うんですが……」

柳井がそういってタブレットの電源を入れ、ディスプレイに峰子の写真を出した。東京タワーがバックに写っている写真だ。その上半身をアップにして、タブレットを前田の方に向けた。

前田が老眼鏡を調節し、写真に見入る。表情に、明らかな反応があった。

「この人は、知っている。会ったことがあるな……」

片倉と柳井が、顔を見合わせた。

「名前はわかりますか」

柳井が訊く。だが前田は、首を傾げる。

「さて、何といったか……。いわれればわかる気がするんだが……」

無理もない。もう、半世紀近く前の話だ。

「どこで会ったかだけでも思い出せませんか」

今度は、片倉が訊いた。

「小出、ですよ。確か折原さんがよく連れていってくれた店があって、まあスナックみたいな店だったんだけど、そこのママだと思ったな……」

片倉と柳井が、また顔を見合わせた。まさか、折原と峰子に接点があった――。

「そのスナック、店の名前を覚えていませんか」

前田が目を閉じ、顔を顰めながら腕を組む。

「何てったかね……。そうだ、女の名前だったんだよ。下に〝子〟が付いたような……」

「もしかして〝峰子〟じゃありませんか」

柳井がいった。

「そうだ、それだ。〝峰子〟ですよ。間違いない。店の名前も、さっきの写真の女の人も、〝峰子〟だよ……」

決定的だ。峰子と〝殺された〟折原清一は、顔見知りだった。つまり、〝殺した〟井苅忠次と折原の間にも、もうひとつ〝峰子〟という接点が存在したことになる――。

前田は折原に連れられて、その〝峰子〟というスナックに月に一度か二度は行っていた。折原は、もっと足を運んでいただろうという。カウンターと、奥に小さなボックス席があるだけの小さな店で、上がったことはないが二階に部屋があった。

「そういえば、折原さんが変なことをいってたなあ……」

前田が、何かを思い出したようだ。

「どんなことですか」

「いや、本当かどうかは知りませんよ。だけど折原さんがいうには、ママは自分の〝コレ〟だからってね……」

そういって前田が、震える左手の小指を立てた。

峰子と折原清一がデキていた……。

本当なのだろうか。もし本当だとしたら、沼田の〝事件〟や峰子が晩年を只見町でひっそりと暮らしたことと、何か関係があるのだろうか。

いずれにしても、半世紀近くも前の話だ。いまになって、意味があるのかどうかもわからない。だが、そんな話が出たのなら、ひとつ確認しておきたいことがある。

「柳井、例の写真を出してみてくれ。峰子が車の前に立っている写真だ」

「はい、これですね……」

柳井がタブレットのディスプレイに写真を出し、前田に見せた。前田はすぐにわかったのか、顔にかすかに笑みを浮かべた。

「青いブルーバード、懐かしいな。これ、折原さんの車ですよ……」

やはり、折原の車だったのか。

「折原さんの車でしたか……」

「そうです。何度かこの車で、ドライブに連れていってもらったことがありますよ。当時はブルーバードっていったら、ちょっとしたものでね……」

「すると、この写真は……」

「折原さんと峰子さんが、一緒にドライブにでも行ったんでしょうね。そういえば、折原さんはよく車で群馬の実家に帰ったりしていたし、東京に行ってきたとか聞いたこともあったなぁ……」

結局、その写真が撮られた日時は特定できなかった。だが、前田の記憶によると、このブルーバードは「昭和四六年式だったはずだ……」という。前田は車好きで、その翌年の昭和四七年の秋に自分でも日産のサニーを買ったので、まず間違いはない。

さらに記憶によると、折原が「東京に行った……」といっていたのは、前田がまだ奥只見にいたころ、昭和四八年の春以前だという。もしこれらの記憶が正しければ、峰子と折原が東京に行ったのは昭和四六年から四八年春までの二年の間だということになる。峰子の服装と周囲の風景——背景の樹木が紅葉に染まっている——からすると、おそらく昭和四六年の秋か、翌四七年の秋ということになるだろう。

「もうひとつ、峰子さんについて思い出したことがあるな……」

前田がいった。

「どんなことですか」

片倉が訊く。

「いえね、これも記憶違いだったらすみませんけれどね。峰子さんに、子供はいましたっけ……」

「もしかしたら……」

「これも折原さんから聞いたような気がするんだが、峰子さんには娘が一人いるってね。その娘さんは別れた旦那に連れていかれたとかでね……」

別れた旦那というのは、井苅忠次か。

「その峰子の娘というのは、当時幾つくらいだったかわかりませんか」

「いや、わかりません。私の記憶違いだったかもしれないし……。いや、この話は忘れてください……」

前田がそういって、小さな溜息をついた。

帰りの上越線の中で、車窓の外を流れる雪景色を眺めながら、片倉はいろいろなことを考えた。

前田保という老人の証言はある意味で生々しく、興味深いものだった。だが一方で、一連の〝事件〟にどのように関連してくるのか、もしくは無関係なのか。とりとめのない話でもあった。

いずれにしても前田の話の中に、〝鮎子〟という名前は一度も出てこなかった。最後に前田に確認したが、「聞いたことはない」と答えた。それは、事実だろう。

最も心に引っ掛かるのは峰子には娘がいて、「別れた旦那に連れていかれた……」という証言だった。もし前田の記憶が確かだったとしたら、それは何を意味するのか。だが、井苅忠次が最後に暮らしていた女——鮎子——は、実の娘ではなかった。DNA型鑑定の結果は、絶対だ。

「康さん、ちょっといいですか……」

柳井の声に、ふと我に返った。

「何だ」

温《ぬる》まったお茶で咽を潤し、息をついた。

「ひとつ、気になることがあるんです。いま、峰子の人生、特に昭和四十年代から五十年代までを整理してみたんですが……」

「それで」

片倉が、柳井の手にしているタブレットを覗き込む。

「ここなんです。峰子が新潟県の小出町から会津の只見町に転出したのが、昭和五四年一〇月一〇日。これに対して、折原清一が日本電源開発を辞めたのが、同じ昭和五四年の三月なんです……」

「ああ、そうだな……」

そういいながら、片倉の心はひりひりと熱を帯びはじめていた。

折原清一は、なぜ五八歳で日本電源開発を中途退社して、群馬県沼田市の生家へ戻ったのか――。

「確かに半年以上の時差があるといえばそうなんですが、逆にいえば〝たった七カ月〟ですからね。これは、偶然なのかなと……」

「偶然じゃないとしたら、どうなんだ」

もちろん、偶然のわけがない。

「私は、偶然じゃないと思うんです。七カ月の時差があるといったって、峰子が住民票を移したのが一〇月だというだけだったのかもしれないし。もしかしたら峰子も、折原と同じ昭和五四年の三月に、小出町から姿を消したのかもしれませんし……」

〝姿を消した〟というところが、いかにも柳井らしい。

「つまり、二人共、小出町にいられなくなった訳か。だとしたら、理由は……」

「たぶん、康さんも同じことを考えてるんじゃないかと思うんですが……。私は二人共、〝何かから逃げていた〟んじゃないかと思うんです……」

まったく、同感だった。そして二人が逃げていたとしたら、その〝何か〟とは井苅忠次ではなかったのか。それ以外には、考えられない。

そしてその八年後、折原清一は井苅忠次に見つかり、殺された――。

「なあ、柳井。もし峰子が井苅忠次から逃げていたんだとしたら、なぜ只見町に身を隠したんだろうな。むしろ只見町は〝危険〟な場所だったんじゃないのかな……」

井苅は田子倉ダムの工事現場で働いていたころ、只見村（当時）の飯場に住民票を置いていた。只見町には、土地鑑があったはずだ。いつ戻ってくるか、わからない。

「そうでしょうか。私は、まったく逆だと思ってました。むしろ只見町は、最も〝安全〟だったのかもしれないと……」

柳井の考えていることが、意外だった。

「なぜ、そう思うんだ」

「はい。私は、井苅忠次もまた〝何か〟から逃げていたんではないかと思うんです。それはあの昭和三二年の広神村の火事だったのかもしれないし、只見町でまた別の問題を引き起こしていたのかもしれませんけど。だから峰子は、只見町に身を隠せば一生井苅から逃げおおせると考えた……」

なるほど。そう考えれば、確かに辻褄は合っている。だが一方で、やはり違和感が残ることも確かだった。

片倉はやはり、峰子が〝何か〟を待っていたような気がしてならなかった。井苅忠次からは逃げながらも、別の〝何か〟を待っていた。その〝何か〟とは、自分の娘ではなかったのか……。

いや、考えすぎか。峰子は、只見町に娘の墓を建てていた。井苅君子は、昭和三二年一一月二〇日に僅か三歳で亡くなったのだ。

だとしたら、〝別れた旦那に連れていかれた娘〟とは、いったい誰のことなのか——。

何げなく、窓の外を流れる風景に目をやった。

暗い雪景色の向こうに、白く染まった八海山が霞んでいた。

4

年が明けて、片倉は本当に智子と会津に行くことになった。

一〇年近く前に別れた妻との泊まりがけの旅行というのは、男として何ともきまりの悪いものだ。楽しみなような、それでいて逃げ出したくなるようでもあり、考える度に気もそぞろで落ち着かなくなる。

一方で智子の方はそんなことなど意に介さぬようで、年末から宿や新幹線の予約に余念がない。時折、旅館の情報を片倉の携帯に送りつけてきては、「ここはどうかしら……」などと呑気なことをいう。

そんな智子から、注文がひとつ。旅行には「くたびれた背広とコートは着てこないで……」といわれた。もちろんそんな野暮な恰好をしていくつもりはないのだが、離婚して一〇年近く経ったいまも智子の片倉に対するイメージは〝くたびれた背広〟であると知って苦笑した。

日程は、一月の第二週の週末の一四、一五日と決まった。一四日の土曜日に東京を出て会津を観光し、その夜は東山《ひがしやま》温泉に一泊。翌日は只見線で六十里越を新潟県側に下り小出から東京に戻る。会津の雪原を走る只見線に乗ってみたいといったのも、智子だった。

だが片倉は、どうせ会津まで行くのなら足を延ばしてみたい所があった。昭和三二年の広神村の火事で焼死した羽賀鮎子と、井苅峰子の生まれ故郷、福島県大沼郡三島町である。前回、〝出張〟の折に立ち寄った時に二人の両親の戸籍の原本は見つけたが、それ以上の〝地取り〟をする時間は取れなかった。生家の周辺を歩いてみれば、栗城の一家のことを覚えている者がいるかもしれない。

二人の生家の最寄駅、只見線の会津西方《にしかた》駅は、今度の旅行で会津若松から新潟県側に向かう途中にある駅だ。会津若松から行くと、会津川口よりも五つ手前の駅になる。だが、まさか智子を連れて、そんな場所で〝聞き込み〟をやるわけにもいかない。

結局、片倉は智子に無理をいい、自分だけ前日に会津に先乗りすることになった。智子とは翌日の午前中に、会津若松駅で落ち合う約束をした。

一月一三日、金曜日――。

片倉は東京駅から、午前一〇時ちょうど発の東北新幹線『やまびこ133号』に乗った。郡山でJR磐越西線に乗り換え、会津若松まで八〇分。その後さらに只見線の会津川口行に乗り換えて約一時間半、雪原と豪雪の山間部を走って会津西方に至る。

東京駅から会津西方まで、四時間三一分。会津西方に着くのが、午後二時三一分。だが、時刻表を調べてみても、一日のうちで東京から最も早く会津西方に着けるのが、この乗り継ぎだった。福島県大沼郡三島町は、地の果てのように遠い。

郡山から乗る磐越西線も、只見線と並び福島県と新潟県の新津《にいつ》駅を結ぶ秘境の鉄道として知られている。車窓に流れる風景は磐梯熱海《ばんだいあたみ》駅を過ぎ、小福山トンネルを抜けたあたりから雪になった。そして沼上トンネルを越えて上戸《じようこ》駅に着くころには、周囲は完全に白一色の雪景色に変わっていた。

寒々しい風景を眺めながら、思う。明日のいまごろは、智子も一人でこの寂しい雪景色の中を会津に向かうのだろう。そう考えると、可哀相なことをしたなと少し自責の念にかられた。

会津若松駅で急いで駅弁を買い、一三時七分会津若松発、会津川口行の只見線下り列車に乗った。年末年始の帰省ラッシュも終わり、観光シーズンも端境期に入っているためか、乗客は疎らだった。窓際の席に座り、リュックを足元に置いてうとうととしていると、やっと発車のベルが鳴ってドアが閉まり、キハ40系気動車の四輛編成の列車が雪の中に動き出した。

七日町《なぬかまち》、西若松《にしわかまつ》と小刻みに駅に停まり、列車は市街地をゆっくりと進む。駅のホームに置かれた大きな赤べこの上に、こんもりと雪が積もっていた。列車が線路を鳴らす音に耳を傾けながら、通り過ぎていく風景もまた雪の中でうとうとと眠っているように見えた。

西若松駅を過ぎてしばらくして最初の長い橋梁——大川《おおかわ》橋梁——を越え、さらに会津本《ほん》郷《ごう》駅を過ぎて宮川《みやかわ》橋梁を越えた。このあたりから少しずつ、風景は奥会津の秘境へと入っていく。

駅に停まり、ドアが開くと、人と共に雪が車内に舞い込んだ。周囲の田園も、森も、遥か彼方の山々も深い雪に埋もれ、霞んでいる。窓の外を眺めていると、自分がどこに行こうとしているのか、わからなくなった。

どのくらい時間が過ぎたのだろう。気がつくと片倉は、雪に埋もれた会津西方駅のホームに立っていた。降りしきる雪を顔に受けながら、雪原に走り去るキハ40系列車の後ろ姿を見送った。

我に返り、腕の時計を見た。時刻は予定どおり、間もなく二時三五分になろうとしていた。だが雪雲に被われた山間の風景は、夕刻のように暗い。

片倉は踵を返し、駅の出口へと向かった。無人の駅舎を出ると、目の前に小さな広場があった。その周囲に、人家が数軒。だが、あたりに人の気配はなかった。

地図を見ながら、歩き出した。近くに、『三島町生活工芸館』という施設がある。そこに行けば、このあたりの桐の工芸品について何かわかるかもしれない。

深い雪の中を歩くのは、懐かしかった。片倉がまだ子供のころは、故郷の仙台の郊外にもひと冬に何度かは深い雪が積もった。その雪の中を、友だちと遊んだり駆けたりしながら学校に通ったものだ。

『三島町生活工芸館』は、町の工芸品の製作を実演、展示、販売する観光施設だった。雪に埋もれた森の中に、この秘境の寒村には似つかわしくないような大きく近代的な建物が聳えていた。

道から入口、駐車場にかけて、除雪されている。駐車場に、軽自動車が二台、駐まっていた。誰か人がいるらしい。

頭と体の雪を払い、建物に入った。中は、まだ真新しい檜の太い柱と梁で支えられた広大な空間だった。その空間に所狭しと、竹細工や木工品、藁で編んだ雪蓑や草鞋、書や小物などが並んでいた。その中には、桐箱や桐の米櫃、衣裳箱などもあった。

片倉は、展示してある桐の米櫃を見つめた。平成八年一二月二日、あの練馬区関町南二丁目の〝赤猫〟の現場に炭化して残っていた米櫃とどこか似ていた。大きさも、引出しが三つある造りもそっくりだった。

次に、衣裳箱に目を移す。これも、井苅峰子の遺品が入っていたものとそっくりだった。金具の意匠も似ている。

感慨があった。長い時間は掛かったが、自分はやっと〝鮎子〟という謎の女と、井苅峰子の原点に辿り着いたのだ。

片倉は、周囲を見渡した。平日、そしてこの大雪という天候もあってか、観光客の姿はない。だが、レジのカウンターの中に、人の姿が見えた。

カウンターの前に立ち、中の女性に声を掛けた。

「すみません、ちょっとお訊きしたいことがあるんですが」

「はい、何でしょう」

女性は、まだ若い。雪のように白い肌の、素朴な笑顔だった。

「あちらに、桐の衣裳箱や米櫃がありますね。あれは、このあたりで作っているものなんですか」

片倉が訊いた。

「はい、三島町のものです。この先の、〝菅野《すがの》桐工芸〟さんで作ってるんです……」

多少の訛はあるが、観光客と話すのに慣れているのか聞き取りやすい。

菅野桐工芸という会社の場所を教わり、外に出た。このあたりに〝栗城〟という家はないかとも訊いてみたのだが、女性は知らなかった。

会社の場所は、すぐにわかった。広大な敷地に古い民家の社屋があり、奥に耐火ボードを貼った二階建の大きな工場が見えた。工場の前には材料を乾燥させているのか、高い木組みに長い桐の板が何本も立て掛けられていた。

屋根に綿帽子のような雪を載せた社屋を訪ねた。入口に『株式会社・菅野桐工芸』と書かれた桐の看板があり、その奥が事務所になっていた。

「すみません……」

雪を払いながら事務所に入っていくと、制服を着た女性事務員が二人、怪訝そうに片倉を振り返った。

「はい、何でしょう……」

「実は、ちょっとお訊きしたいことがあるんですが……。これは、この工場で作られたものかどうかわかりますか……」

片倉はそういって、対応に出た女性事務員に井苅峰子の遺品が入っていた衣裳箱の写真を見せた。だが、中年の女性事務員は首を傾げる。もうひとつ〝栗城〟という家のことも訊いてみたが、やはり心当たりはないようだった。

「ちょっと待ってくだっしょ。いま、わかる人さ呼んできますべ……」

女性事務員がそういって事務所の奥に行き、この会社の〝社長〟という男を連れてきた。年齢は、七〇ほどだろうか。職人然とした風貌の男だった。雪焼けした肌に、皺《しわ》が深い。

「ああ、こらああったらもんだ。確かに、うちの工場で作ったもんだべ……」

社長は、菅野周作《すがのしゅうさく》といった。

菅野によると、確かに桐の衣裳箱は先代か先々代の時代にこの工場で作ったもので、金具の特徴でわかるという。片倉はもうひとつ、焼けた米櫃の写真も見せてみた。だが、こちらは会津で作られたものらしいが、この工場の製品かどうかはわからなかった。

「あんたは、なしてこんなことしてるがよ……」

菅野が、訝《いぶか》しげに訊いた。

今回は、〝私用〟だ。正式な〝捜査〟ではない。警察手帳を見せれば話は早いのだが、そうはしたくなかった。

「人を、捜してます……」

そういうしかなかった。

「何ていう人だんべい」

「栗城正平という方なんですが……」

三島町の町役場に残っていた籍本によると、栗城正平が亡くなったのは昭和三四年二月。いまから五八年前まで、栗城はこの町に住んでいた。菅野の歳ならば、記憶にあるかもしれなかった。

「クリキ……」

菅野が、遠くを見るような目をして考える。

「はい。栗の木の〝栗〟に〝城〟と書きます」

片倉がいった。やがて菅野は何かを思い出したのか、小さく頷いた。

「知っとる……。おらが子供の時さ、この工場におったどさ……」

菅野が、目を細めながらいった。

5

会津は翌日も、雪模様だった。

片倉は朝からそわそわした時間を過ごし、約束の時間よりも三〇分近く前に会津若松駅に向かった。

改札の前に立ち、郡山発のＪＲ磐越西線の到着を待った。考えてみると片倉は、これまでずっと智子を待たせ続けてきた。待ち合わせであれ、日常の生活であれ、自分の方がこれほど待つのは初めてかもしれなかった。

一〇時五六分、智子が乗った列車は定刻に会津若松駅に着いた。地元の人間や、旅行者らしき乗客が、次々と改札を通ってくる。その中に小さく手を振る笑顔の智子を見つけた時に、訳もなく胸がときめいたような気がした。

「待った？」

「いや、そうでもない。荷物、持とうか」

「だいじょうぶ。小さなバッグがひとつだけだから……」

智子がそういいながら、なぜかおかしそうに笑った。

「どうしたんだ」

片倉が訊いた。

「だってジーンズをはいたあなたを見るの、初めてだから。意外と似合うのね」

「そうだったかな……」

その智子も、今日はジーンズにまだ真新しいダウンパーカを着ていた。その恰好が妙に若々しくて、少し眩しかった。

「お腹がへったわ。少し早いけど、宿に荷物を預かってもらってお昼ご飯にしない」

智子がいった。

会津若松の駅前からタクシーに乗り、東山温泉に向かった。宿は露天風呂が自慢の老舗《しにせ》の旅館だった。いかにも会津らしい武家屋敷風の瓦屋根に、綿帽子のような雪を被っていた。

宿に荷物を置き、街に出た。空は暗く、小雪が舞っていた。どちらからともなく腕を組み、雪の中を歩いた。

智子がラーメンが食べたいというので、近くの食堂に入った。このあたりでは観光客に人気のある名店のようで、昼前だというのに混んでいた。雪を払って店に入り、智子はラーメンを、片倉は会津名物のソースカツ丼を注文した。

食事を終えて、また二人で雪の中を歩く。会津武家屋敷を見て、真白に染まった鶴ヶ城を散歩し、咽が渇けば洒落たカフェで熱いコーヒーを飲み体を温めた。

智子との、おそらく二〇年振りの旅行は、楽しかった。だが片倉は、食事をしていても、歩いていても、土産物を見ていても常に心のどこかでまったく別のことを考えていた。

――知っとる……。おらが子供の時さ、この工場におったどさ――。

前日に会った三島町の菅野桐工芸の社長、菅野周作は、栗城正平という男のことをはっきりと覚えていた。

戦前から昭和二十年代の初頭にかけて、栗城正平は菅野桐工芸――当時はまだ会社組織にもなっていない小さな工房だった――で職人の一人として働いていた。菅野の先々代の時代で、僅か数人の職人の中でも栗城は中心的な存在だった。周囲の者に優しい男で、まだ少年だった菅野によく竹トンボなどを作ってくれたことを覚えていた。

だが、栗城正平は、体が弱かった。終戦後の昭和二一年ごろに体調を崩して工房を辞めた。その後は妻のヨシエと二人で竹籠を編む内職などをやり、工房のすぐ裏の借家で細々と暮らしていた。

菅野は栗城が工房を辞めた後も、よく家を訪ねた記憶があった。親からは、病気が感染《うつ》るから行くなといわれたので、結核だったのではないかといった。

結局、栗城は、工房を辞めた十数年後――昭和三四年二月――に死んだ。ほとんど親族もなく、町内で付き合いのあった者が十数人参列しただけの寂しい葬式だった。

菅野は、栗城に娘がいたことも覚えていた。はっきり記憶しているのは、姉の鮎子の方だった。昭和三二年に嫁ぎ先の新潟県北魚沼郡広神村の火事で焼死したことを話すと、菅野はそのことも思い出した。

あまり覚えていないのは、妹の峰子の方だった。名前も、知らなかった。ただとりとめもなく栗城の家に美しい少女がいたことと、その少女がどこか遠くに〝もらわれていった〟ことだけが印象に残っているようだった。

少女が、もらわれていった……。

片倉は、その言葉の意味を思う。それは、養子に出されたということなのか。商家か何かに、奉公に出されたということなのか。それとも、一家を助けるために女衒《ぜげん》にでも売られたということなのか――。

だが菅野は、そのあたりの事情に関しては何も知らなかった。もちろん峰子がどこに〝もらわれていった〟のかについても、まったく記憶にないようだった。

「あなた、何を考えてるの……」

雪の中を歩いている時に智子にいわれ、我に返った。

「いや、たいしたことじゃないんだ。すまん……」

片倉が〝すまん〟といったことがおかしかったのか、智子が笑った。

「いいんですよ。あなたが考え事をするのはいつものことですから。でも、今日だけは、私だけの〝恋人〟でいてくださいね……」

智子に〝恋人〟といわれ、冷たい雪の中で年がいもなく顔が火照《ほて》った。

「それで……。次は、どこに行くか……」

照れ隠しのように、いった。

「私、飯盛山《いいもりやま》にある〝さざえ堂〟に行ってみたいわ。雑誌に載ってたんだけど、とても面白い建物なの……」

〝会津さざえ堂〟は、不思議な建物だった。白虎隊の墓所のある飯盛山の中腹に建つ仏堂で、寛政八年（一七九六年）に当時の住職であった郁堂《いくどう》が設計、建立した二重螺旋の建物として知られる。正式名称を〝円通三匝堂《えんつうさんそうどう》〟という。

智子と二人で雪に埋もれる白虎隊の墓に手を合わせ、その後で〝さざえ堂〟の前に立った。六角形の三層構造の塔のような建物で、床の角度に合わせて造られた廂《ひさし》が螺旋状に斜めになっている。外観は本当に、巨大なサザエのように見える。

中に入ってみると、さらに面白いことが起こる。螺旋状の木の床の斜路を上がっていくと、やがて頂上に至り、誰ともすれ違うことなく別の斜路を下っていく。建物が二重螺旋になっていることに気が付き、驚いた。

「あなた、この建物、不思議……。とても面白い……」

智子の目が、輝く。

「ああ、面白いな……」

「どうなってるの。私、わからないわ。あなた、もう一度上りましょうよ……」

「うん……」

智子が、片倉の手を引く。少女のように純真に、はしゃぎながら。

そう、少女のようにだ。片倉と知り合ったころと、何も変わっていない。むしろあのころよりも、若くなったように見える一瞬すらあった。

なぜ自分は、この純真な女性をもっと大切にしてやれなかったのだろう。もし、失った時間を取り戻すことができるならば。片倉は雪の中で智子と戯れながら、ふとそんなことを思った。

一月の会津は、夕暮が早かった。四時を過ぎたころにはもうあたりは暗くなり、雪に閉ざされた城下町に温もりのある明かりが灯りはじめる。

少し早目に、宿に戻った。部屋は小ぢんまりとした、清潔な和室だった。だが、この空間で別れた男と女がどうやって寝ればいいのかなどと、余計なことが頭の片隅を過《よぎ》った。

夕食の前に、風呂に入った。宿が自慢というだけあって、遠くに会津若松の街の光を眺めながら入る露天風呂は素晴らしかった。冷えた体が急速に温まり、ゆっくりとほぐれていく。

だが、湯につかり、光の中に舞う小雪を見つめながら、またぼんやりと考えた。

——少女はどこか遠くに〝もらわれていった〟——。

いったい峰子は、どこに〝もらわれていった〟のだろう。なぜ〝もらわれていった〟のだろう。だが、峰子の戸籍には、それを裏付ける記載は一切存在しない。

菅野の話が事実だとしても、まだ峰子が少女だったころ——おそらく昭和二十年代の半ばごろ——のことだろう。もう、六〇年以上も昔の話だ。いまからでは、調べる方法もない。

まだ戦後のどさくさの中で、会津の寒村に住む一人の少女が貧困を理由にどこかに〝もらわれていった〟のだ。そんなことは、珍しくもない時代だった。

その少女が大人になり、奥只見ダムの好景気に沸く小出町の中ノ島の繁華街に身を投じた。生きていくために。そこで作業員と恋に落ち、結婚し、子供を産み落とした。それだけの話だ。

だが、片倉は思う。もしかしたら峰子が〝もらわれていった〟場所は、アルバムの最後のページに書かれていた不思議な民話の発祥の地、新潟県の小千谷だったのではなかったのか——。

〈——とんと昔にのう。

村に兎と狢がおったとや。

兎は頭がよくってな、いつも狢を騙したてや――〉

片倉は熱い湯で顔を拭い、頭に浮かんだ民話の一節を打ち消した。

風呂から上がってそれほど待つ間もなく、部屋に夕食が運ばれてきた。世話をする仲居の説明に、耳を傾ける。食膳は会津の郷土料理を懐石風に演出したもので、品数も多く、華やかだった。

「美味《おい》しそう……」

湯上りの智子の顔が、華やいだ。

「これはご馳走だな。ビールを頼むか」

「もちろん……」

仲居に、ビールを注文した。栓を抜き、智子の酌をグラスに受ける。片倉も瓶を手に取り、智子のグラスに酌を返す。

「それじゃあ……」

「お疲れ様……」

どちらからともなくグラスを合わせ、冷えたビールを飲み干した。それだけで、訳もなく幸福な気分になれた。

浴衣姿の智子が自分の前にいることが、不思議だった。こんな光景は、いつ以来のことだったか。だが、湯上がりの智子の姿は昔と何も変わらず、まるで二人の間にある時間の空白が消え去ったように自然だった。

「あなた、お肉もう焼けてるわよ」

気が付くと、卓上コンロの上で会津牛の小さなステーキが良い焼け具合になっていた。

「ああ、そうだな……」

ステーキを、頰張る。掛値なしに、旨かった。

「あなた、また考え事してたでしょう」

智子が食事に箸を運びながら、上目遣いに片倉を見た。

「うん……いや、大したことじゃないよ……」

「何を考えてたの?」

片倉はビールを飲み、ふと息を吐いた。

「いや、お前が変わらないなと思ってさ……。いまでも、綺麗だな、と……」

智子の顔から一瞬、笑いが消えた。そしてまた、取り繕うように笑顔が戻った。

「あなたに、綺麗だなんていわれたの、初めて……」

浴衣の袖でさりげなく拭った目に、小さな涙が光ったような気がした。

旅館の夜は、更けるのが遅い。食事が終わっても、まだ八時にもなっていなかった。これからの長い夜が、何とも手持無沙汰で落ち着かなかった。

「ねえ、あなた……。お風呂に行かない……」

片倉の気持を察したように、智子がいった。

「ああ、そうしよう。お前が先にいってろよ。おれは後から鍵を掛けていくから。ゆっくり入ってこい」

だが、智子は何かをいいたげに俯いている。

「そうじゃないの……。この宿をネットで予約した時、貸切り風呂があったから、それも頼んでおいたの……」

「貸切り風呂って、お前……」

だが、智子の顔を見ていると、男として断る訳にもいかなかった。

貸切り風呂は、露天だった。明かりは、暗い。小さく丸い五右衛門風呂のような湯船に、湯が注いでいる。

だが、別れた妻と二人で露天風呂に入るというのは、これも何ともばつが悪いものだ。

片倉が先に入り、智子を待った。夜空にはまだ、小雪が舞っている。

智子が脱衣所から出てきた。手拭で体を隠し、光の影になっているが、目のやり場に困った。別れた妻の体を見ることに罪悪感を覚え、どんな顔をしたらよいのかもわからなかった。

智子が湯船に、体を沈めた。小さな湯船から湯が溢れ、薄《うっす》らと雪の積もった床を流れていく。

「温かい……」

智子がいった。

「うん、温かいな……」

それだけをいうのが、やっとだった。

「あなたとお風呂に入るのなんて、何年振りかしら……」

「さあ、どうだったかな……」

考えてみても、思い出せなかった。二〇年振りか。それとも、三〇年振りか……。

智子の手が、片倉の腹の傷に触れた。

「この傷……」

「ああ、それか……。二年前の、あの時の傷だよ……。ほら、刺された時にお前にすぐ電話したじゃないか……」

そんなこともあった。

片倉は二年前の秋に、自宅のマンションのエントランスで待ち伏せされ、暴漢に刺された。あの時、血が流れ出る腹の傷を押さえてコンクリートの床に倒れながら、携帯でまず電話をしたのが智子だった。

「痛くないの……」

「ああ、たいしたことはない。冷えたり天気が悪かったりすると少しは疼くけどね。普段は忘れてるよ……」

「かわいそう……」

智子が、小さな声でいった。

部屋に戻ると、もう寝仕度が整えられていた。テーブルが壁際に移され、部屋の中央に二組の布団が並べて敷かれていた。

「もう少し、布団を離すか……」

片倉がいった。

「どうして。これでいいじゃないの」

智子が悪戯《いたずら》っぽく笑う。

「そうだな……うん、これでいいか……」

寝ようと思ったが、まだ時間は九時になったばかりだった。何となくそわそわとして、落ち着かない。

「どうします。もう少しお酒、飲みますか？」

「そうだな。飲むか……」

それから二人で、冷蔵庫の中の冷酒を一本空けた。それでも足りなくて、またフロントに酒とつまみを注文した。

酒を飲みながら、いろいろなことを話した。知り合ったばかりのころと、二人がまだ夫婦だった時の思い出。離婚してから、これまでの出来事。そして智子がほんの一時期、他の男と再婚していた期間の話……。

あの時、智子が医者と再婚すると聞いた片倉は、胸が焼かれるような嫉妬に苛《さいな》まれたものだった。だが、いまは、他の男に抱かれた智子をかえって愛おしく感じられるようになっていた。時間は、人の心や男女の関係すらも浄化してくれる。

一〇時半近くになって、床に入った。

明かりを小さくしても、なかなか寝つけなかった。闇の中で天井を見つめていると、時間ばかりが徒《いたずら》に過ぎていく。

どのくらい経ったのだろうか。手を伸ばしてみると、智子の指先に触れた。

「あなた、まだ起きてるの……」

智子がいった。

「ああ、起きてる……」

自分の声が、妙にくぐもって聞こえた。

「眠れないの?」

「うん……」

布団の中で、二人の指と指が絡まった。

「そっちに行ってもいい?」

「ああ、おいでよ……」

指と指が離れた。かすかな衣擦《きぬずれ》の気配が聞こえてきた。しばらくすると片倉の布団の中に、智子が体を滑り込ませてきた。

常夜灯の小さな明かりの中に、智子の白い肌が浮かび上がった。

片倉はその懐かしい温もりを、そっと自分の腕の中に抱いた。

6

目が覚めると、窓の外がかすかに明るくなりはじめていた。

よく眠ったらしい。気がついた時には、腕の中の智子の温もりも消えていた。

枕元の時計を見ると、もう七時近くになっていた。智子の布団にも、誰もいない。

片倉は起き上がり、頭を掻いてあくびをした。浴衣の前を合わせながら、窓辺に立つ。

カーテンを開けると、薄暗い空にまだ雪が舞っていた。

智子は、どこにいったのだろう……。

部屋の明かりをつけ、乱れた布団の上に座った。テレビのスイッチを入れる。お茶でも飲むかと思ってテーブルの上の急須を取ろうとした時、外のドアノブが回る音が聞こえた。

襖が開き、智子が戻ってきた。

「あら、あなた。起きてたんですか」

タオルで拭う髪が、濡れていた。

「ああ、お前か。風呂に行ってたのか」

「ええ、ここのお風呂、本当にいいお湯だから。あなたはよく寝ていたから、起こさなかったの。お茶なら、いま私が淹れますから……」

智子は昨日と何も変わっていない。昨夜のことは、夢だったのだろうか。そう思えるほどに、平穏な朝だった。

布団を畳み、テーブルを元に戻し、二人でお茶を飲みながら朝のニュースを見た。相変わらず、何の変哲もないニュースが並んでいた。だが、こうして二人でテレビを見ていると、実はこの一〇年間もずっと夫婦だったような、そんな錯覚にとらわれる。

朝食は、地産地消のバイキングだった。無性に、腹が減っていた。窓際に席を取り、片倉はバイキング用のプレートに山盛りの料理を取ってきた。飯も山盛りによそい、頬張った。智子がおかしそうに、それを見ている。

「何が、おかしいんだ……」

飯を食いながら、片倉がいった。

「だって、高校生みたいな食べ方なんだもの……」

智子がそういって笑った。

食事の後でもう一度風呂に入り、ゆっくりと宿を出た。タクシーで七日町まで行き、前日に見ることができなかった七日町通りの古い街並を散策した。

七日町は、只見線の会津若松からひとつ目の駅の東側に広がる旧市街地である。藩政時代には会津五街道のうちの日光街道、越後街道、米沢街道がここを通り、会津城下町の西の玄関口として栄えていた。明治、大正時代にも会津の商業の中心地として賑わい、いまも旧家の大店《おおだな》や土蔵造りの洋館を改築した店舗などが通りの西側に軒を連ね、昔の栄華を偲ぶことができる。

七日町には、阿弥陀寺という古刹がある。戊辰戦争にまつわる寺である。ここには戊辰戦争で戦死した多くの会津藩士や、元新撰組の斎藤一《さいとうはじめ》が祀《まつ》られている。

片倉は智子と二人で、深々と降る雪の中に佇む墓石に手を合わせた。理屈ではなかった。志に命を懸けた者とその生き方に対する敬畏として。

「行こうか……。どこかでコーヒーでも飲もう……」

「そうね。寒いわ……」

片倉は歩きながら、智子の髪の雪を払った。

今回の旅は、天候には恵まれなかった。だが雪も、それはそれで陸奥《みちのく》の旅の情緒でもあった。冷たく、寒いほど、お互いの温もりを大切に思える。

雪の中を中町まで歩き、古民家を改築したカフェに入った。室内は薪ストーブが焚《た》かれ、凍てついた顔が火照るほど暖かかった。コーヒーを注文し、それを飲むと、体の芯まで温まったような気がした。

「こんなにゆっくりしていて、だいじょうぶなんですか」

コーヒーを飲みながら、智子がいった。

「だいじょうぶだよ。まだ次の列車まで、二時間半近くあるんだ……」

片倉が、腕の時計を見ながら答える。

現在の時刻表だと、只見線の会津若松発の下り列車は一日に二三本。だがその大半は西若松で分岐する会津鉄道の会津田島《たじま》行きの通勤通学用の列車で、只見の方へは行かない。只見から新潟県側の小出へと連絡するのは朝七時三七分会津若松発の会津川口行き、あとは一三時七分発の同会津川口行きの二本だけだ。

「そんなに少ないの……」

智子が驚いたようにいった。

「六十里越の秘境の列車だからな。乗客も少ないし、仕方ないさ」

片倉がコーヒーを飲みながら、おっとりと答える。

「それで、その一三時七分発の列車に乗ると、何時ごろに東京に着くの？」

「ちょっと待ってくれよ……」

片倉が手帳を開いた。

会津若松駅一三時七分発の只見線の下り列車は、一四時五六分会津川口駅着。ここで約四〇分の待ち合わせがあり、一五時三五分発の代行バスで只見駅に向かい一六時二五分着。ここでまた二時間以上の待ち合わせがあり、一八時三五分只見駅発の下り列車で小出へと向かう。

ここから六十里越の峠をトンネルで越えて、一九時四八分に小出駅着。ここからさらにJR上越線で浦佐《うらさ》、JR新幹線〝Maxとき348〟と乗り次いで、大宮駅着が二二時二分。東京駅ならば二二時二八分着となる。

「遠いのね……」

智子はテーブルの上のコーヒーを、なぜかうっとりと見つめている。只見線で走る雪原の風景を想像しているのだろうか。

「どうする。止めるか。郡山から新幹線で帰った方が早いぞ」

片倉がいった。

「まさか。私は、只見線に乗りに来たのよ。雪の六十里越を、只見線で越えてみたいの。あなたと一緒に……」

智子が片倉を見つめ、頬笑《ほほえ》んだ。

七日町の老舗の郷土料理屋で昼食を摂り、一度タクシーで会津若松駅まで戻った。七日町にも只見線の駅はあるのだが、どうしても始発駅から乗りたかったからだ。

前回は小出駅から只見駅まで、主に新潟県側と福島県側の一部に乗っただけで挫折した。一昨日は福島県側の会津若松から、会津西方までしか乗っていない。どうせもう一度乗るのなら、始発駅の会津若松から終点の小出まで、智子と二人で全線を一気に走破してみたかった。

駅に着き、小出まで二五九〇円の切符を二枚買った。改札を抜け、階段を上り、三番線のホームに降りる。キハ40系のJR東北地域本社色――上が白で下が緑のツートン――の二輌編成の列車が屋根に雪を被り、DMF15HSA型のディーゼルエンジンを暖気しながら待っていた。

「玩具《おもちゃ》みたいな電車ね……」

智子はそういって笑いながら、楽しそうだった。

「いや、これは電車じゃないんだ。ディーゼルエンジンで走るんだよ」

片倉が説明する。

「あら、そうなの。でもあなた、そんなに電車に詳しかったでしたっけ……」

「うん、まあ……。最近、何となくな……」

自分が〝ノリテツ〟であるとは、智子にはいえない。

ホームの自動販売機で温かいお茶を二本買い、車輌に乗った。真冬のシーズンオフということもあって、車内は空いていた。乗っているのは、地元の人々だけだ。

ボックスシートに席を取り、智子と並んで座った。間もなく発車のベルが鳴り、車掌がホイッスルを吹くと列車は重いディーゼルエンジンを唸らせて雪の中に走り出した。

七日町、西若松、会津本郷と停まりながら、いくつかの橋梁を越え、列車は次第に奥会津へと分け入る。遠くの山々は、降り止まぬ雪の中に煙っている。つい一昨日とまったく同じ風景のはずなのに、今日はまた別の場所を走っているような錯覚があった。

「寒々しい風景ね……」

智子が、自分が本当にこの吹雪の中にいるかのように肩をすぼめた。

「本当だな。おれの田舎の仙台の郊外も寒かったが、こんな寒々しい風景は見たことがなかったような気がするよ……」

だが、風景が寒々しいほど、人は逆に心が温まることもある。

一三時四六分、会津坂下駅に着いた。このあたりでは比較的大きな町なのか、一〇人以上の乗客が降りた。だが、ほとんど人は乗ってこない。そのまま発車のベルが鳴り、列車は次の駅を目指して走りはじめた。

車内は閑散として、寂しかった。智子が片倉に手を重ねながら、車窓を流れる風景を見つめている。このままこの列車が、片倉と智子だけを乗せて異次元の空間に消えていくような、そんな光景を想像した。

やがて白い平屋建の会津桧原《ひのはら》駅を過ぎて、一四時三〇分ごろに全長一七四メートルの第一只見川橋梁を越えた。只見線で唯一のトラス構造のアーチ橋である。遥か眼下に、只見川の暗い川面が光っていた。

一四時三五分、会津西方駅着、間もなく発車した。一月一〇日からの冬の時刻表と吹雪の影響で、列車は少し遅れていると車内放送があった。

只見線は、豪雪の中を走り続ける。ここからしばらくは、片倉にとっても未知の風景が続く。その雪に埋もれた会津の山間の風景を眺めながら、片倉はいろいろなことを考えていた。

目蓋《まぶた》に浮かぶのは、栗城鮎子と峰子のことだった。あの姉妹は、この会津の山間の風景の中で生まれ、育ったのだ。まだ幼い二人の少女が雪沓を履き、この凍てつくような白い風景の中で遊んでいた。

だが、二人の家はけっして裕福ではなかった。桐箪笥の職人だった父親は体が弱く、病気がちで、やがて職を失った。そして姉の鮎子は若くして新潟県の農家に嫁に行き、妹の峰子はどこかにもらわれていった。

白い風景の記憶から、二人の姿が消えた。いずれにしても、六〇年以上も昔の出来事だ。鮎子も、峰子も、もうとっくにこの世にはいない――。

「ねえ、あなた。何か考えてる?」

唐突に、智子がいった。

「うん、いや……別に……」

「私は、考えていたわ……」

智子は、車窓の風景を見つめている。

「どんなことを考えていたんだ」

片倉も通り過ぎていく雪の風景を見つめながら訊いた。

「いろいろなことよ。そう……私たちのこととか……」

「うん……」

二人はしばらく、黙っていた。その間にも列車は走り続け、車窓の向こうに寒々しい風景が通り過ぎていく。

「私たち、これからどうなるのかしら……」

列車が、滝原《たきはら》トンネルに入った。暗い窓に智子の横顔が映っていた。

「どうなるといったって、何もわからないさ。この列車のように、停まる駅も行き先も決まっているわけじゃない……」

「そうね……。人は、自分がどこに行こうとしているのかなんて、誰にもわからないものなのよね……」

片倉は、何もいえなかった。ただ、暗い窓ガラスに映る智子の横顔を見つめていた。そこには昨日の少女のような智子ではなく、歳相応の大人の智子がいた。それでも智子は、美しかった。

やがて列車はトンネルを抜け、再び白い風景の中を走る。速度を緩め、無人の小さな駅に停まり、ドアが開く。

客が一人降りたが、誰も乗らなかった。ドアから車内に入ってきたのは、風と冷たい粉雪だけだった。そしてまたドアが閉まり、列車は片倉と智子だけを乗せて雪の中に走りはじめる。

一五時一五分、列車は定刻より少し遅れて終点の会津川口駅に着いた。二階建ての駅舎がある、少し大きな駅だった。

片倉と智子は列車を降り、雪の降りしきるホームを歩く。ホームの先の、幾重にも交差する線路の向こうに、大河只見川の水面が滔々《とうとう》と流れていた。

あたりはすでに、夕刻のように暗くなりはじめている。体の芯まで凍えるような、冷たい風景だった。

「ここから、連絡バスに乗るのね……」

「そうだ。只見駅まで、一時間くらいかな。そこからまた、只見線に乗るんだ……」

「素敵ね……。線路は流れてしまっても、只見線はつながっている……。まるで、人生みたいだわ……」

智子が、雪の降る暗い空を見上げながらいった。

駅舎に入り、改札を出ると、もう連絡バスが着いていた。発車の時刻までは、まだ一五分ほどあった。だが駅の周辺では、時間を潰す場所もない。

「もう、人が乗ってるな。バスの中で待つか……」

「そうね。その方が、暖かいかも……」

駅舎を出て、バスまで歩く。二人の上に、また雪が降り積もる。

「なあ、智子……」

片倉が、雪の中を歩きながらいった。

「何ですか」

智子が並んで歩きながら、片倉を見上げる。

「昨日から、いろいろと考えたんだけどさあ……」

だが、その時、ポケットの中で携帯が鳴った。

「ちょっと待っててくれ……」

片倉が立ち止まり、携帯を見た。知らない番号からだった。電話に出た。

「はい、片倉ですが……」

――ああ、片倉さん……。一昨日、お会いした菅野だがえ、わかるかえ――。

嗄れた声が聞こえてきた。

「はい、わかります。何かありましたか」

――例の、栗城さんのこったがよ――。

「栗城さんのことについて、何かわかったんですか」

――栗城さんの一家のことを、よく知っとう人がおってよ。いま、ここにおるんだがよ。話しでもええといっとるんだが、なじょするかね――。

智子が不安そうに、片倉を見つめている。

「わかりました。私はいま会津川口の駅にいるんですが……」

電話を、切った。

「智子……」

片倉が、智子を見た。

「わかってるわ。お仕事なんでしょう」

「すまない……」

「いいの。私はここから、一人で帰れるから……」

「だいじょうぶか。まだこの先、遠いぞ」

「だいじょうぶよ。子供じゃないんですから。でも、本当はあなたと一緒に、六十里越の峠を越えてみたかった……」

智子が悲しそうに笑い、小さく手を振った。踵を返し、一人でバスに向かって歩いていった。

片倉はしばらく、その後ろ姿を見つめていた。そのか細い背が、寂しそうだった。雪の中に、それまで手の中にあったはずの温もりが、急速に遠ざかっていった。

片倉も、踵を返した。駅前に停まっているタクシーに乗った。

「会津西方まで行ってください」

運転手に告げた。

7

〝菅野桐工芸〟の事務所は、まだ明かりが灯っていた。

いつの間にか雪も止み、風で雲も割れた。雲間から差す月光が反射し、降り積もったばかりの雪の表面がガラスのように煌めいていた。

タクシーを降りて、事務所に入った。室内は暖かく、事務員も残っていた。時計を見ると、時間は夕方の五時にもなっていなかった。

「菅野さんは……」

先日の女性事務員に訊いた。

「社長がお待ちしてました。こちらにおいでくだっしょ」

事務所の奥に案内された。女性事務員が社長室のドアをノックし、開ける。部屋に入ると応接セットのソファーに、菅野周作ともう一人、小柄な老人が座っていた。

「ああ、片倉さん、あがっせ……」

菅野は、片倉が〝刑事〟を名告ったわけでもないのに一昨日より機嫌が良かった。

「お世話になります。それで、こちらの方は……」

片倉が老人に、一礼した。

「この人は、国分喜助《こくぶきすけ》さんだ。ほら、あんつぁがいってた栗城鮎子と峰子な。その姉妹の、幼馴染みだったんだっぺい」

老人がソファーから立ち、会釈した。だが、表情は硬い。初めて会う片倉を、少し警戒しているようだ。

それでも国分は、訥々《とつとつ》と話しはじめた。会津弁が強く、途中で何度も訊き返さなければならなかったが、その話の内容は片倉にも意外なものだった。

国分は、昭和六年（一九三一年）九月一一日いまの三島町の生まれで、生家は栗城の一家と同じ村内の二軒隣だった。姉妹とは毎日のように一緒に遊んだ幼馴染みで、年齢も鮎子よりも二つ下、峰子の一つ上になる。

姉妹のことを、国分はよく覚えていた。姉の鮎子は美人で優しく、いつも国分のことを弟のように面倒を見てくれた。下の峰子はお転婆で、国分は自分の実の妹のように可愛がっていた。

国分にも二つ違いの正男《まさお》という兄がいて、四人はいつも誘い合って小学校に通った。四人は一緒に魚を捕ったり、木登りをしたり、時にはままごとをして遊んだ。ある時には四人で山菜採りに出掛け、山で迷子になり、村中が大騒ぎになったこともある。

ある日、こんなこともあった。いつものように四人で遊んでいる時に、姉の鮎子が突然、変なことをいいだした。

――私たちが大人になったら、この四人で結婚するっぺよ。私が正男ちゃんの嫁になって、峰子が喜助んとこさ行げばよかっぺよ。そしたら四人で一緒に住めるっぺ――。

結局、その話が実現することはなかったのだが。

「お兄様の正男さんは、いまどうなさってるんですか」

片倉が訊いた。

「あんちゃは、もう一〇年前にあっちゃ行がったよ。いだましいことしたすべ……」

国分の兄は、一〇年前に亡くなったようだ。

四人の平穏で幸福な時代に影が差しはじめたのは、兄の正男が旧制中学を卒業するころだった。栗城姉妹の父、正平が病気になり、仕事を辞めた。それまでは同じような境遇で育ったはずなのに、栗城の家が急に貧しくなった。

最初のうちは国分の両親も、栗城の一家をだいぶ助けていた。畑で取れた野菜や米を分けたり、味噌や醤油を貸したりもしていた。だが、栗城の妻から金を無心されるようになったころから、国分と栗城の家は少しずつ疎遠になっていったようだという。

親同士の仲が悪くなれば、子供たちもそれを察したように付き合わなくなる。正男が中学に上がったこともあってか、次第に四人で遊ぶこともなくなった。だが、国分と峰子の二人だけは、それからも親や兄、姉の目を忍びながら会っていた。

やがてその二人にも、決定的な別離が訪れることになった。確か国分が一七か一八になった夏のことだったと記憶している。ある日、国分は峰子に誘われ、山の中の秘密の場所――古い炭焼き小屋――に行った。

そこで、こんなことを聞かされた。

――おら、家っつぁおれなくなったべ。遠くさに、〝もらわれて〟行ぐことになったけえ――。

その夏を最後に、峰子の姿は村から消えた。

「峰子さんがどこに〝もらわれて〟いったのか、わかりませんか」

片倉が訊く。国分はしばらく考え、小さく頷いた。

「おんつぁまん家っつぁ、〝もらわれて〟行がったと……」

「〝おんつぁま〟というのは……」

片倉が、菅野に助け船を求めた。菅野が国分と何やら会津弁で言葉を交し、片倉に説明する。

「〝伯父〟の家だすべ。栗城の女房に兄がおって、その家っつぁ行ったと……」

「その伯父さんの家というのは、どこだかわかりますか」

片倉が訊いた。国分がまた、少し考える。

「〝オジャ〟だったっぺな……」

もしや……。

「新潟県の〝小千谷〟ですか」

「んだべ。その〝オジャ〟ですけぇ……」

峰子と〝小千谷〟が、つながった……。

村から、峰子はいなくなった。だがそれからしばらくして、峰子から手紙が来た。国分もそれに返事を書き、何年かは文通のようなものが続いた。

貧しい時代だったのだ。峰子は家の口減らしのために、伯父の家にやられた。伯父の家では手広く商売をやっていて、その働き手として〝もらわれて〟いったのだ。そうすれば、少なくとも栗城の家は食べる米にだけは困らなくなる。

だが、若い峰子は、いつも仕事が辛いといっていた。三島の家に帰りたいと、毎回のように手紙に書いてきていた。やがて峰子は、伯父の家での生活に耐えられなくなった。

国分は、峰子が一八の時に小千谷の家を出て、小出の色街に身を投じたことは聞いていた。やがて峰子が他の男と結婚し、子供ができたことも知っていた。そして昭和三二年の一一月、姉の鮎子が嫁入先の家の火事で亡くなったと聞いてから、峰子からの手紙もぷっつりと途絶えてしまった。

その後の峰子の消息は、たった一度だけだった。昭和三四年二月に父親の栗城正平が亡くなった時、峰子も三島村に帰りその葬儀に会葬していた。国分は確かに葬儀の場で顔を見かけたのだが、自分の知る峰子とはあまりに変わってしまっていて声を掛けることができなかった。

国分は、峰子についてそれ以上のことは知らなかった。峰子の子供が女の子で、君子という名であることも知らなかった。峰子が書き残した兎と狢が出てくる奇妙な民話のことも、まったく知らなかった。

片倉が、平成八年一二月に峰子が只見町で亡くなったことを話すと、国分は驚いていた。そして寂しそうに、ぽつりといった。

「只見町にいたんだすか……。いだましいことっすなぁ……」

片倉は最後にひとつだけ、国分に訊いた。

「峰子さんから来た手紙というのは、残ってないですか。その伯父さんという方の住所が知りたいんですが……」

だが国分は首を傾げ、溜息をつく。

「もう、ありゃしんにぇ。おらも嫁さもらった時に、峰子の手紙は置いどがんねぇと思ってうっちゃりましたけぇ……」

峰子の手紙は、もう残っていない……。

「せめて、住所を覚えていませんか。村名か、町名だけでもいいんですが……」

国分が、何かを絞り出すように考える。

「何といったすべか……。確か、元町《もとまち》といったように思うんだすべが……」

新潟県小千谷市の元町――。

それだけでも、大きな収穫だった。

国分との話が終わり、外に出ると、時間はもう午後七時を過ぎていた。いつの間にか空は晴れ、月が明るかった。菅野に車で会津西方の駅まで送ってもらい、何とか一九時三五分発の上り会津若松行き最終列車に乗ることができた。

疲れていた。だが、会津若松まで戻れば、何とか温かい食事と宿にありつけるだろう。

列車は、広大な雪原を走る。同じ只見線に乗っているはずなのに、車窓の風景はつい数時間前とまったく別の場所を走っているかのようだった。暗く透明な大気の彼方に、月光で青白く輝く雪山が連なり、聳えていた。

片倉はその冷たい風景を眺めながら、思う。やはり今回の一連の〝事件〟の鍵は、峰子が握っている――。

その峰子の人生の空白の部分が、国分の証言でやっと埋まった。一本の線に繋がった。

あとは、峰子が小千谷に住んでいた時の住所さえわかれば……。

片倉は東京にいる柳井に、携帯からメールを入れた。

〈――一つ、頼まれてくれ。確か閉鎖された栗城正平の戸籍の原本に、妻のヨシエの結婚前の姓も載っていたはずだな。いまそこでわかるか。連絡請う――〉

確か栗城ヨシエの結婚前の姓と出生地も、戸籍の原本に記載されていたはずだ。だが、出生地は小千谷ではなかったように記憶しているが……。

日曜日だというのに、ものの数分で柳井から返信があった。

〈――お疲れ様です。

栗城ヨシエの結婚前の姓は山家《やまいえ》、出生地は福島県北会津郡七日町○○○になっています。

これでよろしいでしょうか――〉

福島県には現在、北会津郡の七日町は存在しない。確かかなり以前の廃置分合で、会津若松市に吸収合併されているはずだ。

だが、奇妙だ。もし峰子が本当に伯父の家に〝もらわれていった〟のだとしたら、その家の住所も小千谷の元町ではなく、北会津郡七日町でなければならない。国分の、記憶違いなのか。それとも、他に何か理由があるのか。

だが、峰子がかつて、小千谷にいたことは確かなのだ。

理由は、あの兎と狢の奇妙な民話だ。あの民話は、福島県のものではない。新潟県の、小千谷の民話だ。

片倉は車窓を流れる暗い風景を眺め、列車に揺られながら、峰子が書き残した民話を頭に思い浮かべる。やがて列車は駅に停まり、ドアが開く。閑散とした列車から老人が一人降りたが、誰も乗らなかった。

ただ凍えるような冷気だけが、ドアから流れ込む。

その時、片倉は、幻を見た。お下げ髪の、まだ年端もいかぬモンペ姿の少女が一人、車輌に乗ってきたような気がした。少女は、峰子だった。

峰子がゆっくりと、歩いてくる。片倉の向かいの席に座る。そしてあの奇妙な民話の一節を、呟きはじめる。

〈――とんと昔にのう。

村に兎と狢がおったとや。

兎は頭が良くってな、いつも狢を騙したてや。

ある日、兎が狢にいよったと。

今日は天気が良いすけ、山に柴を伐りに行がねかや。

狢が兎にいよったと。

そらあ良いごっだのぉ。山に柴を伐りに行ごうそや――〉

峰子……。

片倉は、峰子に手を伸ばす。だが、ドアが閉まり、列車が走り出した瞬間に白い幻影は消えた。

息を吐き、頭を振った。

片倉は、自分がわからなくなっていた。自分は本当に、平成八年一二月二日の練馬区関町南二丁目の〝赤猫〟の現場から姿を消した〝鮎子〟という女を追っているのだろうか。

それとも、井苅峰子の幻影を追おうとしているのだろうか……。

だが、いまはただ信じるしかない。峰子の人生を辿ることによって、いつかは〝鮎子〟に辿り着けることを。

定刻より一〇分ほど遅れ、二一時少し過ぎに会津若松駅に帰り着いた。ずい分、長い旅をしていたような気がした。

まず、宿を探した。シーズンオフの日曜の夜ということもあり、運よく一昨日と同じ駅の近くの安いビジネスホテルに部屋が空いていた。

荷物を部屋に置き、街に出た。雪は止んでいたが、暗く、冷たかった。すべてのものが凍りついた街はすでに人の足も跡絶え、眠るように静かだった。

まだ空いているチェーン店の居酒屋を見つけ、暖簾を潜った。店内は、空いていた。四人掛けのボックス席に座り、少しは会津らしい肴《さかな》を数品と地元の酒の熱燗で腹を満たし、体を温めた。

これでホテルに帰ろうと思ったが、今夜はなぜか人恋しい気分だった。酒も、飲み足りない。バーでも探そうと思い、凍てつく街を歩いた。

雪の中に灯るショットバーの看板を見つけ、地下への階段を下りた。重いドアを開ける。中年のバーテンダーが一人でやっている小さな店だった。

カウンターの隅に、若い女の客が一人いた。片倉はその客と離れた席に座り、竹鶴の水割りを注文した。

「どちらからですか」

「東京からです」

「旅行ですか」

片倉が一瞬、考える。

「まあ、そんなところです。今日、只見線に乗って会津西方の方まで行ってきました。あのあたりは、雪が深いですね……」

ウイスキーのグラスを傾けながら、そんなとりとめもない会話をバーテンダーと交した。

二人の話が耳に入ったのか、カウンターの隅にいた女の客が会話に加わってきた。

「私も、会津西方で生まれたんです。三島町です。昔は、あのあたりはもっと雪がすごかったんですよ……」

〝昔は〟などといいながら、女はまだ顔に幼さが残るような年齢だった。化粧をして、どこか水商売風の雰囲気があるが、まだ二十代の前半だろう。

片倉は、女に少し訊いてみたくなった。

「三島町の人は、就職というとやはり会津若松に出るんですか。それとも、東京なのかな……」

女が、話に乗ってくる。

「やっぱり、会津若松かな。そうじゃなかったら、郡山。東京に出る人なんて、いないですよぅ」

少し訛はあるが、若いだけあり言葉遣いはやはり現代っ子だ。

「それとも、新潟方面とかはどうなのかな。小出とか、小千谷とか、只見線の反対側の方は……」

片倉がいうと、女が笑った。

「小出や小千谷に行く人なんか、いないですよぅ。小出なんか会津若松より小さな町だし、新潟県はいくら只見線でつながっていても、まったく別の土地ですから……」

「そうですよ。会津側から小出や小千谷に就職する人なんて、いませんよ」

バーテンダーも、口添えした。

やはり、そうなのだ。

会津には、会津若松という大きな城下町がある。この地で生まれ、わざわざ六十里越の峠を越えてまで、新潟県側の小出や小千谷に出て働く者などいるわけがない。

それなのになぜ峰子は、小出の色街に身を投じたのか。峰子の時代には、まだ只見線は六十里越トンネルが開通していなかった。生まれ故郷の会津と小出は、正に地の果てのように遠かったはずだ。

小千谷の伯父の家を飛び出し、たまたま小出が手近にあっただけなのか。それとも、他に何か特別な理由があったのか。そんな些細なことが、心に引っ掛かる。

ウイスキーを二杯飲み、バーを出た。せっかく体も心も温まったはずなのに、ホテルに帰り着くまでにまた冷えきってしまった。熱いシャワーを浴びてベッドに横になると、もの数分で眠りに落ちた。

片倉はその夜、智子の夢を見た。夢の中の智子は、雪の中に佇み、悲しそうに笑っていた。

小さく手を振り、片倉に背を向けて歩き去る。

やがてその姿が、降りしきる雪の中に消えた。

8

旅行から帰ると、また日常が戻ってきた。

片倉は定刻に石神井警察署に出署し、刑事課のデスクの前で日がな一日を過ごした。窓の外の冬景色を眺めながら、会津の旅のことを思う。まだそれほど時間は経っていないのに、あの旅の出来事が現実だったのかどうかがわからなくなることがあった。智子からは無事に東京に帰ったと知らせを受けたが、それ以来、連絡を取っていない。

旅の最終日に、片倉は井苅峰子の母、栗城ヨシエの出生地を訪ねてみた。平成八年一二月、関町南二丁目の〝赤猫〟の現場から立ち去った〝鮎子〟という女の痕跡を追うために、藁をも摑む気持だった。

戸籍上の栗城ヨシエの出生地は、〈――福島県北会津郡七日町〇〇〇――〉になっている。調べてみるとこの住所は昭和四二年八月に西七日町《にしなぬかまち》に編入されていた。ちょうど前日に、片倉と智子が歩いたあたりだった。

まず会津若松市役所の市民課に出向き、栗城ヨシエの父、山家弥一《やいち》の戸籍の原本を調べてみた。もちろんコンピューターには登録されていない。平成二二年までは戸籍の原本の保存期間が原則として八〇年だったので、すでに処分されてしまった可能性もある。結局、山家弥一の戸籍の原本を見つけることはできず、峰子の母親の栗城ヨシエの線もここで完全に跡絶えてしまった。

会津から帰って三日後、片倉は土産の日本酒を提げて行きつけの『吉岡』に寄った。

「あら、片倉さん、お久し振り……」

女将の可奈子がいつものように出迎える。どんなに店に通っても、〝お久し振り〟というのが可奈子の口癖だ。

だが、今回は本当に久し振りだった。年が明けてから、この三週間で今日がまだ二度目だった。

「ほら、お土産……」

片倉が持ってきた〝寫樂《しゃらく》〟純米吟醸の四合瓶を可奈子に渡した。板場から、弟の近藤信《こんどうのぶ》久《ひさ》がぺこりと頭を下げる。

「あら、うれしい。会津に行かれてたんですか……」

可奈子が酒の箱を見ながらいった。

「うん、先週末から、四日ばかりね……」

片倉がそういって、いつものカウンターの隅の席に座った。正月明けの給料日前という
こともあってか、他に客は誰もいなかった。

「〝出張〟じゃなくて、プライベートの旅行だったんですね」

可奈子がいった。

「どうしてさ」

「だって片倉さんは、〝出張〟の時はお土産を買ってこないもの。どこに行ったかも教え
てくれないし……」

「そうだったかな……」

いわれてみれば、そうだったような気もした。〝刑事〟が〝出張〟先を、まさか気軽に
人に話すわけにもいかない。行き先がわかるような土産も、買ってきたりはしない。

「どなたとご一緒だったのかしら」

可奈子がお絞りを手渡し、どこか問い詰めるような口調で訊いた。

「なぜ、そう思うのさ……」

「ほら、やっぱりそうなんだ。だってこんな真冬の週末に、男の人が一人で会津に行くわ
けがないもの。いわれなくても、わかりますよ……」

女の勘は、〝刑事〟よりも鋭い。

「ビール、もらえるかな……」

片倉が、小さな声でいった。

突出しの他に適当に肴を頼み、ビールを空けた。他に誰もいないことだし、そろそろ土産の日本酒を開けて三人で飲もうかといっていたところだった。客が一人、暖簾を潜ってきた。

見慣れた顔だった。石神井署の刑事課長、〝キンギョ〟こと今井国正である。

「康さん、やっぱりここだったか……」

「何だ、どうしたんだよ」

片倉が少し、顔を顰めた。

「いや、ちょっと話したいことがあったんでさ……」

今井がそういって、奥の席に行こうというように目くばせを送る。片倉は仕方なく自分の箸とグラスを持ち、奥の小上がりに席を移った。

「話って、何だよ……」

土産の日本酒は、しばらくお預けだ。仕方なく入れてあった吉四六《きっちょむ》のボトルを出してもらい、麦焼酎のお湯割りを飲むことにした。

「実はさ、ちょっと小耳にはさんだんだが康さん、また会津に行ってきたんだって？」

今井が声を潜めていった。

「ああ、行ってきたよ。それがどうしたんだい……」

土産を渡したのは、得丸と柳井だけだ。どちらかの口から洩れたらしい。

「わざわざ会津に行ったなら、〝例の件〟を調べてきたんだろう」

今井が片倉の顔を覗き込む。どうやら〝お見通し〟ということか。まあ、隠すつもりもないが。

「そうだ。〝例の件〟も当たってきたよ。前回の〝出張〟は、福島県の三島町で栗城正平の戸籍の原本を見つけたところで終わっちまったからなぁ……」

「やっぱり、そうか。実は私も、そのことがずっと気になってたんだよ。それで、収穫はあったのかい」

今井がビールのグラスを手に、身を乗り出してきた。

「まあ、栗城正平の一家については、ある程度はわかったんだけどさ……」

片倉は焼酎のお湯割りをちびちびと飲《や》りながら、掻い摘んで話した。栗城正平が、桐箪笥の職人であったこと。体を壊し、鮎子と峰子の姉妹が貧困に苦しんでいたこと。そのために妹の峰子が、一六か一七くらいの時に遠くの親戚の家に〝もらわれて〟いったこと——。

「だとしたら、例の関町南二丁目の〝赤猫〟の〝現場〟に焼け残っていた桐の米櫃や、峰子が持っていた衣裳箱は、父親の栗城正平が作ったものだったのかもしれないな……」

今井が、感慨にふけるようにいった。

「その可能性は、大いにあるだろうな……」

片倉は焼酎を口に含みながら、自分がいった言葉の意味を考える。確かに、そうなのだ。だとしたら関町南二丁目の〝現場〟から姿を消した〝鮎子〟という女も、やはり鮎子と峰子の血縁者だった可能性が高いということになる。

「それで、峰子が〝もらわれて〟いったのは親戚の家だといったね……」

今井が訊いた。

「それが、よくわからないんだ。峰子と仲が良かった国分という男は、母親方の伯父の家に〝もらわれた〟といってるんだ。手紙には、商売の手伝いをやらされていると書いてあったらしい……」

「それが新潟県の小千谷だったわけか……」

今井が、小さく頷く。

「そうなんだ。ところが栗城正平の戸籍を見ると、鮎子と峰子の母親のヨシエは福島県北会津郡の七日町の出身で、旧姓を〝山家〟といったらしい。三島町で話を訊いた国分という男の話と実際の戸籍の記録が一致しない。矛盾してるんだよ……」

片倉が腕を組んで溜息をついた。

「その国分という男の記憶違いじゃないのかね……」

もう何十年も昔のことだ。しかも相手は、八五歳の年寄りだ。記憶が確かだと思う方がどうかしているのかもしれない。

「まあ、それは有り得るね。訛が強かったんで、こちらが聞き間違えたのかもしれないしな。それに、もしかしたら……」

片倉はそこで言葉を止め、焼酎を口に含んだ。

「もしかしたら、何だい」

「いや、峰子がその国分という男に、嘘をついたんじゃないかと思ってさ……」

伯父の家に〝もらわれて〟いったということも、商売で働かされていたということも嘘だったとしたら……。

「なぜ、嘘をつかなくちゃならないんだい。理由がわからないな……」

今井が、間の抜けたことをいった。

「考えりゃわかるだろう。もし〝もらわれて〟いったんじゃなく、〝売られた〟んだとしたらどうだよ。そんなことを幼馴染みの、しかも多少なりとも好きだった男にいえると思うか」

「そうだな……。その可能性は確かにあるな……」

栗城の家は、大黒柱が病に倒れて貧困に喘いでいた。まだ昭和三三年四月の売春防止法の施行以前で、女衒まがいの商売が横行していた時代でもあった。当時は貧しい家が娘を売るのは、珍しい話ではなかった——。

不思議なのは、なぜ長女の鮎子ではなく、次女の峰子が〝売られた〟のか。その事情は、いまとなっては知る術《すべ》もない。だが、だとしたら峰子は、実家から裕福な農家に嫁いだ姉をけっして快くは思っていなかったはずだ……。

「康さん、どうしたんだい」

今井にいわれて、我に返った。

「いや、何でもない。ちょっと考えごとをしてたんだ」

「焼酎、一杯もらうよ」

「ああ、好きにやってくれ……」

今井が自分のグラスに、焼酎のお湯割りを作った。

「ところでその国分という男は、峰子が〝売られて〟いってからも文通をしていたといったね。その時の小千谷の住所、わからないのかな」

「詳しくは覚えていないそうだ。ただ、小千谷の元町という町名だったらしい。まあ、それもあてにはならないんだがね……」

「小千谷の元町か。それだけじゃなぁ……」

何しろ、半世紀以上も昔の話だ。当事者の大半は鬼籍に入っているし、生き残った者の記憶も曖昧だ。町名や、町そのものだって、当時の面影もないほどに変わってしまっている。

「せめて〝山家〟という名前から捜すとか、何か取っ掛かりでもあればなぁ……」

今井が、独り言のように呟いた。

「難しいだろうな……」

もし峰子が国分に嘘をついていたのだとしたら、小千谷の元町に〝山家〟などという家は最初から存在しなかったことになる。

「もう一度、新潟県警の方に協力を要請するか……」

今井がまた的外れなことをいった。

「だから、何の協力を要請するんだよ。いま、何の取っ掛かりもないといったばかりじゃないか」

「そうだったね……」

片倉にいわれ、今井が意気消沈したように俯いた。

もし取っ掛かりがあるとしたら、峰子がアルバムの最後のページに書き残したあの奇妙な民話だ。あれは、確かに小千谷に伝わる民話だ。だが、あの民話を元に、いったい何を新潟県警に要請すればいいのか――。

その時、片倉の脳裏に、あの民話の一節が過《よぎ》った。

〈――兎どんは、かちりかちりと火を打った。狢どんが背負う柴に、火を打った。そのう

ちに、狢どんの背中の柴が、ぼうぼうと燃え出した――〉

「康さん、どうしたんだい。難しい顔をしてさ」

今井が、片倉の様子を窺う。

「いや、ひとつあるな……」

片倉が焼酎を口に含みながら頷く。

「ひとつって、何がさ」

「だから、新潟県警に協力を要請する時の〝取っ掛かり〞さ。峰子が小千谷にいた間に、元町で〝赤猫〞があったかどうかを調べてみたらどうかと思ってさ……」

「なるほど」

別に、〝赤猫〞には限らない。多少なりとも事件性のある火事でも見つかれば、そこから突破口が開けるかもしれない。

今回の一連の〝事件〞の発端は、そもそも平成八年一二月に東京の関町南二丁目で起きた〝赤猫〞だった。それを洗っているうちに昭和三二年一一月の新潟県北魚沼郡広神村の火事が浮かび上がり、さらに昭和六二年一二月に群馬県の沼田市坊新田町で発生した〝赤猫〞が引っ掛かってきた。一連の〝事件〞の裏に、第四の火事――〝赤猫〞――が存在したとしたら――。

これは理屈ではない。いうならば〝刑事〟の勘だ。だが、往々にして〝事件〟が袋小路に行き詰まった時は、最も頼りになるのは自分の勘であることを片倉は経験からわかっている。

「それじゃあ、どうしたらいいのかな……。まず県警に話を通して、それから小千谷の所轄に古い火事のことを調べさせるか……」

今井がなぜか楽しそうに、手帳にメモを取る。

「そうしてくれ。調べるのは昭和二一年から二七年くらいかな。該当するような火事をすべてリストアップして、昔の捜査資料が残っていれば概要を取り寄せよう」

「了解了解……。事件性のある火事をリストアップして、その資料を取ればいいんだね。その前に須賀沼にでもいって、国会図書館で古い新聞でも当たらせるか……」

今井は嬉々としている。

「なあ、今井よ」

片倉が、声を掛けた。

「何だい」

今井がメモを取る手を休めて、顔を上げた。

「何でこの〝事件〟にだけ、そんなに入れ込んでんだ」

片倉が訊いた。

「さあ、どうしてだろうな……」

今井が不思議そうに、首を傾げた。

9

一月二一日の土曜日に、管内でちょっとした〝事件〟があった。

かねてより下石神井から上石神井の一帯で〝空き巣《ウカンムリ》〟が多発していたのだが、住人が深夜に帰宅して〝犯人〟と遭遇。暴行を受けて負傷し、これが〝強盗事件《タタキ》〟に発展した。

〝被害者〟は一人暮らしの二六歳の女性で、性的な暴行を受け、肋骨や顔面骨折など全治一カ月以上の重傷を負った。〝犯人〟は身長一七〇センチ前後、年齢三〇歳から四〇歳くらいの〝外国人風の男〟としかわかっていない。都内では比較的繁華街が少ない石神井署管内でも外国人絡みの犯罪が多くなってきている。

通常の〝空き巣〟ならば生活安全課が担当するが、それが〝強盗事件〟になれば刑事課の領分となる。以前にも同じような〝事件〟があったことから管内で外国人の不法滞在者の一斉捜査が行なわれることになり、このところ平穏だった刑事課の内部が急に慌しくなった。

片倉は相変らず蚊帳の外だった。だが、いまや刑事課の若手の〝エース〟の柳井のみならず、まだ〝新人〟の域を出ない須賀沼まで捜査の第一線に駆り出されることになった。

結局、昭和二十年代に新潟県北魚沼郡小千谷町（当時）の元町に不審な火事があったかどうかを国会図書館で調べる役目は、いい出しっぺの片倉にお鉢が回ってくることになった。

まあ、仕方がない。古い新聞を捲るのも、〝刑事〟の仕事のうちだ。いや、役所の住民課での住民票や戸籍の原本の閲覧と同じで、むしろそうした地道な作業の方が捜査の基本でもある。時々、テレビの刑事物を見て、銃を片手に派手に現場を駆け回る刑事がうらやましく思えることがある。

最初は基本どおり、国立国会図書館の新聞資料室を当たってみることにした。週が明けて署内が落ち着くのを待ち、片倉は一人で電車を乗り継ぎ永田町《ながたちよう》の国会図書館に向かった。以前にも何度か来たことがあるはずだが、それが何年前のことだったかとなるとはっきり思い出せない。

久し振りに訪れる国会図書館は、場所も建物も以前とまったく変わっていなかった。

戦後、アメリカの図書館使節団の意向により国立国会図書館法が制定されたのが昭和二三年。同年六月五日に、旧赤坂離宮に開館。昭和三六年（一九六一年）に現在の千代田区永田町の旧ドイツ大使館跡地に本館が開館した。

書籍の棚も広大な閲覧室も、蔵書が増えただけで昔とあまり変わらない。だが新聞資料室は、システムそのものが大きく変わっていた。

以前は新聞の〝原紙〟そのものが保管されていて、その重く大きな束を閲覧室に運び、汗をかきながら捲る作業が中心だった。古い新聞もせいぜいマイクロフィルム化はされていたが、カウンターで「何年何月何日の何新聞……」と書いた申し込み用紙を出していた覚えがある。

だが現在の新聞資料室は、〝原紙〟はここ数年の新聞だけで、古いものは大半がデータベース化されている。これをコンピューターでタイトル（新聞名）から年月日へと検索していくと、ディスプレイ上で閲覧できるシステムになっている。昔から考えれば便利にはなったのだろうが、この手のことが苦手な片倉にはかえってやりにくい。

まあ、いいだろう。どうせ今日は午前中のこの時刻から閉館まで、ここで時間を潰すつもりだった。片倉は閲覧室のカウンターに並ぶ検索用のコンピューターの前に座り、作業を始めた。

全国紙の記事に関して調べるのは、それほど難しくなかった。例えば『朝日新聞』には独自の記事検索サービスがあり、一八七九年の創刊から現在までの記事がすべて項目ごとに整理されている。これに〝小千谷〟、〝火事〟などのキーワードと〝一九四六年〜一九五二年〟という期間を指定すれば、関連するすべての記事をＰＤＦファイルに収録された縮刷版の紙面で読むことができる。他の全国紙、『読売新聞』や『毎日新聞』、『産経新聞』にもだいたい同じようなシステムがある。

だが昭和二十年代の新聞は、全国紙といえども紙面一枚という小さなものだった。特に昭和二四年などはGHQ占領下で「行政機関職員定員法」が施行されて失業者が増大し、下山事件や三鷹事件など国鉄を中心にした重大事件が頻発。各地で労働組合運動が活発化し、社会情勢がきわめて不安定な時代だった。全国紙で、地方の火事のニュースを扱う余裕はなかっただろう。

全国紙に関しては署内からでも検索できるので、ある程度は調べてきた。だが、やはり思ったとおり、該当する記事は一件も見当たらなかった。

残る可能性は、地方紙だ。

昭和二十年代の新潟県内の地元紙は『上越日報』一紙のみ。これは一九四二年（昭和一七年）の新聞統合によって新潟の地方紙三紙を統合して創刊された新聞で、現在も新潟市内に本社がある。もちろん『上越日報』もある程度は記事のデータベース化が行なわれているが、それも二〇〇四年以降の記事に関してのみで、昭和の新聞に関してはほとんど調べる手だてがない。

国会図書館は、建前として国内で発行された書籍、雑誌、新聞などのすべてを保管していることになっている。だが、昭和二三年の開館以前、特に地方紙に関しては、完全に揃っているという確証はなかった。

片倉はデジタル化された『上越日報』の紙面で昭和二一年の第一号――一月三日付の号

――から紙面を探し出し、その記事を隅々までコンピューターのディスプレイで確認した。古い紙面がマイクロフィルム化され、さらにそれをデジタル化したものなので、文字が滲んでいて読みにくい。それが終わると一月四日付の紙面を探し出し、また記事を隅々まで確認する。

とてつもなく手間と時間の掛かる作業だった。これならば、まだ〝原紙〟を手で捲っていた方が疲れない。昭和二三年までの分が終わらないうちに、時間はもう昼を過ぎていた。一度、閲覧室の席を離れ、本館六階の食堂で天ぷらうどんを掻き込み、またコンピューターの前に戻ってきた。作業を、再開する。読みにくい字に目が慣れてきたのか、それとも作業のコツがわかってきたのか、午前中よりも少しは効率がよくなってきたような気がした。

実際に紙面に目を通してみると、火事に関する記事はけっこう目に付いた。だが、ほとんどは新潟市などの大きな町のもので、冬場に集中している。

北魚沼郡では昭和二四年一二月、吉谷村《よしだにむら》で火災が発生。三軒を類焼したという記事が見つかった。だが死者は出ていない。峰子の線との関連性はないと思うが、片倉は一応この記事をプリントアウトした。

翌昭和二五年二月にも、山辺村《やまのべむら》で二軒を焼く火事の記事があった。こちらは死者が一人出ていたが、特に事件性はないようだった。

こうした〝火事〟の他に、片倉の目を引いた記事があった。国鉄と、この時に建設中だった〝小千谷発電所〟関連の記事である。例えば昭和二四年六月二日付の新聞には、次のような記事が載っていた。

〈――「日本国有鉄道」発足。「小千谷発電所」工事活況
昨日六月一日、晴れて日本国有鉄道（東京都千代田区丸の内一丁目）が発足した。初代総裁は下山定則氏が務め（後略）――〉

その下山総裁は一カ月後の七月五日に行方不明になり、翌六日未明、足立区五反野《ごたんの》の国鉄常磐《じょうばん》線の下り線路上で轢死体となって発見された。いわゆる〝下山事件〟である。だが片倉が気になったのは、記事の日本国有鉄道発足の部分ではない。その後に続く部分だった。

〈――（前略）国鉄の発足により、昨年着工した小千谷発電所の工事は二年後の運用、国鉄東日本鉄道の電化に向けてさらに急務となる。また県の内外から多くの人が集まるようになり、小千谷町元町には繁華街が急造され、このところ活況を呈している――〉

これか……。

片倉は一度、記事を閉じて、〝小千谷発電所〟を検索してみた。

出てきたのは、『信濃川発電所』の情報だった。〝千手《せんじゅ》発電所〟、〝小千谷発電所〟、〝新小千谷発電所〟の三つの発電所を含めてそう呼ぶらしい。元々、新潟県内や東北本線など国鉄の電化を目的として建設された水力発電所で、一九五一年（昭和二六年）に運用を開始。現在もJR東日本の所有になっている。

峰子が一八歳で移り住んだ新潟県の小出町や、人生の最後の時を過ごした福島県只見町の風景が奇妙に重なった。どこの土地にもダムや発電所の工事現場があり、工事関係者とその金で沸いた繁華街があった。そこに女が集められれば、自然と色町が生まれる。

まだ一六か一七だった峰子は、小千谷発電所の工事の好景気をあて込んで、〝売られた〟のではなかったのか……。

だが、昭和二六年に発電所の工事が終わり小千谷の好景気も静まると、峰子は居場所を失った。まさか、一度〝売られた〟女がいまさら故郷へは帰れない。その峰子の唯一の行き場が、次の奥只見ダム建設の好景気に沸く小出だったのではなかったのだろうか。

片倉はまた、新聞の検索に戻った。『上越日報』の昭和二五年三月あたりから、紙面を読みはじめる。だがこの年は年末まで、小千谷周辺の火事に関する記事は見つからなかった。

そのかわりに、七月のこんな記事が目に付いた。

〈——国鉄下山総裁の命日に間に合う

かねてより工事が急がれていた小千谷発電所に、このたび立軸フランシス水車型発電機二機が完成した。これで小千谷発電所は予定どおり来年八月の運用のめどがつき、国鉄東日本鉄道の電化もより一層加速することになった（後略）——〉

どうも、いけない。〝乗り鉄〟の悲しい性か、〝国鉄〟や〝鉄道〟とかいう文字が目に入るとどうしてもその記事に読み入ってしまう。

だが、この記事にある〈——来年八月——〉、つまり昭和二六年の八月が、峰子の人生のひとつの分岐点になったのではなかったのか——。

さらに記事を読み進む。新聞は、昭和二六年の分に入った。一月から二月にかけて火事や放火に関する記事が三件あったが、すべて小千谷からはかなり離れた場所だった。

春から夏にかけては、火事の記事は一件も見当たらなかった。だが、八月八日の火曜日の紙面に、次のような記事があった。

〈——小千谷発電所運用開始

七日、式典に加賀山《かがやま》国鉄総裁出席——〉

当時、峰子は、このニュースをどのような気持で聞いたのだろう。これで自由になれると思ったのか。それとも、今後の生活のことを思い不安を覚えたのだろうか。

その後しばらくは、小千谷発電所に関する記事も火事の記事もまったく見当たらなかった。そして一〇月一三日の紙面に目を通していた時、とんでもない活字が片倉の目に飛び込んできた。

〈——小千谷町元町で火事　二人死亡

昨夜一一時頃、小千谷町元町〇〇〇の上村定二《かみむらていじ》さん（56）方から出火。隣接する森田さん宅を類焼して間もなく消し止められたが、現場から上村さんと母親のキヌさん（77）の遺体が発見された。出火の原因は不明だが、放火の可能性もあるとして警察が調べている。また亡くなったキヌさんは地元で昔話の伝承者として知られており、特にカチカチヤマの原形ともいわれる兎と狢の話を得意としていた——〉

これだ……。

片倉はコンピューターの〝プリント〟をクリックし、席を立った。

10

国会図書館から戻った翌日、片倉は捜査会議を招集した。

刑事課の中は相変わらず例の〝強盗事件〟に関連する一斉捜査で慌しくはあったが、そんなことは二の次だ。「関町南放火殺人事件捜査本部」の〝主任〟は名実共に片倉なのだから、必要とあればいつ捜査会議を招集しても許されるだろう。

会議とはいっても出席するのはいつもの片倉、今井、柳井、得丸、それに前回〝出張〟にも同行した須賀沼の五人だけだ。この中では最も忙しい柳井が〝現場〟から戻るのを待ち、夜になって空いている会議室に集まった。

「康さん、何か〝出た〟のかい」

今井は待ち切れない様子で落ち着きがない。

「ちょっと待ってくれ。いま、国会図書館で調べてきた資料を渡すから、それに目を通してからにしてくれ」

片倉はA4サイズに縮小してコピーした『上越日報』の紙面六枚を綴じたもの五組を用意し、そのうちの四組を出席者に回した。すべて小千谷町の火事や、小千谷発電所関連の記事が載っているものだ。

「これは、読みにくいな……」

得丸が老眼鏡を掛けた目からコピーをさらに遠ざけ、顔を顰めた。

「得さん、我慢してくれ。何しろ半世紀以上も前の地方新聞だし、一度マイクロフィルムに落とされた奴の縮小コピーなんだから。読めるところだけ目を通してくればいい。特に、六枚目だ」

問題の記事の部分は、すでに片倉が赤いマーカーで囲みを入れてある。

一枚目から二枚目、さらにコピーを捲り、六枚目の資料に移ったころには全員の目つきが変わりはじめた。例の、小千谷町元町の火事の記事が載っている紙面だ。

「康さん、これは……」

柳井が資料から視線を離し、驚いた顔で片倉を見た。

「そうなんだ。もしかしたら小千谷でも、〝赤猫〟があったんじゃないかと思って調べてみたんだ。そうしたら、こんな記事が引っ掛かってきた」

「この小千谷町元町の火事というのがこの記事のとおり放火で、その〝赤猫〟の〝犯人〟が峰子だったということかい？」

今井は、先走りする癖がある。

「それはまだ何ともいえんさ。〝赤猫〟ではなかった可能性もあるし、峰子とはまったく無関係だったのかもしれない。それをこれから調べるんだよ」

「しかし、〝昔話の伝承者〟というのが偶然とは思えんな……」得丸が記事を読みながら首を傾げる。「この〝カチカチヤマの原形〟の〝兎と狢の話〟というのは、例の峰子という女がアルバムに書き残したあの昔話と同じなのかね……」

「それも、調べてみなくちゃ何ともいえないがね……」

だが、片倉は思う。当時の小千谷という狭い地域に、似たような〝兎と狢の話〟がそういくつもあったはずがない。この火事で亡くなった上村キヌという七七歳の老人と峰子に、何らかの接点があったことは確かだろう。

「ひとつ、いいですか……」

須賀沼が、遠慮がちに小さく挙手をした。

「何だ。いってみろ」

片倉が促す。

「私は、この小千谷発電所の記事に興味を持ちました。なぜかというと、これまで峰子の痕跡があった小出も、只見も、そしてこの小千谷にもすべて〝発電〟が絡んでいるからです。私は大学で日本の近代史を専攻していたのですが、昭和二十年代の発電事業というのは利権の温床ともいわれた業界で……」

「須賀沼、何がいいたいんだ。もっとはっきりいってみろ」

今井が、急《せ》かした。

「はい……。つまり小出も只見も小千谷も、発電絡みの金が莫大に流れ込んだはずで……。峰子はそのような土地で、〝売春〟をやっていたのではないかと……」

「何だ須賀沼、お前、いまごろそんなことに気が付いたのか」

得丸にいわれ、須賀沼が驚いたような顔をした。

「えっ……。皆さん、わかってたんですか……」

室内に、失笑が洩れた。

まあ、いいだろう。最初はみんな、そんなものだ。

「よし、話を進めよう。問題は、これからの捜査をどうするかだ。峰子の線を、さらに追うのかどうか……」

片倉がいった。

「私は、追う価値があると思います。これだけ間接事実が一致しているんですから、やってみるべきでしょう」

柳井が珍しく、強い口調で主張した。

「つまり、また小千谷に〝出張〟するということかい」

今井がいう。

「まあ、〝やる〟ならそれしかないだろうな」

「わかったよ。私がまた新潟県警の方に話をつけるから、好きにしてくれ。この件に関しては、徹底的にやろうじゃないか……」

今井がそういって、溜息をついた。


会議が終わり、署を出た。

夜空に、かすかに小雪が舞っていた。

「どこかで一杯、やっていかないか」

片倉が誘った。

「いや、今日はもう遅いからな。雪も降りはじめたし、このまま帰るよ……」

「それじゃあ、また明日……」

「お疲れ……」

時間はもう、一〇時を過ぎていた。片倉は他の四人と署の前で別れ、大泉学園の方角に向かって歩きはじめた。会議の前に店屋物で飯は食ったので腹は減っていなかったが、何となく人恋しい気分だった。

傘を広げ、冷たい風を避けながら夜道を歩く。通り過ぎていく車のライトの光が濡れた路面に反射し、目映かった。

大通りから住宅街に入ったところで、立ち止まる。路地の奥を覗くと、『吉岡』の看板にはまだ明かりが灯っていた。

寄っていこうか。どうしようかと迷っているうちに、看板の火が消えた。戸が開き、女将の可奈子が出てきて暖簾を片付けはじめる。

「何だ、終わりか……」

片倉の声に気付き、可奈子が振り返った。

「あら、片倉さん……、お久し振り……」

久し振りといっても、先週来たばかりだ。

「今夜は早仕舞か」

「ええ……。雪が降ってきたし、弟も帰っちゃったから……。でも、どうぞ。私一人で何もできませんけど……」

「それじゃあ、一杯だけ。甘えさせてもらうかな……」

傘を畳み、可奈子に誘われるままに店に入った。

店の中は、暖かかった。コートを可奈子に預け、カウンターのいつもの席に座る。熱いお絞りで目頭を被うと、凍てつく体の芯まで溶けていくような気がした。

「お酒、どうします？」

カウンターに突出しと小鉢をいくつか並べながら、可奈子が訊いた。

「この前、持ってきた酒、まだ開けてなかったな。あれを飲むか……」

「あら、うれしい。私もいただこうっと」

可奈子がそういって冷蔵庫から〝寫樂〟を出してきた。カウンターにグラスを二つ並べ、片倉の隣に座った。

片倉が瓶の封を切り、可奈子がそれを二つのグラスに注ぐ。グラスを合わせ、香りを楽しみ、口に含む。

「美味しい……」

「うん、美味《うま》いな……」

日本酒としての味はしっかりとしているが、ほのかな果実のような香りが口に広がり、すっきりとした旨味がある。今夜は東京にも雪が舞っているせいか、あの豪雪の会津の風景が思い浮かぶような味でもあった。

「今夜は珍しく遅かったんですね。何か、事件でもあったんですか」

可奈子が、片倉の空いたグラスに酌をする。

「いや、そういうわけじゃない。ちょっと会議があってね。それで遅くなったんだ」

〝刑事〟も遅くなるのが珍しいようでは、もう歳をとった証拠だ。

「そういえばこの前、オバマ大統領が執務室を出ましたね。私、オバマさん好きだったから、ニュースで式典を見てたら悲しくなっちゃった……」

「そうだな……。人間は誰だって、いつかは引退するのさ……」

いまになって考えてみれば、オバマはそう悪い大統領ではなかったのかもしれない。

話は、とりとめもない。そしていつになく、ぎくしゃくしていた。雪の降る外はすべてが寝静まったようにしんとして、物音は何も聞こえない。

「ねえ、片倉さん……。この前の話……」

どこか気まずい沈黙の後で、可奈子がなぜか思い切ったように切り出した。

「この前の話……？」

そういわれても、片倉には心当たりがなかった。

「そう……」可奈子が少し身構えたように、自分のグラスの酒を空けた。「会津旅行、誰と行ったんですか……」

片倉の顔を見て笑う表情が、どこか強張っていた。

「ああ、あれか……」別に、隠すこともない。「別れた女房と行ったんだよ……」

正直に、そう答えた。

グラスの酒を空ける。可奈子が片倉と自分のグラスに、酒を注いだ。

「そうなんだ……。片倉さん、前の奥さんと縒《よ》りを戻しちゃったんだ……」

可奈子が、小さな声でいった。

「さあ、どうなんだろうな……」

正直なところ、片倉にもわからなかった。

あの会津の一夜の出来事をもって、智子と縒りを戻したことになるのだろうか。それとも、刹那の邂逅《かいこう》にすぎなかったのか。あれ以来、当日に無事に帰宅したことを知らせるメールが来た後は、智子とは連絡を取っていない。

「少し、酔っちゃったわ……」

可奈子が片倉の方に、身を寄せた。紬《つむぎ》の和服に炷《た》きしめた香のかすかな匂いが、鼻をかすめた。

「そうか……。もう、こんな時間か……。今日は、帰るか……」

片倉が腕の時計を見て、ゆっくりとグラスを傾ける。

「つまらない人……」

可奈子が怒ったようにそういって、笑った。

外に出ると、まだ雪が降っていた。可奈子に見送られ、傘を広げる。濡れた夜道を、また肩をすぼめて歩き出した。

自宅のマンションまで戻るほんの僅かな時間に、体はまた冷えきっていた。エアコンのスイッチを入れてくたびれた背広をハンガーに掛け、熱いシャワーを浴びた。

時計の針はもう午前〇時を回っていたが、少し飲みたりない気分だった。買い置きのサントリーの角で水割りを一杯作り、そのグラスを片手にリビングのソファーに座った。テレビのスイッチを入れてみたが、観たくなるような番組は何もやっていなかった。

携帯を見た。ショートメールが一本、入っていた。可奈子からだった。

〈――おやすみなさい――〉

それだけだ。文の後に、赤い小さなハートの絵文字が付いていた。

〈――おやすみ――〉

返信を送り、携帯を切った。

ウイスキーを飲み干し、冷たいベッドに入った。

明かりを消すと、体が温まる前に眠りに落ちた。

第三章　赤い記憶

1

小千谷への〝出張〟は、月が替わるのを待たなければならなかった。

理由は、二つだ。そのうちの一つは石神井署の都合で、柳井の手が二月になるまで空かなかったからだ。最初は須賀沼を連れて行こうかと思ったのだが、柳井からどうしてもという申し出があり、片倉の方が予定を合わせることになった。

もう一つの理由は、先方の所轄——小千谷警察署——の問題だった。どこの所轄でも同じだが、半世紀以上も前の〝事件〟を他の署に探られて面白いわけがない。こちらとしては県警から話を持っていって筋は通したのだが、「当時の資料が何も見つからない……」などの理由で、回答が遅れていた。

そんなことは、百も承知だった。こちらとしても、当時の所轄の捜査資料を当てにしていたわけではない。ただこちらが自由に〝地取り〟や〝鑑《カンド》取り〟をやらせてもらうために、その許可がほしかっただけなのだが。

「まあ、やっと受け入れるという回答が来たよ。しかし今回は先方の所轄も少しナーバスになっているので、康さん、柳井と二人で行ってくれないか……」

今井は、疲れが顔に出ていた。県警への根回しに、相当苦労したようだ。だが、それ以上に、本音は自分も行きたかったのだろう。

片倉が最初に魚沼市田中の須門神社の前に立ってから、間もなく半年になろうとしていた。いくら手懸りの少ない〝赤猫〟の再捜査とはいえ、時間が掛かりすぎていることは事実だった。

だが、すでに二〇年以上も前の〝事件〟だ。それに、いくら時間を掛けても、時効になることはない。いまはただ、目の前にある疑問をひとつずつ片付けていけばいい。

二月六日――。

片倉は朝八時に柳井と署で落ち合い、須賀沼の運転する車でJR武蔵野《むさしの》線の北朝霞《きたあさか》の駅まで送らせた。須賀沼は駅前に車を停め、片倉と柳井に手荷物を手渡しながら、少し名残り惜しそうだった。

「気を付けて行ってらしてください。自分も、ご一緒したかったです……」

「連れていってやれなくて、すまなかったな。それじゃあ」

片倉が、須賀沼の肩を叩く。

「吉報をお待ちします」

須賀沼が、小さく敬礼をした。

片倉は柳井と共に駅に向かった。北朝霞八時五二分発のJRむさしの号に乗り、大宮《おおみや》へ。大宮で九時一八分発の上越新幹線〝Maxとき〟に乗り換え、浦佐へ。浦佐からさらに上越線に乗り換え、小千谷に着くのは午前一一時三〇分になる。所轄の小千谷署の担当者とは正午に待ち合わせているので、ちょうどいい。

大宮で一五分の待ち合わせがあったので、駅弁屋に立ち寄った。すると思わぬところで、いつもの〝鳥めし〟弁当が見つかった。

「康さん、〝鳥めし〟がありますよ」

柳井が、嬉しそうにいった。

「よし、買おう。おれが奢るよ」

〝鳥めし〟は〝召し捕る〟に引っ掛けて、縁起がいい。前回は車での出張だったので買えなかったが、今回は〝鳥めし〟が手に入った。まだ当てがあるわけではないのだが、この〝出張〟で〝鮎子〟について決定的な手懸りが摑めそうな気がしてきた。

〝鳥めし〟を二個と熱い日本茶を二本買い込み、新幹線に飛び乗った。大宮から浦佐までは約一時間二〇分。その間に腹ごしらえをすませて、人心地ついた。

上越新幹線は、トンネルが多い。群馬県に入ると、行程の大半はトンネルになる。気が付くと全長二〇キロ以上の大清水《だいしみず》トンネルで県境を越え、〝Ｍａｘとき〟は新潟県内に入っていた。トンネルとトンネルの合間の高架から望む風景は、寒々しい雪原の田園へと変わった。

予定どおり、一一時三〇分に小千谷駅に着いた。山に囲まれた、平屋の古く小さな駅だった。駅を出て雪の積もる階段を下りると目の前が広場になっている。

目の前に闘牛の絵が描かれた看板があり、右手に小千谷名物の錦鯉を象《かたど》った地下道への入口があった。タクシーが二台駐まっていたが、小千谷署の車は見当たらない。

「ちょっと、電話をしてみます……」

柳井が携帯を出し、片倉から少し離れて電話を掛けた。所轄の担当者とのやり取りに、手間取っているらしい。しばらくして電話を切り、戻ってきた。

「どうだった」

片倉が訊いた。

「はい、小千谷警察署は、信濃川を渡った対岸だそうです。タクシーの運転手にいえばわかると……」

つまり、タクシーに乗ってこいということか。どうやら本当に、歓迎はされていないようだ。

駅前で客待ちをしていたタクシーに乗り、行き先を告げた。〝小千谷警察〟と聞いても運転手は特に訝しがる様子もなく、メーターを倒して走りはじめる。駅前の交差点から国道二九一号線を直進し、間もなく旭《あさひ》橋で信濃川を渡った。

橋を渡る時に川の遥か上流に、小千谷発電所の高圧線の鉄塔が見えた。対岸に渡るとすぐに、〝元町〟と書かれた信号があった。『上越日報』の記事にあった、昭和二六年一〇月一二日に火事が起きたあの〝小千谷町元町〟である。

「このあたりですね……」

交差点を通過する時に、柳井がいった。

「そのようだな……」

旭橋を渡ってから、ひとつ目の信号だった。信濃川の川沿いの一画に、川魚料理店やその他の飲食店の看板が目に付く。目を閉じれば、火事が起きた昭和二六年当時の風景が目蓋の裏に浮かぶような気がした。

その後、本町一丁目、本町二丁目と信号を通り越し、平成《へいせい》一丁目の交差点を右折した。タクシーに乗りながらも、少しでも土地鑑を養おうとするのも〝刑事〟の習慣だ。間もなく左手に小千谷警察署の殺風景な建物が見えてきた。

警察署の前に横付けし、タクシーを降りた。正面入口から入り、受付で名前と用件を告げる。少し待たされ、二階の小さな応接室に通された。

「お忙しいところ、申し訳ありません。石神井警察署の捜査主任の片倉です……」

「同じく、柳井です……」

「こんな遠いとこ、えらい大変なこってな……」

制服姿の副署長と、〝五十嵐《いがらし》〟と名告る私服の担当者と型どおりの挨拶を交わし、名刺を交換する。副署長は挨拶だけですぐに退席し、五十嵐という警部だけが残った。年齢は、片倉よりも少し若いだろう。

「それで、昭和二六年の〝火事〟の一件でしたな……」

五十嵐が〝火事〟の部分を強調するようにいった。

「そうです。しかし当時の〝上越日報〟には〝放火の可能性もある〟と書いてあったようですが……」

片倉が、そこを突いた。

「さあ、どうですかな。新聞がどう書いたかは知りませんが、〝放火〟の線は薄いと思いますよ」

五十嵐が、そういい切った。

「当時の捜査資料が残っていたら拝見したいんですが……」

柳井がいった。

「それがね。昭和二六年っていったら小千谷署と片貝《かたかい》署がまだ一緒になっていなかったころでしてね。正直いって、うちの署がその〝火事〟のことを調べたかどうかもわからんのですよ……」

「すると、捜査資料は……」

「もう六五年も前の〝火事〟ですよ。残っている方が不思議でしょう。もし〝火事〟のことを調べるなら、小千谷消防署にでも行った方がいいと思いますよ」

「消防署、ですか……」

「そうです。消防署は、うちの署のすぐ隣ですよ。タクシーで駅から来る時に、並びに見えたはずだがね……」

五十嵐は壁の時計の方ばかり見ながら、どこかそわそわしていた。時計はすでに正午を回っている。昼飯の時間が気になるのだろう。

結局、当時の捜査資料が残っているかどうかも確認できずに小千谷署を出た。

「さて、これからどうするかな……」

片倉は雪解けの水で濡れた署の駐車場を歩きながら、暗く冷たい空を見上げた。

「まあ、〝勝手にやれ〟ということでしょう。それなら、勝手にやらせてもらいましょう」

柳井も少しずつ、〝刑事〟らしい図太さが身に付いてきた。

「そうだな。勝手にやらせてもらうとするか……」

「まずは、消防署からですね。それから市役所で地番を確認して、元町の〝現場〟に行ってみましょう」

二人はコートの襟を立て、信濃川の川面から流れてくる風の中に歩きだした。

2

小千谷市消防機関消防本部は、小千谷警察署の正に隣にあった。同じ敷地内からも行き来できるほどだ。

だが、やはり期待はできない。一応、事前に今井が連絡を入れてはいたのだが、現時点で昭和二六年一〇月一二日の小千谷町元町の火事の記録はほとんど出てきていないという。残っていたのは当時の出動記録と、一人の消防隊員による消防日誌だけだった。藤井五郎《ふじいごろう》というその隊員の日誌には、次のように記述されていた。


〈――一〇月一二日、天候は晴れ時々曇り。東寄りの風約七米。

二三時〇二分、一一九番通報。即時出動。二三時一四分、小千谷町元町〇〇〇の現場着。消防ポンプ車二、小型ポンプ車一、救急車一、出動人員一二名。

出火現場となるは上村定二家屋、貸席《かしせき》。二階建約二〇〇平米を全焼。西側の家屋、森田《もりた》幹夫《みきお》宅約九〇平米を類焼。翌一三日一時三〇分消火。上村宅より焼死体二体を発見。火災

原因は不明――〉

それだけだった。

片倉は読みにくい文字で書かれた日誌を数回読み返し、それを傍らの柳井に渡した。柳井が読み終えるのを待ち、正面に座る井部《いべ》という担当者に訊いた。

「ポンプ車三台に救急車が一台ですか……。火事の規模の割に、出動した車輌の数が少なくはないですか……」

井部がもう一度日誌を確認し、答える。

「ああ、これは仕方ないんです。昭和二六年当時の小千谷消防署の所有車輌はこの四台がすべてで、つまり、全車出動したということでして……。〝出動人員一二名〟というのも、当時は全署員が一四名ですから、署長と女性事務員以外はすべて出動したということになります……」

なるほど。そういうことか。

「それにしても、〝二階建約二〇〇平米〟というのは、当時の家としてはかなり大きいですね……」

柳井がいった。

「はい、確かに。この日誌にも〝貸席〟と書かれていますから、何か商売でもやっていたのかもしれませんね……」

井部が首を傾げる。

「〝貸席〟って、何でしょうね」

柳井が片倉に助けを求めた。

「ああ、昔はよくそんな商売があったんだよ。町の寄り合いとか冠婚葬祭の集まりなんかに、部屋や会場を貸す商売さ。近くの仕出し屋から料理を取って、酒を飲ませて宴会をやったりね……」

当時は飲食店として保健所の認可が下りなかった店などが、〝貸席〟として営業したと聞いている。もしくは、〝赤線〟（公娼）や〝青線〟と呼ばれていた娼婦を置く店を、〝貸座敷〟ともいった。やはり、片倉の勘が当たっていたらしい。

「ここに、〝上村宅より焼死体二体を発見〟と書かれていますね。この新聞によると、この焼死体は上村定二という火元の貸席の主人と、キヌさんという母親だったようですね」

片倉が当時の『上越日報』の記事のコピーを井部に見せた。

「そうだったんですか……」

井部は、あまり興味がない様子だった。無理もない。自分が生まれる、おそらく一〇年以上も前の火事だ。

「しかし、犠牲者が二人も出ている火事なんですから、何か記録が残っているはずでしょう。火災調査の報告書か何かが……」

片倉が、食い下がる。

「それが……」井部が、困ったように溜息をつく。「確かに当時から消防法はありました から、火災の原因や人的被害の状況などに関する火災調査の記録は存在したはずなんです が……。倉庫の資料を調べても、この火災の分だけが〝抜けて〟いまして……」

「〝抜けて〟いる……」

片倉は柳井と顔を見合わせた。

「そうなんです。その前後の火災の分の火災調査に関してはあるんですが、ここだけ誰か が持ち出したようでして……」

「持ち出した、とは？」

「おそらく、署の上の方の者か警察かと思います。当時はコピーとかはありませんでした から、警察で放火や放火殺人の捜査になると、消防の火災調査の報告書の原本が持ち出さ れて戻らないことがよくあったようなので……」

結局、そこまでだった。だが、昭和二六年の元町の火事で焼けた上村定二の家が〝貸 席〟であったことがわかったのは、ひとつの収穫だった。

時計を見ると、すでに午後二時を過ぎていた。

「もう、こんな時間か。早いな……」

「急ぎましょう。次は、小千谷市役所ですね……」

小千谷市役所は、県道を渡った一画にあった。警察署と消防署からは歩いて数分。目と鼻の先だ。

市役所ではまず建設課に行き、昭和二六年一〇月に火事が起きた〈――小千谷町元町〇〇――〉という当時の地番の表記について確認した。これを古い地図などで調べると、現在は〈――新潟県小千谷市元町二丁目〇〇――〉となっていることがわかった。

さらに市民生活課に行き、同住所で〝上村定二〟の戸籍の原本が残っていないかを確認した。これはかなり手間取ったが、おそらく同一人物のものだと思われる原本が保管庫の中から見つかった。

〈――本籍
新潟県小千谷町元町〇〇〇
氏名　上村　貞二
大正拾五年四月参拾日編成
明治弐拾八年四月弐拾六日新潟県小千谷町元町〇〇〇に出生　同月弐拾八日父届出
父　上村　貞男
母　キヌ（中略）

昭和弐拾六年拾月拾三日閉鎖――〉

「なぜ、名前の字が違うんでしょうね……」

柳井が本籍を見ながら、首を傾げた。

「たぶん、新聞が間違えたんだろう……」

警察の記者クラブか何かで犠牲者の名を〝サダジ〟、もしくは〝テイジ〟と聞いて、〝定〟という字を当てはめたのだろう。当時は全国紙でも、記事の誤字脱字は珍しくなかった。

「でも、住所の地番も火事のあった現場とは少し違ってますね……」

確かに、そうなのだ。最後の〈――元町〇〇〇――〉の数字が、火事の現場とは違っている。建設課に戻り、確認すると、本籍の地番は現在の元町三丁目あたりであることがわかった。

「どういうことなのかな……」

片倉が首を傾げる。

「わかりませんね。とりあえず、〝現場〟に行ってみますか……」

柳井がいった。

だが、この時点ですでに、時間は午後五時を過ぎていた。〝刑事〟の〝出張〟などというものは結局は役所回りばかりで、小さな事実関係をひとつずつ拾い集めているうちに時間はどんどん過ぎていく。

二月の新潟は、日が暮れるのが早い。市役所の外に出ると、すでに日も落ちていた。凍り付くような冷たい風が、体の芯まで吹き抜けていく。

「とにかく、歩くか……」

片倉がそういって、古い革コートの襟を立てた。

3

水の匂いを含む大気が、路地裏を這うように上がってくる。

冷たい闇の中に、呑み屋の看板の光がぽつり、ぽつりと灯っていた。

昼間、タクシーで通った時にはわからなかったのだが、本町から元町の周辺には小さな呑み屋が多い。歩いているだけでも何軒かの古い寿司屋や川魚料理屋、焼きとん屋などの看板を見かけた。

「元町の周辺は、幕末のころに宿場町として栄えていたようですね……」柳井が歩きながら説明する。「三丁目の方に行くと、〝東忠《とうちゆう》〟という江戸時代に創業した老舗の割烹料理屋があるそうです。戊辰戦争のころに、当時の長岡藩の河井継之助《かわいつぎのすけ》が昼食に立ち寄ったという話も残っているようです」

「柳井、何でそんなに詳しいんだ」

片倉が訊いた。

「来る前に、ネットでいろいろ調べてみたんです。小千谷の元町に関しては不思議なほど情報が少ないんですが、それでもこのあたりが昔の繁華街だった痕跡はいろいろと見つかりました……」

わかるような気がした。昔から宿場町は、街道筋の特に水辺に発展した。一七世紀に三国街道が開通し、その宿場町のひとつとして小千谷が発展したとするならば、当初の中心地が信濃川沿いの元町であったこともむしろ当然のことだったのだろう。元来〝元町〟とは、〝元からの町〟という意味である。

だが、いまの元町は寂《さび》れていた。古いアパートや工場、空き家や廃屋などが並んでいる。暗い陰には人の気配もなく、ひっそりとしていた。

「暗くて、何もわからんな……」

市役所で調べてきた昭和二六年の火災現場の住所は、このあたりのはずだ。だが、現在は古い重機や建材が野晒しの資材置場のような空地になっていた。人の気配はない。

その先に、食品会社の事務所のような建物が見えた。まだ二階の窓に、明かりが灯っている。その向こうに信濃川の流れがあるのか、暗い土手が続いていた。

「どうしましょうか……」

柳井が立ち止まった。

「そうだな……。あの土手に上がってみるか……」

まだ雪の残る階段の足元に気を付けながら、土手に上がった。風景が開け、漆黒の広大な信濃川の流れが見下ろせた。

遠い対岸には、ＪＲ上越線の小千谷駅から続く街並みの光が見える。右手には国道二九一号線で信濃川を越える旭橋が架かり、その上を行き来する車のヘッドライトが暗い川面を照らしていた。だが、振り返れば、元町は重い陰の中に沈んでいた。

「こんなに暗くちゃ、何もわからんな……」

片倉が、冷たい風に背を丸めながらいった。

「そうですね……」

「冷えるな……。そのあたりの呑み屋にでも入って、ちょっと引っ掛けるか……」

「賛成です……」

土手を下り、また陰の中を歩く。吐く息が白い。まだ雪の残る路地に、呑み屋の小さな看板の灯がぼんやりと点《とも》る。だが、昭和二六年当時の事情を知るような古い店は少ない。

国道まで出て、魚料理の店に入ってみた。少し痩せ我慢をして二人でビールを一本頼み、軽い肴を注文した。だが、この店もそれほど古くはない。

試しに、店の女将らしき女に昭和二六年の火事のことを訊いてみた。思ったとおり、何も知らなかった。

「ビールを飲んだら、余計に体が冷えちまったな……。明日、また出なおすか……」

片倉がグラスのビールを空け、席を立った。

ホテルは小千谷市の城内《じょうない》一丁目に取ってあった。

何の変哲もないビジネスホテルだった。元町からは、歩いて一〇分も掛からない。時間はまだ、午後七時を回ったばかりだった。部屋に荷物を置いて、外に出た。本町の方角に向かい、国道沿いの寂れたアーケードの商店街を歩き、二丁目あたりで目に付いた居酒屋の暖簾を潜った。

隅のテーブルに着いて片倉は日本酒の熱燗を、柳井はもう一度ビールを注文し、やっとひと息ついた。

「鍋でも食うか……」

「いいですね。それに、刺身と……」

料理が並ぶのを待ちながら、どちらからともなく話が始まった。

「ところで、どう思う。いま見てきた元町あたりを……」

片倉が酒を口に含みながらいった。やはり熱燗は、体が温まる。

「どう思う、といいますと……」

柳井が訊き返す。

「だから、あの街の雰囲気さ。幕末や明治にはおそらく信濃川の河川水運の基地として栄えてたんだろうし、小千谷の発電所の工事のころには繁華街のようなものもあったんだろうが、いまはまったくその面影がないんだよな……」

片倉が、首を傾げる。

「どちらかというと、河川水運の船着き場のような痕跡の方がまだ残ってますね。食品会社や、その倉庫のようなものはいくつか見かけましたからね……」

「調べてみても、何も出てこないか」

インターネットで情報を探り出すのは、若い柳井の方が得意だ。

「出る前にいろいろと調べてはきたんですが、ちょっと待ってくださいね……」

柳井がいつも持ち歩いているブリーフケースの中からタブレットを取り出し、電源を入れ、何かを調べはじめた。

店員がつみれ汁の鍋とガス台を持ってきて、火をつけて置いていった。鍋が煮えるのを待ちながら、柳井が黙ってタブレットを操作し続ける。

「大したことは出てきませんね……。いまネットで調べて出てくるのは、戊辰戦争の時に小千谷も戦場になったこと……長岡藩の河井継之助が新政府軍の岩村精一郎《いわむらせいいちろう》と小千谷の慈《じ》眼寺《げんじ》で会談したこと……一八八七年に、小千谷の対岸と元町を結ぶ旭橋が開通したこと……。他には一九三六年に信濃川発電所の工事が始まったことと、市役所のホームページに〝信濃川水運の船着き場として発展〟したというような記述があるだけですね……。〝元町〟に関しては、不思議なほど何も引っ掛かってこないんですよ……」

やはり、そうか。

これは片倉の考えすぎなのかもしれないが、どうも〝元町〟という空間が意図的に時代の流れの中に取り残され、忘れ去られようとしているような気がしてならなかった。

「まあ、いい。鍋が煮えたから食おう」

「はい……」

ちょうど刺身や焼物も運ばれてきて、しばらくは黙々と食った。空きっ腹に温かいものが入り、熱燗の効果も手伝って、やっと体が温まってきた。

「明日は、どうするかな……」

片倉が何げなくいった。二泊三日の〝出張〟の予定だが、特にあてはない。よくいえば臨機応変、正直に白状するなら行き当たりばったりといったところだ。

「もう役所回りはすませましたからね」

「そうだな。これ以上は、やっても無駄だろう」

望みがあるとすれば、消防署の方から何か古い資料でも出てくるかどうかだ。

「私は、元町の周辺を徹底的に〝地取り〟で叩いてみたいですね」

柳井が、はっきりといった。

やはり〝地取り〟か。確かに、柳井がいうまでもなく、それしか方法は残されていない。

「〝地取り〟に懸けるのはいいが、何に絞り込む。ただ闇雲に歩き回っても、何も出ないぞ」

片倉がいった。

「はい、狙いは絞るべきだと思います。そうなると、ひとつは昭和二六年の火事で亡くなった上村貞二の遺族……。こちらは死亡の直後に戸籍が閉鎖されていますから、あまり望みはないかもしれませんが……」

「他には」

「当時の〝上越日報〟の記事に、〝隣接する森田さん宅を類焼して〟と書いてありましたね。私は、その〝森田〟の方を捜してみたいんです。あの火事で家は焼けても〝亡くなった〟とは書かれていないので、もしかしたらその子孫か誰かがまだ元町の周辺に住んでいるかもしれませんから……」

なるほど、〝森田〟の方か……。

「それならば明日もう一度市役所の市民生活課に行って、元町の町内で〝上村〟と〝森田〟を洗い出してみたらどうだ。その方が早いだろう」

片倉は回ってきた店員に、熱燗の二合徳利をもう一本注文した。柳井もここで、酒を日本酒に替えた。

「確かに、そうかもしれませんね。しかし私は、〝現場〟の〝地取り〟を優先してみたいんです」

「ほう……。なぜだ」

〝現場〟とはいっても、半世紀以上も前の〝赤猫〟だ。いまさら足を棒にして歩いてみても、〝地取り〟で何かが出る可能性は限定的だ。

「私は、明るい時にもう一度、あの街を歩いてみたいんです。これは勘なんですが、何かがあるような気がするんです……」

〝勘〟か……。

「なるほどね……。何かがある、か……」

「我儘をいって、すみません……」

柳井が珍しく、頭を下げた。

4

翌日は、早朝から行動した。

まだ夜が明けきらないうちに、ホテルを出た。

コンビニで熱いコーヒーとサンドイッチの朝食を摂り、元町の〝現場〟に向かった。

白い息を吐きながら、信濃川の土手下の路地を歩く。凍った路面を靴で踏むと、氷が割れる音がした。昨夜以上に厳しい冷え込みに、思わず背が丸くなった。

「冷えるな……。おれは宮城県の生まれだから寒さには強いつもりなんだが、こいつはたまらんな……」

あまりの寒さに、思わず泣き言が口を衝いて出た。

「本当に、寒いですね……。私は下にヒートテックを着てるんですが、それでも……」

「ひーとて……って何だ、それは……」

「いえ、何でもありません……」

夜明けの街に、人は誰もいない。腹を減らした野良猫が、上目遣いに睨みながら片倉と柳井の前を横切っていった。

前日と同じように、土手の上に立った。信濃川の対岸の東の空が赤く染まり、やがて平野部を丸く囲む只見の山々から越後駒ケ岳《こまがたけ》へと連なる稜線に朝日が上った。まだ暗い川面の上に架かる旭橋を行き来する車のエンジン音が、冷たい川風に運ばれてくる。

片倉は透明感のある風景を眺めながら、思う。あの旭橋が開通したのは一八八七年――明治二〇年――だった。昭和二六年の一〇月にいま片倉が立つ土手の下で火事があった時には、いまと同じように橋はここに存在していた。

峰子もこの土手の上に立ち、あの旭橋とその向こうに連なる只見の山々を眺めたのだろうか。山の稜線の遥か彼方には故郷があることを思い、何を思ったのだろうか。当時、まだ十代から二十歳そこそこだった峰子にとって、目の前に連なる只見の山々と六十里越の峠は、越すに越されぬ高い壁であったに違いない。

日が上ると、心なしか暖かくなってきたように感じた。

「さて、やるか……」

「そうですね。もう、明るくなってきましたから……」

コートのポケットに手を入れ、白い息を吐きながら土手を下りた。

前日と同じ、昭和二六年一〇月に火事があった元町二丁目の空地に立つ。朝日を浴びて、凍りつく錆びた重機や朽ちかけた建築資材がきらきらと光っていた。

人の気配はない。柵があり、ここしばらくは人が立ち入った形跡もない。この土地がいつからこうなっていたのか、いまは知る由もない。

「この土地の名義は、誰になっているんでしょうね……」

柳井が声を潜めるようにいった。

「後で法務局に寄るか。公図を見て確かな地番がわかれば、〝登記証明〟(登記事項証明書)を取れるだろう……」

土地の周囲を、歩く。二辺が狭い道路で囲まれ、背後に信濃川の土手を背負っている。東側に、錆びたトタン屋根のバラックが建っていた。

「ここが、新聞に書かれていた〝森田〟という家があった場所かもしれませんね……」

柳井が、地図を確認する。

「おそらく、そうだろうな……」

火事があったのが昭和二六年。この家の建て方と傷み方を見ると、ちょうど年代が一致する。おそらく火事で類焼した後に、建て替えられたものだろう。

片倉は、さらに建物の周囲を観察した。窓のガラスが曇り、中は見えない。ガラスが割れている窓もある。

建物は、少し傾いていた。表札はない。人の気配もなかった。廃屋のようだ。

やはり、明るい時間に〝現場〟に立つと、それまでは見えなかったいろいろなものが見えてくる。

空地の先に建っている古い公営住宅のような建物に、人が見えた。時間はもう、午前七時だ。街は、少しずつ目覚めはじめている。

「あのアパートまで行って、誰かに訊いてくるか……」

あまり期待はできないが。

「康さん、ちょっと待ってください。面白いものがありますね……」

それまで傾いた玄関先に屈んで足元を探していた柳井が、枯れ草の中から板のような木片を拾い上げた。

「何だ、それは……」

「表札のようですね……」

「何か、書いてあるな……」

だが、釘穴から二つに割れていて、読むことができない。

「もうひとつ、ありますね……」

柳井が同じ枯れ草の中から、板の片割れを拾い上げた。二つの板を、合わせる。腐りかけた板の表面に、滲む墨の文字が浮かび上がった。

〈――森田――〉

二人は、顔を見合わせた。〝森田〟だ……。

割れた表札は、かなり古いものだった。だが、何十年も前のものではない。おそらく割れて地面に落ちてから、せいぜい数年から一〇年といったところだろう。つまり、〝森田〟という姓の誰かが、ほんの数年前まではこの家に住んでいた可能性があるということだ。

その時、〝森田〟の家の二軒先の家のドアが開き、人が出てきた。片倉よりも少し年配の女だ。新聞を取りにきたらしい。

「柳井……」

「声を掛けてみます」

柳井が、飛んでいった。このような時には、若くて人当たりが柔らかい柳井がいてくれると助かる。

まだパジャマ姿に防寒着を羽織っただけの女は、どこか迷惑そうだった。だが、話さないというようでもない。柳井が警察手帳を見せると、逆に興味をそそられたように身を乗り出してきた。

片倉も歩み寄り、手帳を見せて挨拶をした。

「朝早くから、すみません」

女が怪訝そうに、片倉を見ながら頭を下げる。だが、口元に浮かぶ笑いは興味津々といったところだ。このような相手からは、話を訊きやすい。

「やはり、森田さんをよく知っているそうです……」

柳井がいうと、女がその先を続けた。

「森田イクコさんことよー知っとるがね。ついさっきまでここにいたったがぇ……」

「〝イクコ〟さんというんですか……」

片倉と柳井が、顔を見合わせた。

「そうだがぇ。育てる〝育〟にな、子供の〝子〟を書いて……」

どうやらこの廃屋の家主は、〝森田育子《いくこ》〟という人だったらしい。〝さっきまで〟というのは、〝最近まで〟ここに住んでいたということのようだ。さらに訊くと、森田育子は女の知る限り八〇歳を超える老人で、何年か前に亡くなったという。

「何年くらい前に亡くなったか、わかりませんか」

片倉が訊いた。

「さあな……」女が指を折りながら、考える。「七年か八年前……あの大きな地震の少し前だったと思うがぇ……」

その地震というのが東日本大震災なのか、中越地震などの他の地震なのか。いくら訊いてもはっきりしなかった。確かなのは家主が亡くなって以来、この家がずっと空き家になっているということだけだ。

「その森田育子さんという方には、ご家族はいなかったんでしょうか。もしくは、親族の方とか」

今度は、柳井が訊いた。

「ずっと、一人暮らしだったで家族はいんかったね……」女がそういって少し考える。

「でも、確か、妹さんと息子さんがいたんでなかったか。昔は時々、来てたけどね……」

妹と、息子がいた……。

女によると、森田育子は亡くなった時に八〇を過ぎていた。それが七〜八年前だとすれば、いま生きていれば九〇歳くらいか。その妹が生きているとすれば、昭和二六年一〇月の火事のことを記憶している可能性がある。

「その妹さんと息子さんが、どこにお住まいかご存知ありませんか」

「会いに行ぎなさるかぇ。妹さんは知らんが、息子さんは元町の三丁目の方だとか聞いたがね。いまも住んでるかどうかは、知らんが……」

片倉と柳井は女に礼をいい、また歩きだした。

「三丁目か……」

「例の、河井継之助が戊辰戦争のころに昼食に立ち寄った〝東忠〟という割烹料理屋の方角ですね……」

火事で亡くなった上村貞二の本籍の地番も、いまの元町の三丁目の方だった。

「市役所で調べてみたら、すぐにわかるかもしれませんね」

柳井がいった。

だが、時計はまだ朝の七時を過ぎたばかりだ。市役所が開くまでには、まだだいぶ時間がある。

「とりあえず、三丁目の方に行ってみよう。誰かに訊けば、〝森田〟という家が見つかるかもしれんからな」

片倉がいった。

信濃川の流れに沿って歩き、旭橋の架かる国道二九一号線を越えて元町三丁目に入ると、空気が変わったような気がした。急に風景が開け、明るくなった。土手の下に並ぶ建物も、二丁目よりは新しいものが多い。

「河川水運の船着き場として発展したのは、三丁目の方なのかもしれませんね……」

歩きながら柳井がいった。確かに、そうかもしれない。土手の上を歩きながら信濃川の流れを見下ろすと、川岸にかつての船着き場の跡のような地形がまだ残っていた。

途中、土手の右手に、まだそれほど古くないアパートのような建物があった。下に人がいたので、声を掛けてみた。

「すみません。このあたりに〝森田さん〟というお宅はありませんか」

だが、初老の男は首を傾げ、そして横に振った。

「さあ、聞かんねぇ……」

礼をいって、また歩く。

土手の上を行くとしばらくして左手に東屋があり、公園のような広場があった。ベンチが置かれていて、犬を連れた老人が座っていた。このあたりに〝森田〟という家はないかと訊いてみたのだが、やはり知らなかった。

土手は、その先の森で終わっていた。森の中には敷石が続いていて、両側に石灯籠があり、その奥の川石を積んだ土台の上に古い石碑が立っていた。

〈――金刀比羅神社遷宮○○――〉

「金刀比羅宮《ことひらぐう》か……。やはり、な……」

「やはりって、なぜですか」

柳井が訊いた。

「元は、香川県の琴平町にある神社だよ。海上交通の守り神で、海辺の港なんかに多いんだが、金刀比羅宮があるということはかつてこのあたりが河川水運の船着き場だったんだろうな……」

「康さん、詳しいですね」

「まあ、年の功さ。行こうか」

道はそこから、右手に回り込むように上がっていく。正面に小さな祠があり、左手に長い石段が分れていて、その上にも山王神社が祀られていた。地図を見ればその周囲にも、秋葉神社、猿田彦神社、隣接する稲荷町《いなりまち》には稲荷神社が並んでいる。

このあたりには神社が多い。〝元町〟という名の所以ともなる古い街であったことを窺わせる。

坂をしばらく上ると、右手に黒ずんだ柱と土壁の建物があった。三階建の大きな建物だが、一見してかなり古いことがわかる。作りからして、おそらく江戸時代に建てられたものだろう。

「この建物が例の〝東忠〟という料亭のようですね……」

柳井が立ち止まり、地図を確認する。

「店は、やっていないようだな……」

「少し行きすぎたみたいですね。この手前の道まで戻って上がっていくと、元町の古い市街地に行けるみたいです……」

少し戻り、急な坂を上がった。このあたりには、狭い坂道が多い。川石を積んだ高い石垣を見ても、このあたりが古い街であることがわかる。

坂の上は、住宅地だった。古いが、割と作りの良い家が多い。さらに道を迂回するように歩いていくと、信濃川を見下ろせる丘の上に出た。

冷たい風に吹かれながら、朝日に輝く信濃川を眺めた。下流には旭橋があり、上流は蛇行しながら遥か彼方の国道三五一号の山本《やまもと》山大橋《やまおおはし》の下へと消えていく。その向こうの小高い丘の上には、小千谷発電所の高圧線の鉄塔が輝いていた。

小千谷の発電所と元町は、本当に近い。工事が行なわれていた昭和二十年代の中ごろに、まだ河川水運が残っていたとしたら、作業員たちにとって元町は恰好の遊び場だったことだろう。

その時、背後でバイクのエンジン音が聞こえた。振り返ると、坂を新聞配達のスーパー・カブが上がってきた。バイクは近くの家の前で止まると、若い配達員が新聞を一部手にして玄関に向かった。

なぜこんな時間に、新聞配達が……。

片倉がそう思った瞬間には柳井が走っていた。配達員が新聞を届け、バイクに戻ろうとしたところを摑まえた。片倉も、その後を追った。

「はい、何でしょう……」

コートを着た二人の男に囲まれ、警察手帳を突き付けられて、若い配達員は驚いたようだった。

「こんな時間に、なぜ新聞配達を？」

つい、いつもの〝刑事〟の口調になってしまった。

「はい……。そこの寺西《てらにし》さんの家に、新聞を入れ忘れたもので……」

配達員は、二人を交互に見ながら怯《おび》えている。

「お急ぎのところを、すみません。ちょっと、お訊きしたいことがあったものですから」

このような時にはやはり、柳井が話した方がいい。配達員が柳井の方を向き、やっと落ち着いたように息を吐いた。

「はい、どんなことでしょう……」

「このあたりに〝森田さん〟という家を知りませんか」

「森田さん……あ、ありますよ。いまぼくが行った寺西さんの家の裏がそうです。一本、向こう側の道から行った方がいいです……」

配達員にいわれたとおりに行ってみると、〝森田〟という家はすぐに見つかった。二階建で瓦屋根の、ごく普通の古い民家だった。

「ここか……」

門柱に、〝森田〟と表札が入っていた。

「誰かいそうですね。呼び鈴を鳴らしてみましょう」

柳井が、表札の下のボタンを押した。家の中で、人の気配がした。間もなくドアが開き、初老の女が顔を出した。

「朝げから何ですがぇ……」

怪訝そうに、二人の顔を見た。

「森田さんのお宅ですね」

片倉が、警察手帳を見せた。

「そうですが……」

「〝森田育子さん〟についてお話を伺いたいのですが」

名前を出して、様子を見た。明らかに、反応があった。どうやら森田育子を、知っているらしい。

「ちょっとお待ちください……」

女がそういって一度、家の中に戻った。しばらくするとまたドアが開き、やはり初老の男が顔を出した。

「森田育子は私の母親ですが、何か……」

「実は、我々は昭和二六年一〇月の元町二丁目の火事について調べているんですが……」

事情を話すと、男は納得したようだった。

「おおばらくたって（散らかって）ますが、上がってくんなせ……」

片倉と柳井に、家に上がるようにいった。

男の名は森田芳男《よしお》。年齢は六九歳。予想したとおり、森田育子の長男だった。

いまのこの家を祖父から引き継いだのは三〇年ほど前で、それ以前は元町二丁目の家に住んでいた。だが、森田芳男が生まれたのは昭和二二年なので、火事のことはあまり覚えていないという。

「親父かおっ母でも生きていたら、もっと詳しいことがわかんだが……」

森田はそう断った上で、知っていることをひとつひとつ思い出すように話した。

火元の上村という家は、やはり娼妓を置くような商売をやっていたらしい。元々、このあたりは河川水運の基地だったので、そのような商売も珍しくなかった。

昭和二六年一〇月の火事については、当時から〝放火〟という噂はあった。だが、犯人は捕まらなかった。森田が知っていることは、そのくらいだった。

「せめておっ母だけでも生きとってくれたら、もう少しわかんだが……。おっ母はよく、火事が怖かったっていっぺしたな。火と煙に巻かれて、まだ小さかったおれったら抱えて、必死に逃げたってな……。私も、目の前が真っ赤になって、怖かったのは覚えてんだがね……。まだ、子供だったからね……。せっかく東京から来てもらったのに、悪いね……」

森田は本当に、申し訳なさそうだった。

片倉は、話を変えた。

「ところで、森田育子さんには妹さんがいらしたようですね」

森田が、怪訝な顔をした。

「妹……。さて、おっ母に妹なんかいねぇが……」

意外だった。だが、森田が隠しているというようでもない。

「そうですか……。実は、二丁目のお母さんが住んでらした家の近くの方から、森田育子さんには妹さんがいらしたと聞いたものですから。昔はよく、遊びに来ていたと……」

「おっ母の妹……。誰のことだけぇ……」

森田が、首を傾げて考える。その時、それまで黙って聞いていた森田の妻が、横から口を出した。

「そのお母さんの妹って、ミネコさんのことじゃないかぇ……」

ミネコ……〝峰子〟……。

片倉は思わず、柳井と顔を見合わせた。

「〝ミネコ〟さんというのは、どなたですか」

柳井が訊いた。

「いや、その人はおっ母の実の妹ではないですがぇ。ただ、おっ母が自分の妹のように可愛がってただけで……」

「その〝ミネコ〟さんという方は、いまどこにいるかわかりますか」

「さてな……。もうだいぶ前に、亡くなったと思いますよ。おっ母よりも早くに亡くなったはずだから、もう二〇年はたつんでねぇがな……」

井苅峰子が亡くなったのは、平成八年（一九九六年）一二月。およそ二〇年前だ。

「その〝ミネコ〟さんという方の名字はわかりませんか」

片倉が訊く。

「さて、何といったかな。もう古いことなんで忘れちまったな……」

森田によると〝ミネコ〟というのは昭和二六年の火事で焼けた上村の貸席にいた女で、母の育子が実の妹のように可愛がっていた。火事の後には亡くなった上村母子の命日に墓参に訪れたこともあり、まだ子供だった森田も遊んでもらったことがある。〝ミネコ〟に対して森田は、「綺麗な人だった……」という印象があるという。

「もしかして〝ミネコ〟さんというのは、この人ではありませんか……」

柳井がブリーフケースからタブレットを出し、ディスプレイに井苅峰子の写真を表示した。森田と妻が写真を見て、同時に頷いた。

「ああ、この人です……」

「ミネコさんだがぇ……」

やはり〝ミネコ〟は井苅峰子だった……。

峰子は二〇年ほど前まで、一年に一度くらいは森田育子の家を訪ねてきていた。森田が車の運転をして、育子を只見町の峰子が勤める旅館まで連れていったこともある。その時は、森田の妻も一緒だった。

「あれは、いつごろだったがぇ……」

「お祖父さんが亡くなった後だすけ、三〇年くらい前でながったかね……」

失われていたピースが、ひとつずつはまっていく。だが、まだわからないことがある。

「お母さまと井苅峰子さんは、なぜそんなに仲が良かったんでしょうね」

片倉が訊いた。

「さあ……何でだったかなぁ……」

森田が首を傾げる。

「同じ先生から、小唄を習ってたんでなかったかぇ」

森田の妻がいった。

「ああ、そうだったかもしんねぇ」

小唄を習っていた……。

「誰に、習ってたんですか」

「隣の上村のお祖母ちゃんですがぇ」

森田がいった。

「火事で亡くなった、上村キヌさんですか?」

「キヌさんといったがぇなぁ……。でも、そうです。その上村のお祖母ちゃんが、昔、岩《いわ》室《むろ》温泉で芸者をしていた人でね……」

森田の母と峰子は、同じ先生から小唄を習う姉妹弟子だった。何年か先輩だった森田育子が、妹分の峰子を可愛がっていたということらしい。

「それならば森田さん、こんな民話を知りませんか……」片倉は、柳井にいった。「峰子が書き残した例の民話、すぐに出るかな」

「はい、出ます……」

柳井がそういって、またタブレットを操作した。峰子のアルバムの最後のページに書き残されていた〝かちかち山〟のような民話をディスプレイに表示し、森田に見せた。

「これは……」

森田は老眼鏡を掛け、しばらくタブレットに浮かぶ奇妙な民話に見入っていた。

〈――とんと昔にのう。

村に兎と狢がおったとや。

兎は頭が良くってな、いつも狢を騙したてや。

ある日、兎が狢にいよったと。

今日は天気が良いすけ、山に柴を伐りに行がねかや。(後略)――〉

読み終えた後で、森田が頷いた。そして、いった。

「懐かしいすけぇ……。よくおっ母が、話して聞かせてくれたがぇ……」

「実は、こんな新聞もあるんですが……」

片倉は森田に、昭和二六年一〇月一三日の『上越日報』のコピーを見せた。

〈――(前略)また亡くなったキヌさんは地元で昔話の伝承者として知られており、特にカチカチヤマの原形ともいわれる兎と狢の話を得意としていた――〉

森田は記事を読み、頷いた。

「そうかもしれねぇすけぇ……。もう昔のこったで詳しいことはわかんねぇが、おっ母はこの話を上村のお祖母ちゃんに教わったとかいってたような気もするがぇ……。ところでなぜ刑事さんが、この昔話を知っとったすけねぇ……」

「亡くなった峰子さんが、自分のアルバムの最後のページに書き残していたんです」

片倉が説明すると、森田が少し驚いたような顔をした。

「峰子さんがねぇ……。すると、何ですけぇ、刑事さんは峰子さんが放火の犯人だったと考えとるかぇね……」

森田にいわれ、片倉は虚を衝かれたような気がした。だが、これまでの流れを考えれば、森田がそこに気付くのも無理はなかった。それならそれで、訊き方もある。

「実は、その可能性もあると考えています。森田さんは、そのようなことを耳にしたことはありませんか」

だが森田は、首を横に振った。

「そんなこと、聞いたことないすけぇ……」

それ以上は、何もわからなかった。無理もない。昭和二六年の火事があった当時、森田はまだ四歳だった。ほとんど記憶のない年齢だ。

「最後にひとつだけ、よろしいですか」

片倉がいった。

「何か、森田育子さんと井苅峰子さんの関係を証明するようなものはありませんか。手紙でも、年賀状でも、二人が一緒に写っている写真でも何でもかまわないんですが……」

奇妙なことに、峰子の遺品の中から森田育子との関係を示すような書簡は一通も出てきていない。

「さて、どうですけぇ……。そんなものは、何も残っていねぇですがぇ……」

峰子が放火の犯人かどうかという話をした後では、もし母親との関係を示す書簡が残っていたとしても出しにくいだろう。だがその時、柳井がいった。

「それでは、お母様が住んでいらした元町二丁目の家の中を拝見させてください。もちろん〝任意〟ですが」

「いや、それは……。勘弁してくんなせぇ……」

「いや、そこを何とか。ご協力ください」

柳井がいつになく、強い口調でいった。

森田が錠を外して傾いた家を開けると、古い家の中から数年前の空気が生き物のように解き放たれた。

片倉と柳井はベルトからＬＥＤライトを抜き、家に入った。長年の黴《かび》と、様々なものがまざり合った饐えたような臭いが鼻をかすめた。ＬＥＤライトの光の中に、昭和の時代で時が止まってしまったような風景が浮かび上がった。

「私はここで待ってますけぇ……。靴のまま、上がってかまわんけぇ……」

森田はまるで怖ろしい物でも見るように、玄関の外に立ったままだ。

片倉は、土間から靴のまま家に上がった。腐った畳が、根太の軋む音と共に沈み込む。黴で真っ黒になった土壁の下には、畳を盛り上げて霜柱が立っていた。

台所の方で、物音がした。ＬＥＤライトを向けると、光の中を大きなネズミが走っていった。

「さて、始めるか。何を探す？」

片倉が、訊いた。この家に入ろうといったのは、柳井だ。

「そうですね。まずは手紙や葉書などの書簡、日記があれば、それも。他には、写真ですか……」

このような家探しでは、基本的な選択だ。

「よし、手分けしてやろう。柳井はこの部屋の茶箪笥と、そのテレビ台の引出しの中をやってくれ。おれは、隣の部屋の箪笥の中を見る」

片倉がそういって、手に白い手袋をはめた。

部屋に入ると、腐った布団が敷かれたままになっていた。布団を避け、奥へと進む。この部屋は、あと何年もしないうちに床が抜けるだろう。

箪笥は、桐箪笥だった。ＬＥＤライトの光で、注意深く見る。

金具の意匠に、見覚えがあった。会津三島町の〝菅野桐工芸〟のものだった。

なぜこの桐箪笥がここに？

片倉はいろいろな可能性を想像してみた。だが自分で納得できる合理的な解釈を見つけることはできなかった。

箪笥は古く、長年の黴で真っ黒になっていたが、腐ってはいなかった。さすがに、会津の桐箪笥だけのことはある。引出しを引いてみると、まるで新品のように開いた。

引出しの中身は、タイムカプセルのように残っていた。柘植《つげ》の櫛や小さな手鏡。おそらく化粧品が入っている織物のバッグと、巾着。それに誰が折ったのか、折鶴などの折紙が数個。それだけだ。

次の引出しを開ける。ここには三文判が二本と、折り畳んだ和紙が数枚。和紙を広げると、中から桜や梅、四つ葉のクローバーなどの押し花が出てきた。このようなものを目にすると、亡くなった森田育子の笑顔が見えるような気がしてくる。

三つ目の引出しを開けた。手作りの、小唄の歌詞帳が一冊。それを退かすと、下にクッキーの四角い缶がひとつ。缶を開けると、中から手紙の束と数十枚の年賀状が出てきた。

「柳井、手紙があったぞ」

片倉が、柳井に声を掛けた。

「こちらにも、ありました。写真です」

柳井が見つけたのは、整理されていない数十枚のカラープリントと、そのカラーネガだった。かなり古いもので、ネガには黴が生えてしまっている。

「どうするかな。とりあえずこれを持って帰って、中を調べてみるか」

この家の中は暗すぎて、写真も手紙も中身がどんなものなのかはっきりしない。

「そうですね。あと、もう一カ所だけいいですか……」

柳井がそういって、茶箪笥の最後の引出しを開けた。中を探る。入っていたのは期限切れになっている薬や絆創膏、包帯などだった。

「日記かアルバムがあればと思ったんですが……」

柳井がいった。

「あとは、押入れの中かな」

だが、押入れは鴨居が外れかけて斜めになっていた。いまにも崩れ落ちそうだった。二人では、無理だ。

「とにかく、ここを出ましょうか」

「そうしよう。どこか他の場所で、分析してみよう」

〝出張〟の時間は、限られている。もしこれ以上この家の中を調べるなら、所轄の全面的な協力が必要だ。

片倉は、出口に向かった。その時、玄関の梁に何かが貼ってあるのに気が付いた。LEDライトの光を向けた。

「あっ！」

「これは……」

〈――須門神社　御守護――〉

あの広神村の〝須門神社〟の守札だった。

5

森田育子の家に貼られていた須門神社の守札は、平成八年一二月に東京の関町南二丁目で起きた〝赤猫〟の〝現場〟にあったものとまったく同じだった。

平成五年の年末から翌平成六年の年始に掛けて、新潟県北魚沼郡広神村（当時）の須門神社が、地域住民を中心に配布した約六〇〇枚の札のうちの一枚である。一連の〝赤猫〟

は須門神社に始まり、またいつの間にか須門神社に戻ってしまった。

それにしてもなぜ、東京と新潟県の小千谷市に広神村の須門神社の御札があったのか。

これはもちろん、偶然ではない。昭和二六年一〇月の元町の火事と平成八年一二月の関町南二丁目の〝赤猫〟との関連を改めて裏付けると同時に、二つの〝現場〟に同じ人間が出入りしていた可能性を物語っている。

二つの〝現場〟に御札を貼ったのは、井苅峰子ではなかったのか――。

峰子が亡くなったのは平成八年一二月一九日だった。亡くなる前の何カ月かは心臓の持病で只見町に伏せていたとしても、御札が配布された平成五年から六年ごろならばまだ東京と小千谷市を行き来できただろう。

だが片倉は、二枚の須門神社の御札を関町南二丁目の〝現場〟と小千谷市元町の森田育子の家に貼ったのが井苅峰子である可能性に関しては、否定的だった。

理由は、考えるまでもない。峰子は現在の福島県大沼郡三島町で生まれ、一六か一七の時に新潟県小千谷市の元町に売られた。その後は小出町、只見町と転々としたが、人生で一度も魚沼郡の広神村の周辺には住んだことがない。たまたま、姉の鮎子が広神村に嫁いだだけだ。つまり峰子は、須門神社に所縁《ゆかり》はまったくといっていいほどなかったことになる。

「井苅峰子でないとしたら、いったい誰がこの家に御札を貼ったのかな……」

片倉が、考える。

「誰か、広神村に所縁のある人間、ということですよね……」

柳井も首を傾げた。だが今回の一連の捜査で、該当する人間は浮上していない。

片倉は、森田芳男に訊いた。

「この御札を貼ったのは誰か、わかりませんか」

だが、森田も首を横に振る。

「さあ……わからんがぇ……。おっ母は、広神村なんて所に行ったことはないはずですけぇ……」

その時、片倉の頭に小さな疑問が浮かんだ。

「峰子さんに、娘さんがいたことを知りませんか」

〝娘〟というのは、昭和三二年一一月に僅か三歳で亡くなった井苅君子のことではない。もしかしたらもう一人、別の娘を産んでいたのではなかったのか――。

「いや、知らんですがぇ……。峰子さんに娘さんがいたなんてことは……」

やはり森田は、知らなかった。もっとも、これは片倉のただの思い付きだったのだが。

だが、重い違和感だけが胸に残った。自分たちは、何か重要なことを見落としているような気がしてならない……。

ひとつは、一連の出来事の時系列だ。平成八年一二月二日に関町南二丁目で〝赤猫〟が起き、その一七日後の一二月一九日に井苅峰子が亡くなった。あまりにも、近すぎる。峰子の死が心臓病による自然死だとしても、これは偶然なのか――。

「私もひとつ、気になることがあるんですが……」

柳井がいった。

「気になることって、何だ」

「いや、森田育子さんは、どうやって峰子さんの死を知ったんでしょう。森田さん、何か聞いていませんか」

「いいえ、私は何も聞いとりませんけぇ……」

やはり森田は何も知らなかった。

廃屋を出て、もう一度、森田芳男の家に寄った。森田育子の家で見つかった写真や書簡を調べるためだ。何か重要なものが出てきたとしても、片倉と柳井だけだとわからない場合がある。

写真は合計六〇枚ほどで、未整理のものが数十年分、溜っていた。大半がカラー写真だが、何枚かモノクロームのものも交ざっていた。家族と撮った写真が多いが、中には旅行や、小唄の稽古なのか和服姿で三味線を持っている森田育子の姿もあった。

「これが、おっ母ですけぇ……。これが私の親父で、まだ若いうちに川で鮎釣りをしていて亡くなりましたがぇ……。このランドセルを背負っててんのが私で、こっちの小っせえのが妹の光代《みつよ》ですけぇ……」

森田が懐かしそうに、写真の説明をする。若いころの森田育子は、少し大柄で膨《ふく》よかな印象のある女だった。

そして、片倉と柳井が探していた写真が出てきた。

「これは……」

森田育子と井苅峰子が一緒に写っている写真だ。背景の建物には〝松岡旅館〟の文字が見える。写真の右下に〈――1989・8・10――〉という黄色い数字が入っていた。当時、流行った日付が写り込むカメラで撮った写真のようだ。

「これは……」

片倉は写真を、森田に見せた。

「ああ、この写真は、おっ母を峰子さんが勤めていた宿に連れて行った時に、私が撮ったもんですけぇ」

「この左側が森田育子さんで、右側が峰子さんですね」

「そうです」

一九八九年といえば、平成元年。峰子が亡くなる七年前、五七歳の時だ。和服を着た峰子は傍らの育子よりもかなり小柄だが、まだ凛として女の艶を保っている。この七年後に持病を悪化させて亡くなるようには、とても見えない。

同じ場所で撮った写真が、計三枚出てきた。そのうちの二枚には、もう一人別の女が一緒に写っていた。

「この方は誰ですか」

片倉が訊いた。

「さて……。古いこったで、よう覚えとらんがぇ……。峰子さんの知り合いか誰かじゃなかったかぇな……」

〝知り合い〟とはいっても、その女はせいぜい三十代の前半くらいにしか見えなかった。着ている物も、髪形も若い。それにどことなく、峰子に似ているような気もしないではない。

「どう思う、これを……」

片倉が柳井に訊いた。もちろん柳井は、片倉の意を察している。

「この写真だけでは、何ともいえませんね……」

他に、おそらく元町の信濃川の土手の上で二人で写した写真が一枚。日付は入っていないが、見たところ撮影されたのは同じころだろう。

井苅峰子が写った写真は、それだけだった。だが、少なくともこれで、森田育子と峰子との関係が確認されたことになる。

写真の次に、書簡を調べた。森田育子の家から見つかった書簡は、およそ二〇〇通。大半は年賀状、もしくは暑中見舞などの葉書だが、中には数通の封書も交ざっていた。

その中で井苅峰子からの年賀状もしくは暑中見舞が計二四通。間は少し抜けているが、年賀状は昭和五〇年から峰子が亡くなる平成八年までほぼ毎年続いていた。それ以前のものは他の書簡も見当たらないので、処分してしまったのだろう。

年賀状はどれも月並なもので、当時の郵政省が販売したお年玉付き年賀葉書に干支の赤や青の判が押され、その周囲に筆文字で新年の挨拶が書かれている。最後の平成八年の年賀状は子《ね》の赤い判が押され、こう書かれていた。

〈——明けましておめでとうございます。
今年もよろしくお願いします。姉さんはお体を大切になさって、長生きしてくださいね。
峰子——〉

どこかで見たことがある年賀状だった。そうだ、峰子が魚沼市金ケ沢に住む元義兄の羽賀治信に出した年賀状とほとんど同じだ。最後の〈——姉さんはお体を大切になさって……——〉という一文がなければ、まったく変わらない。住所も〈——福島県南会津郡只見町大字只見字新町〇〇〇番地　松岡方——〉になっていた。

「峰子は、自分の死期を悟っていたようですね……」

柳井がいった。

「どうやら、そのようだな……」

まだ六十代も半ばの友人に〈──長生きしてくださいね──〉というのはどこか違和感がある。その裏には「自分は先に逝くので……」という意味が含まれていたのかもしれない。そしてその年末、峰子は実際に持病の心臓病を悪化させて亡くなった。まだ六四歳だった。

だが、疑問が残る。峰子が年賀状を書いていたとしたら、森田育子も同じように出していたはずだ。だが、峰子の遺品の中に、森田育子からの年賀状は一枚も残っていなかった。なぜなのか……。

次に、封書だ。森田育子の家に残っていた封書は、全部で八通。そのうちの二通が、井苅峰子からのものだった。

一通の封書の消印は平成元年五月九日、受付は只見局になっていた。封筒に書かれた住所も、他の年賀状などと変わらない。

手紙の内容は、特に変哲のないものだった。只見町の長い冬も終わり、山の雪も消え、やっと本格的な春が訪れたこと。忙しかったゴールデンウィークも過ぎて、少し落ち着いたこと。只見町は、本当に自然が美しい場所であること。今年の夏は小千谷に行けそうもないので、一度〝姉〟さんが只見町に遊びに来ないかという誘い。そしてその夏の八月、確かに森田育子は息子の芳男に車を運転させて峰子が働く只見町の松岡旅館に遊びに行っている。

二通目の封書の消印は、平成八年九月二二日になっていた。峰子が亡くなる年の夏に書かれた手紙だ。黄ばんだ便箋を広げると、ボールペンの弱々しい文字が並んでいた。だが、つたない文章を読むうちに、片倉はその内容に引き込まれていった。

〈――前略

姉さん、元気ですか。只見の短い夏は、もう終わろうとしています。今もこうして手紙を書いている間にも、病院の窓の外からは秋の虫の声が聞こえてきます。

今日は姉さんに、大切なことをお伝えしなくてはなりません。以前に電話でお話ししましたが、昔からの心臓の病気の具合があまり良くありません。先日も仕事中に急に胸が痛くなって、救急車で病院に運ばれて、そのままずっと入院しています。

お医者さんがおっしゃるには、私の病気はシンキンコウソクと云うのだそうです。心臓マヒとも云います。心臓の筋肉の半分くらいが死んでいて、生きているのが不思議だとも云われました。

私はタバコを吸ったりいろいろ悪いことばかりしてきたので、神様の罰が当たったのかもしれないわね。今回は命だけは助かったけれど、いつまた心臓マヒを起こすかわからないそうです。次は死ぬかもしれません。そうでなくてももう仕事はできないし、このままずっと入院しなくてはならないかもしれません。

姉さんとも、もう会えないかもしれませんね。だから最後に、姉さんにお礼を云っておきたかったの。今まで本当にありがとうございました。

あの火事の日のことを、私は一日たりとも忘れたことはありませんでした。姉さんはきっと、すべてわかっていたのよね。火事から逃げて外に出た私を家の中にかくまってくれた。芳坊《よしぼう》と光《みつ》ちゃんを抱えて、四人で逃げたね。あの時は本当に恐かった。でも姉さんは私に一言も云わなかった。後で避難所に警察の人が来た時にも、姉さんは私がずっと一緒にいたと庇ってくれた。

姉さん、本当に御免なさい。あの火事をやったのは、私でした。あの時に店にキヌさんがいたことは知らなかったの。店で寝ているのは私と上村だけだと思っていた。だから上村が眠るのを待って火をつけた。

でもね、姉さん。私は後悔していないの。私が店に火をつけたから、私もサクラも八重姉さんも自由になれたのだから。だけどキヌさんには、本当に悪いことをしてしまった。あんなことがあったから、きっと私は地獄に行くんですね。

姉さんにすべてを話したら、少し気分が楽になりました。姉さんは末長くお元気で、お幸せに。私に何かがあれば、正子から連絡が行くと思います。

今まで本当にお世話になりました。

〈草々　井苅峰子――〉

片倉は読み終えた後、その長い手紙を柳井に渡した。そして、柳井が読み終えるのを待った。

「これは……」

驚いて顔を上げた柳井に、片倉が頷く。

「そうだ。元町の〝赤猫〟の〝犯人〟は、峰子だ……」

この一通の手紙は、他にも事件当時のことを細かく伝えている。峰子は後に警察の調取を受けたが、森田育子がアリバイを偽証して助けたこと。文中の〝店〟というのはおそらく上村貞二が経営していた貸席のことで、そこから抜けるために放火をしたということ。峰子は上村には殺意を持っていたが、その母親のキヌを殺すつもりはなかったということと――。

だが、まだわからないことがある。

「森田さん、お母さまのお知り合いで、〝サクラさん〟という方と〝八重さん〟という方は知りませんか」

片倉は手紙の他の部分を手で隠して、二人の名前だけを森田芳男に見せた。だが森田は、首を傾げる。

「さあ……聞いたことはないすけぇ……」

無理もない。もし森田がこの二人と会ったことがあるとしても、まだ五歳にもならない頃だ。

他にも、名前が出てくる。文中の最後に出てくる〝正子〟というのは、いったい誰のことだろう。

だが、その時、片倉と柳井がほぼ同時に気がついた。

「まさか……」

「これは……」

平成八年一二月二日、練馬区の関町南二丁目で起きた〝赤猫〟の〝現場〟から姿を消した〝鮎子〟という女の正体がわかった。

〝鮎子〟はその三九年前の冬に、北魚沼郡広神村の火事で当時七歳で焼死したことになっている羽賀正子だ。

あの火事で死んだ子供は、羽賀治信の娘ではなかったのだ——。

6

片倉と柳井は、急ぎ足で小千谷駅へ向かった。

「いま、何時になった……」

歩きながら、訊いた。

「はい、いま、九時四〇分です……」

柳井が時計を見て、答える。

「これから魚沼田中に向かうとしたら、乗り継ぎはどうだ」

片倉がいうと、柳井が即座にスマートフォンで乗換案内を検索する。

「JR上越線だと一〇時五二分小千谷発というのがありますね。これに乗ると、小出着が一一時九分です……」

だが、次の只見線の上りは一三時二分発だ。ここで二時間も無駄にするわけにはいかない。

「タクシーだと、どのくらいだ」

「魚沼田中まで、三〇分ほどです……」

「よし、駅前からタクシーを拾おう」

小千谷駅に一〇時五分前に着き、タクシーに乗った。一〇時半ごろには、魚沼市金ケ沢の羽賀治信の家に着けるだろう。

片倉はタクシーに乗ってすぐに、東京で待つ鑑識の得丸に電話を入れた。

「ああ、得さんか。片倉だ。ひとつ、急ぎで頼まれてくれないかな……」

自分でも、口調が急いているのがわかった。

——そんなに慌ててどうしたんだい。康さんが〝急ぎ〟って時には陸《ろく》なことがないからなぁ——。

「まあ、そういうなよ。頼みっていうのは、去年の秋に魚沼に〝出張〟した時に、峰子の姉の亭主の羽賀治信の毛髪を証拠に取ったじゃないか。あれ、どうしたかな」

——鑑識で預かってるよ。そのまま何もしていない——。

「悪いが、あれを大至急〝科警研〟に回してDNA鑑定をやってくれないか」

前回、科警研に行った時に、片倉は興味深い事実を知った。最近の技術では、DNAさえうまく採取されれば『DNAスキャン』により鑑定には九〇分しか掛からない。つまり得丸さえ動いてくれれば、羽賀のDNA鑑定の結果は今日中に出る。

——大至急はかまわないが……。その鑑定結果をどうするつもりなんだ——。

ただ羽賀のDNAの塩基配列を出しても、意味はない。

「前回やったDNA鑑定のBサンプル……〝鮎子〟の鑑定結果と比べてみてほしい。二人は〝親子〟かもしれない……」

得丸はそれだけで理解したようだった。

——わかった。やってみよう——。

電話を切り、息をついた。

それにしても……。

片倉はまだ、狐に抓《つま》まれたような気分だった。

〝正子〟という名前は、女性として特に珍しくはない。むしろ、ありふれている。井苅峰子が手紙に書いていた〝正子〟と昭和三二年の火事で死んだことになっている〝羽賀正子〟が同一人物である確証はない。

だが、森田育子が持っていた書簡の束の中から、その〝正子〟が書いたと思われる書簡が見つかった。葉書の日付は平成八年一二月二三日。差し出し人は〝井苅正子〟になっていた。

〈――拝啓、森田育子様。

お久し振りでございます。お元気にお過しでしょうか。

実は去る一二月一九日、母井苅峰子が永眠いたしました。最後は苦しむこともなく、安らかな死でございました。

生前の母は、いつも育子姉さんのことばかり話していました。本当に森田さんのことを慕っていたのだと思います。長いこと母を見守ってくださり、ありがとうございました。

まずは報告まで、敬具。

平成八年一二月二三日　井苅正子――〉

消印の日付は翌二四日、受付は只見局。おそらく正子は、井苅峰子の臨終に立ち会ったのだろう。だが、片倉と柳井は、封筒の裏に書かれていた住所を見て愕然とした。

〈――〒177　東京都練馬区関町南二丁目○○○――〉

平成八年一二月二日の夜、関町南二丁目の住宅地で〝赤猫〟が起きた住所とまったく同じだった。当日、その住所の〝現場〟から〝鮎子〟という女が姿を消した。つまり、〝鮎子〟と〝正子〟は同一人物だということだ――。

だが、わからないことがある。井苅正子という女の手紙が投函されたのは、関町南二丁目の〝赤猫〟の三週間も後だ。つまり手紙が書かれた時点では、関町南二丁目の住所は焼け跡になっていたし、すでに誰も住んでいなかった。

この約三週間の時差は、何を意味するのか……。

「なあ、柳井……。〝鮎子〟は、羽賀正子なのかな……。それとも、峰子の本当の娘なのか……」

なぜ〝正子〟は井苅峰子のことを〝母〟と書いたのだろう。

「わかりません……。もし娘だとしたら、なぜ峰子や井苅忠次の戸籍に〝正子〟の名前がなかったのか……。もし昭和三二年の火事で死んだはずの羽賀正子だとしたら、どんなトリックを使ったのか……」

だが片倉は、〝正子〟が峰子の実の娘である可能性は低いと考えていた。いかなる理由があれ、自分の娘に焼死した姪の名前を付けるはずがない。むしろ、そんな縁起の悪い名前だけは避けるはずだ。

一〇時半ちょうどに、タクシーは羽賀治信の家の前に停まった。

まだ雪に埋もれた周囲の山々は、前年の秋に訪れた時と同じ場所とは思えないほど寒々しく、頑《かたくな》だった。

前回と同じように田園風景の中の一軒家の前に立ち、石の門柱にある呼び鈴のボタンを押した。そして娘の菊恵の案内で、家の奥へと通された。羽賀治信は南側の一〇畳間の座椅子に座っていたが、たった数カ月で九一歳の年相応に老けたように見えた。

片倉はふと、羽賀が一人で座卓の前に座る姿に違和感を覚えた。前年の秋に来た時もそうだったが、羽賀の周囲には娘の菊恵以外に人の気配がない。確か羽賀には後妻――菊恵の母親――がいるはずなのだが。

「今日は、お母様は……」

片倉は、それとなく訊いた。

「はい、あ……ちょっと……」

唐突に母親のことを訊かれ、菊恵は戸惑いを隠せないようだった。それとも、何か話しにくい事情でもあるのだろうか。

片倉と柳井は羽賀の前に用意された座布団に座り、挨拶をした。部屋の中は汗ばむほど石油ストーブが焚かれ、薬缶が湯気を立てている。菊恵がその薬缶の湯で、四人分の茶を淹れた。

「前回お話ししたこと、覚えていらっしゃいますか」

片倉が訊くと、羽賀は助けを求めるように娘の方を見た。

「父っつぁ、覚えてるかと。去年の秋に東京からいらした刑事さんたちやが」

娘が羽賀の耳元で、少し大きな声でいった。羽賀が、頷く。

「先程、電話でお伝えした鮎子さんの妹の峰子さんと、昭和三二年の火事で亡くなった正子さんのことなんですが……」

「父っつぁ、さっきいった峰子さんと正子ちゃんのことだと」

菊恵が耳の遠い羽賀に、通訳をする。

「わかっとるがぇ……」

羽賀が嗄れた声でいった。

「まず最初に、お訊きします。昭和三二年一一月の火事で亡くなった正子さんは、本当に〝正子〟さんだったんでしょうか」

片倉は、いきなり核心を突いた。

「刑事さんが、火事で死んだのは本当に〝正子〟ちゃんだったんかと」

娘が通訳をする。だが、羽賀に驚く様子はなかった。むしろ、意外な反応を見せた。

「わからんがぇ……。正子が生きてたっていうなら……そうかもしれんけぇ……」

片倉と柳井は、顔を見合わせた。

「どうして、そう思うんですか」

片倉が訊いた。羽賀は通訳をしようとする娘を手で制し、話した。

「おらも、おかしいと思っとったがぇ……。正子の死体が、小さかったけぇ……。駐在にもそういうたんだが、あん時は聞いてもらえんかったがぇ……」

羽賀は、娘の正子の遺体を自分の目で確認したという。

当時、正子は七歳と五カ月だった。普通よりも小さかったが、身長は三尺六寸（約一〇八センチ）ほどあった。だが、火事現場で発見された子供の焼死体は、どう見ても三尺（約九〇センチ）に満たなかった。

羽賀は、「おかしい……」と思った。遺体が着ていた服も、見たことのないものだった。だが警察は、火事で焼けた子供の遺体が縮むのはよくあることだといって、取り合ってはくれなかった。

「ずっと、おかしいと思っとったけぇ……。正子は……もしかしたらいまもどっかで……

生きてんでねぇかとよ……」

座椅子の肘掛けに置く羽賀の手が、かすかに震えている。

「それならば、昭和三二年の火災現場にあったあの子供の遺体は、いったい誰だと思いますか」

片倉が訊いた。

「……あれは……峰子の子供じゃねぇかと思うがぇな……」

羽賀がいった。

片倉と柳井は、また顔を見合わせた。

そういうことか……。

当時、鮎子の妹の峰子には、すでに三歳七カ月になる君子という娘がいた。その君子が亡くなったのが同じ昭和三二年の一一月二〇日だった。羽賀の家の火事は、その三日後の一一月二三日に起きている。

考えてみれば、最初からおかしかったのだ。三歳の娘が死んだ三日後に、姉の嫁入り先に遊びに行ったりするものだろうか。

ここでひとつの推論が成り立つ。

峰子は死んだ娘――君子――の遺体を〝処分〟するために、姉の鮎子の嫁ぎ先に向かった。主人の羽賀の留守を見計らって家に放火し、姉とその義母を殺した。そして自分の娘の遺体と姉の娘をすり替えて、元亭主の井苅忠次と共に七歳の正子を連れ去った。

だが、何のために……。

この推論は、穴だらけだ。娘の遺体を処分するなら正式な葬儀に出せばすむことだし、もし虐待死させたなど不都合な事情があったならば山に埋めるだろう。わざわざ姉の家に遺体を持ち込み、放火するなどという手間の掛かることをやる必然性がない。まして、何のために姉の娘を連れ去ったのか……。

「柳井、さっきの写真、出してみてくれないか」

片倉がいった。

「これですね……」

柳井が森田育子が持っていた三枚の写真を、バインダーの中から出した。その中から森田育子、峰子、そして名前がわからないもう一人の女の三人が写っている二枚を抜き、羽賀の前に出した。

羽賀が震える手で老眼鏡を掛け替え、写真を手に取った。

「一番右側に写っている女性、正子さんではありませんか」

片倉の言葉を、娘の菊恵が写真を指さして通訳する。

「この人、正子ちゃんじゃやねぇかと」

だが、羽賀は首を傾げる。

「……正子には似てるけぇ……。わからんがぇ……」

当然だろう。羽賀が最後に正子に会ったのは、もう六〇年も前だ。しかもその時、正子は、まだ七歳だった。

羽賀の記憶の中の正子は、その時点で止まっている。いくら実の娘だとはいえ、突然成人女性の写真を見せられて本人かどうか確認しろといわれても、無理に決まっている。だが、写真に写る女には、どこか羽賀の面影があるように見える。

しかも羽賀は、自分の娘よりも別の女に興味があるようだった。写真の一番左に写る和服の女を指さし、片倉の顔を見た。

「これは……」

「それは、峰子です。鮎子さんの妹の、峰子ですよ」

だが羽賀は、ここでも首を傾げた。

「峰子は、こんなだったけぇ……」

「これは、峰子さんじゃないんですか」

「わからんがぇ……」

柳井がブリーフケースの中からタブレットを取り出し、峰子のさらに若いころの写真を表示した。峰子の遺品の中にあった写真だ。これならば、羽賀の記憶の中の峰子と年齢的にもそれほど違わないはずだ。

「羽賀さん、こちらの写真はいかがですか。二十代から三十代のころの峰子さんの写真なんですが……」

羽賀がタブレットのディスプレイに見入る。そしてまた、首を傾げる。

「これが、峰子けぇ……」

無理もない。羽賀は六〇年以上も前に、峰子とは数回会っただけだ。しかも羽賀は、もう九一歳になる。

「ひとつ、確認させてください……」

柳井がいった。

「何だ」

「はい……」柳井が、羽賀の娘の菊恵の方を向いた。「この前、確か菊恵さんは二〇年以上前に一度、峰子さんが墓参りに来たとおっしゃってましたね」

確かにそんな話があった。その後、峰子から来ていた年賀状を調べたところ、それが平成五年の夏ごろだったこともわかっている。

「はい、そうですけぇ……。私が相手をしたけぇ、よく覚えてますけぇ……」

菊恵が怪訝そうに頷く。

「その時、羽賀さんは峰子さんに会わなかったんですか」

柳井が羽賀治信に訊いた。

「おらぁ、覚えてねぇけぇ……。峰子には、会ってねぇがぇ……」

羽賀がいった。

昨年の秋に来た時にも、羽賀は確かにそういっていた。自分は、覚えていないと——。

「それでは、その時に峰子さんに会ったのは、菊恵さんだけですか」

柳井が菊恵に確認した。

「そうだったかもしんねぇですけぇ……。峰子さんが突然いらして、私がお茶を出して、少ししたらお墓にお参りに行くといって出て行きらしたけぇ……」

菊恵の記憶も、あやふやだった。

「その時に訪ねてきた峰子さんというのは、この人でしたか」

柳井は菊恵にも、何枚か峰子の写真を見せた。菊恵が首を傾げながら、写真に見入る。

「そうだと思いますけぇ……。私は峰子さんにその時に一度しか会ったことがないから、よくわからんけど……」

「わかりました。それだけです。ありがとうございました……」

柳井がいった。

7

羽賀の家を出て、広く目映い雪景色の中を歩いた。

田園風景の先の低い山々が、白く輝いていた。空は晴れていたが、風は冷たかった。

魚沼田中の駅に向かう片倉と柳井の横を、軽トラックが通り過ぎていった。泥が跳ねたが、それも雪国の風情だった。

「さて、これからどうするか……」

時間はもう、正午を過ぎている。只見線の次の上り電車は一三時二七分、下り電車は一六時三八分までない。

「とりあえず駅まで戻って、またタクシーを拾うしかなさそうですね……」

柳井がいった。

「その前に、腹が減ったな。昼飯を食おう。確か駅に戻る手前に、蕎麦屋があったはずだが……」

昨年、魚沼田中に来た時に、蕎麦屋の看板を見掛けた記憶があった。

片倉の記憶どおりに、国道二五二号線の右側に『手打《てう》ち蕎麦　庄五郎』という十割蕎麦の看板が出ていた。古い門構えの軒に杉玉が提がり、まだ真新しい藍の暖簾が掛かる雰囲気の好い店だった。

店に入り二人共、天ざるの大盛を注文した。朝から歩きどおしなので、本当に腹が減っていた。刑事の安月給でも、今日はこのくらいの贅沢は許されるだろう。

ストーブの熱で顔が火照り、頭が少しぼんやりとする。その頭の中に、羽賀治信の言葉が繰り返される。

――正子が生きてたっていうなら……そうかもしれんけぇ――。

実の父親がいうのだから、確かなのだろう。

「関町南二丁目の〝現場〟から消えた〝鮎子〟は、本当に羽賀正子だったのかな……。それならなぜ、母親の〝鮎子〟という名前を名告っていたのかな……」

片倉が一人言のように呟き、熱い茶をすする。

「本当に鮎子と名告っていたのかどうかは、わかりませんよね……」

柳井がいった。

「どういう意味だ」

片倉が訊く。

「いえ、ちょっと気になるんです。当時の捜査資料を何度も読み返したんですが、井苅忠次が関町南でやっていた焼鳥屋で〝アユコ〟と呼ばれていたという記述があるだけですよね。自分で〝名告って〟いたとは、どこにも書いていないんです……」

柳井が、熱い茶をすする。

「しかし、あの〝赤猫〟の二週間前に井苅が卒中で倒れた時に、入退院の書類の保証人の欄に書かれていた名前は〝井苅鮎子〟だったはずだぞ」

当時の書類は〝物証〟として石神井署に保管されている。病院に来た女の特徴が井苅と同居していた〝鮎子〟と一致していたことも確認されている。

「確かにそうなんですよね。病院の保証人になったのが正子だったとしたら、なぜ名前を〝井苅鮎子〟と書いたのだろう……」

柳井が、首を傾げる。

「自分の本名を使うとまずいと思ったんじゃないのかな……」

片倉は自分でいっておいて、説得力がないことに気付いていた。東京の練馬区の病院で〝井苅正子〟と書いたとしても、その四〇年近く前に新潟県の北魚沼郡の火事で死んだ〝羽賀正子〟を誰も連想するわけがない。

蕎麦が運ばれてきた。しっかりと打たれた十割蕎麦で、見目も香りも良く、食感も立っていた。雪国の甘い野菜の天ぷらとも相性がよく、つゆにも馴染んだ。

「そういえば、今日の羽賀治信の様子、少し変だったな……」

蕎麦を食いながら、いった。

「そうですね……。私も、気付いていました……」

やはり、そうか。

「峰子の写真を、見せた時だろう」

大盛の蕎麦が、瞬く間に減っていく。

「そうです。何か、隠しているような、そんな雰囲気を感じましたね」

前回、昨年の秋に会った時には何も感じなかったのだが。

「隠しているとしたら、何だろうな……」

珍しく、片倉が先に蕎麦を食い終えた。蕎麦猪口に、熱い蕎麦湯を注ぐ。

「わかりません……。でも、羽賀治信は嘘をついてますね……」

柳井も、蕎麦を食い終えた。

「お前も、そう思うか。例の、墓参りの件だろう」

平成五年の夏、井苅峰子が突然、羽賀の家に墓参りに訪れた。羽賀の娘の菊恵は確かにそう証言しているし、実際に翌平成六年の正月から峰子からの年賀状が届いている。

だが、羽賀治信は覚えていないという。そんな訳はないのだ。羽賀は他の昔のことはこと細かく覚えているし、実際に峰子の年賀状を探す時には当然のように他の三人を手伝っていた。

「そうです。峰子の墓参りの件です。もしかしたら羽賀は、その時に峰子と顔を合わせていたんじゃないでしょうか。菊恵はそのあたりは言葉を濁して父親に話を合わせていましたが、なぜ覚えていないのか不思議そうな顔をしていましたからね」

やはり柳井の見る目は、鋭い。さすがに署内の刑事課で若手の〝エース〟といわれるだけのことはある。

「羽賀はなぜ、峰子に会ったことを隠そうとするんだろうな」

羽賀はもう九一歳だ。本当に峰子と会ったことを忘れている可能性もある。だが、羽賀が最初に奇妙な反応を示したのも、峰子の写真を見せた時だった。正子のことはむしろ積極的に話すのに、なぜ峰子のことは隠すのか。

「わかりません。いろいろ推論は立ててみたんですが……」

柳井が首を傾げる。片倉もいろいろと考えてみたが、説得力のある推論は思い浮かばなかった。

「そういえば柳井、お前羽賀の家で菊恵に、奇妙なことを訊いてたな。峰子の写真を見せて、墓参りに来たのはこの人だったかとか何とか……」

片倉がいうと、柳井がはにかむように笑った。

「ああ、あれですか……。突然、奇妙なことが頭に浮かんだものですから……」

「どんなことだ」

もう一杯、蕎麦湯を注いだ。

「いや、昭和三二年に広神村の火事で死んだのは、鮎子ではなくて峰子ではないかと思ったんですよ。鮎子は遊びに来ていた峰子を身代りにして、娘の正子を連れて逃げたんじゃないかと……」

つまり、あの火事で死んだのは峰子の方だった……。

「いや、柳井、それは有り得ないな。それじゃあ森田育子の家に来ていた峰子の手紙や年賀状をどう説明するんだ。二人が小千谷の元町で知り合ったのは、昭和三二年の広神村の火事以前だぞ」

つまり、鮎子と峰子が入れ替わったのだとしたら、まず森田育子が気付かなくてはおかしい。二人はその後も、何度も会っている。

それに三島町の栗城姉妹の幼馴染みだった国分喜助は、昭和三四年二月の栗城正平の葬儀で峰子を見かけたといっていた。その話が本当ならば、峰子が昭和三二年一一月の火事で死んでいるはずがないのだ。つまり、柳井の推論は成り立たない。

「そうなんですよね……。私も思いつきで菊恵に当ててみたんですが、途中で自分の推論に決定的な穴があることに気付いてそれ以上追及するのを止めたんです……」

柳井の気持がわからないではない。これだけ再捜査を続け、過去の資料を洗いなおし、さらに新たな証言を得れば得るほどまた謎が生まれる。合理的な結論に帰結しない。

「さて、一二時四〇分だ。そろそろ行こうか。ここは、おれが払うよ……」

片倉が伝票を手にし、席を立った。

「ごちそうさまです」

店を出て、魚沼田中の駅に向かった。

とりあえずタクシーを拾って小千谷に戻ろう。そう思った時だった。片倉は突然、立ち止まった。

待てよ……。

「康さん、どうしたんですか」

柳井が怪訝そうに、片倉の顔を見た。

「いや、ずっと前から胸の中に棘のように引っ掛かってることがあって、それをいま思い出したんだ……」

「棘……ですか……？」

「そうだ。最初の新聞記事だよ。例の〝上越日報〟の記事だ……」

昭和三三年一一月二四日・日曜版の『上越日報』だ。今回の再捜査は、すべてあの記事から始まったのだ。その記事の冒頭に、こう書いてあったはずだ。

〈――広神村で民家全焼　三人死亡一人不明――〉

「死亡した三人というのは当時の主人の羽賀寛治の妻のマサエ、息子……治信の妻の鮎子、そして孫の正子と思われていたのは峰子の娘の君子で、〝一人不明〟というのは峰子だった……」

後で調べてみると、峰子は二二日の夜遅くに職場の住み込み先に戻っていて無事だった。つまり、『上越日報』の記事は、〝誤報〟だったということになる。

「柳井、おかしいと思わないか」

「何がでしょう……」

柳井はまだ、気付いていない。

「いいか、考えてみろ。火事が起きたのは、二三日の午前一時だったはずだ。もし峰子が二二日の夜のうちに小出の住み込み先に戻っていたとしたら、いったい誰が羽賀の家に放火したんだ」

「あっ、そうか……」

そうだ。峰子が〝赤猫〟の〝犯人〟であることはあり得ないのだ。

しかもそう証言したのは、これまで羽賀治信と菊恵の親子だけだ。新聞社や、所轄に確認したわけではない。

どうもあの二人は、話を合わせている気配がある。峰子の墓参りの件でもそうだった。

もしあの二人に不審な点があるならば、『上越日報』の記事の〈——一人不明——〉が峰子だったという証言は信じるに足らない。

「調べてみよう」

片倉は、駅前に停まっているタクシーに乗った。

8

『上越日報』長岡支社は、新潟県長岡市千歳《せんざい》一丁目にある近代的な建物だった。魚沼田中からタクシーで一時間強、料金は一万七〇〇〇円を超えた。今回の〝出張〟に関しては、キンギョ——今井刑事課長——から〝お墨付〟を取っている。経費の節約を気にする必要はない。

すでに電話で概要は説明してあったのだが、業務部の担当者はあらためて片倉の話を聞き、溜息をついた。

「これは、難しいですね……」

井野元尚樹《いのもとなおき》という、まだ三十代半ばの男だ。新聞社の社員だけあっていかにも真面目そうだが、古いことを知っているようには見えなかった。

「この記事は、長岡支社で書かれたものではないんですか」

片倉は、昭和三二年一一月二四日・日曜版の〈——広神村で民家全焼——〉という記事のコピーを井野元に見せた。魚沼郡の最寄の『上越日報』の支社、もしくは支局は、この長岡支社になる。

「そうだと思いますね。長岡支社……昭和三一年当時はまだ〝支局〟だったはずですが……確かにうちが発信した記事だとは思います……」

「それでは、この記事を書いた人だけでもわかりませんか」

「それは、難しいと思います……」

井野元がいうには、当時の長岡支局は局員が数人程度の小さな支局だった。そのたった数人の記者で、長岡から小千谷、広大な南北魚沼地区から苗場《なえば》周辺までをカバーしていた。地方紙は『上越日報』に限らず、どこの社もそんな時代だった。

だが、もちろんそれだけの記者では手が足りなくなる。そこで各市町村に外部の〝支局員〟のような非常勤の記者が置かれ、時と場合によっては警察にも出入りして記事を書いた。この広神村の火事の記事も、そうした非常勤の協力記者が書いた可能性が高いという。

「先程お電話をいただいてからいろいろ調べてみたんですが、小出署の管内ですとやはり現地の協力記者がこの記事を扱った可能性が高いと思います。当社の人間ならば古い社員名簿を調べればわかるかもしれませんが、外部の記者だとちょっと……」

井野元が、申し訳なさそうにいった。

たとえこの記事を書いた記者が特定できたとしても、その人間が生きているとは限らない。六〇年近く前に書かれた記事であることを考えれば、むしろ生きている可能性は皆無に等しい。やはり、無駄足だったか……。

「いや、ちょっと待ってください。ここに何か書いてあるな……」

それまで記事のコピーを見ていた井野元が、突然いった。

「何でしょう。我々は、ただのコピーの汚れのようなものだと思っていたのですが……」

「どうかな。文字のようにも見えるし、ただの汚れのようにも見えますね……」

確かに井野元がいうように、記事の左下に黒い染みのようなものがある。だが古い記事のコピー、そのまたコピーなので、汚れなのか文字なのか判別できなかった。

「ルーペはありませんか」

柳井が訊いた。

「いや、それよりも記事の原版を見た方が早いかもしれませんね。社のコンピューターに保存されているはずなので、探してみます。少しお待ちいただけますか」

井野元がコピーを持って、席を立った。

二〇分ほど待たされた。井野元がコピーと、もう一枚別のプリントを持って席に戻ってきた。顔が、明るい。

「ありましたよ。これが、原版です。一度、フィルムに落としてからプリンターで印刷したものなので、コピーよりははっきりと読めると思います」

井野元がそういってプリントをテーブルの上に置いた。

ただの汚れだと思ったものは、文字だった。当時の印刷技術の低さから、インクが滲んでしまったらしい。

文字は、〝池津《いけつ》〟と読めた。

「〝池津〟というのは、この記事を書いた記者の名前だと思います。外部の記者の記事を載せる時には署名にすることが多かったので、つまりそういうことだと思います。本来〝池津〟というのは長岡市に多い名字なので、一応は社の過去の名簿を検索してみたんですが……。社員に〝池津〟という者は見当たりませんでした……」

どの線を追っていっても、ある程度まで進むと袋小路に入ってしまう。

だが、ここまでかと思った時に、柳井が意外な核心を突いた。

「話を戻してすみません。これはこの記事に限ったことではなく、当時の地方紙の〝外部記者〟というのはどのような人がなるんでしょう。つまり……」

「ああ、それですか。この〝池津〟という人はわかりませんが、学校の先生のような方が多かったようですよ。もしくは、教師を引退した方とか、郷土史家のような方とか……」

それだけ聞けば十分だった。片倉と柳井は井野元に礼をいい、長岡支社の前からまたタクシーに乗った。

時間は間もなく午後二時半になろうとしていた。だが、細い線は途切れてはいない。まだ繋がっている。

片倉は運転手に告げた。

「小出方面に向かってください……」

〝池津〟という外部記者に関して調べる方法は、二つある。もしこの人物が小出周辺に住んでいたのだとすれば、まだ小出庁舎の市民課に戸籍の原本が残っているかもしれない。だが池津の下の名前がわからず、小出周辺に住んでいたという確証もないのではあまり期待はできない。

それならば、もうひとつの方法がある。

もし〝池津〟が教師、もしくは元教師だったならば、過去の教員名簿を調べた方が早いだろう。郷土史家だったならば、かつては地元では名前を知られた人物だった可能性もある。いずれにしても元教師であり、いまも教育関連の名誉職に就き、地元では郷土史家として知られる住安武治に当たってみるのが先決だ。

片倉はタクシーの中から、住安に電話を入れた。

「東京の片倉です。お久し振りです……」

住安は、在宅していた。片倉がいま長岡の近くにいて、タクシーで小出に向かっているというと、驚きながら笑っていた。会ってもいいという。

礼をいって、電話を切った。

「小出ではなく、越後須原の方に向かってください……」

タクシーの運転手に告げた。

やっと〝鮎子〟の影が見えてきた。少しずつ、距離を縮めはじめている。

いまはどんなに細い糸でも、手放したくはなかった。

9

住安武治は、いつもと同じ笑顔で二人を迎えてくれた。

この穏やかで知的な笑顔を見るのは、もう何度目のことだろう。考えてみると今回の再捜査は住安に出会ったことに始まり、住安に教えを請うことによって活路を見出してきた。そして最後にこうしてまた住安に助けを求めることにより、〝事件〟は解決へと導かれることになるのだろうか。

「今回は、どのようなご用件ですかな」

すでに勝手知ったる家のいつもの居間で、住安は湯吞みを手にしておっとりといった。

その瞬間に片倉は肩の力が抜け、少し楽になったような気がした。

「実はまた、お訊ねしたいことがあって伺いました。以前、確か最初にお会いした時に聞いたように思うのですが、住安さんはいまも小出の教育関係のお仕事をなさっているとか

「……」

「はい、いまでも市の教育委員会の顧問のような立場にはおりますよ。まあ、名誉職のようなものですがぇ……」

以前にも、そう聞いた覚えがある。

「そこでお訊きしたいのですが、先生が所属する小出市の教育委員会に、〝池津〟さんという方はいらっしゃいませんでしょうか。ご存命でもかなり高齢か、もしくはすでにお亡くなりになっているかもしれませんが……」

片倉の説明に耳を傾けながら、住安が怪訝な顔をした。

「高齢というと、どのくらいの歳ですかな。私は今年で七六になりますが、それよりも上ということですかな……」

何か、心当たりがあるような空気を感じた。

片倉はその場で、〝池津〟という記者の年齢を頭の中で計算した。昭和三二年に『上越日報』に記事を書いていたのだとしたら、当時三〇歳から五〇歳くらいだろうか。だとしたら六〇年後のいま、生きているとしても九〇歳から一一〇歳ということになる。

「おそらく、先生よりもかなり歳は上だと思います。少なくとも、九〇歳以上か……」

片倉がいうと、住安が首を傾げた。

「では、違うかな……」

「違う……と、おっしゃいますと……」

片倉が訊く。

「いや、〝池津〟という者が知人の中に一人おるのですよ。お祭しのとおり、市の教育委員会の人間でしてね。池津貴子《たかこ》という女性で、以前は私と同じように中学の教員をしておったのですが、確か年齢はまだ六十代の半ばくらいだったと思いますがぇ……」

六十代の半ば……。

昭和三二年の広神村の火災当時は、まだ小学生になるかならないかの子供だったことになる。

「その、池津貴子さんのお父さんの職業はわかりませんか」

住安が、頷く。

「それなんです。確か、やはり教員をしていたと聞いたことがあるように思うのですが、ちょっと確認してみましょう……」

住安はそういうと、掘炬燵の上に湯呑みを置き、携帯を手にした。老眼鏡を調節して番号を探し、電話を掛けた。

「ああ、住安ですがぇ……。先週はどうも……。いや、今日はちょっとお訊きしたいことがありましてな……」

住安は、先方とはかなり親しいようだった。

「実は、池津さんのお父様のことなんだが……。ああ、そうです。道夫《みちお》さんとおっしゃったがぇ……。もう亡くなって、二〇年近くになるかなぁ……。それで、つかぬことを伺いますが、確かお父様も私たちと同じ教員でなかったですかな……」

片倉は柳井と顔を見合わせながら、住安の電話に耳を傾けた。

「……ああ、やはりそうでしたか。ちょっとお待ちくださいね……」

住安がそういって携帯を手で押さえ、片倉に訊いた。

「やはり、池津さんのお父さんは小出で小学校の教員をしておったようですな。他に何か、訊くことは……」

「はい。もしかしたら、昭和三十年代の前半に〝上越日報〟の協力記者をされていたのではないかと、それを確認したいのですが……」

片倉がいうと、住安はそれだけですべてを察したらしい。電話に向かって、また話しはじめた。

「池津さんのお父様は、新聞に記事を書いていたことはありませんか……。はい、〝上越日報〟の記者のようなことをやっていたとかですね……。ああ、やはりそうですか……。ちょっとお待ちくださいね……」

住安がまた、携帯を手で押さえた。

「池津さんのお父様はかなり前に亡くなったとのことですが、若いころは確かに〝上越日報〟の協力記者をやっていたようですな。もしかしたら昭和三二年の広神村の火事の記事を書いたのも、池津さんのお父様かもしれませんね……」

住安がいった。

10

池津貴子は、小出駅に近い魚沼市四日町《よっかまち》に住んでいた。

越後須原からは、車でほんの二〇分の距離だ。最初は遠慮したのだが、どうしてもというので住安の運転するカローラで家まで送ってもらうことになった。もっとも、先方も初めての相手なので、その方が助かることは事実だったが。

池津貴子は独身で元教師。年齢は六七歳。住安の知己だけあって才知に富み、何とも打ち解けやすく肩の凝らない人だった。

住安は最初から、片倉と柳井を「東京からいらした刑事さんたち……」と紹介した。〝刑事〟のひと言が池津貴子の興味をそそったようで、身を乗り出してきた。そうなると、話を切り出すのも楽だった。

「実はここに、〝上越日報〟の古い記事があります。昭和三二年に、広神村で起きた火事について書かれた記事です。その左下に〝池津〟という名前が入っているのですが、この記事を書かれたのはお父様ではありませんか……」

片倉はそういって、池津に『上越日報』の昭和三二年一一月二四日・日曜版の記事のコピーを見せた。今日、長岡支社の原版からプリントアウトしてきたものだ。

池津はしばらくの間、自分で淹れたハーブティーを飲みながら記事に見入っていた。老眼鏡の横から見える目尻の皺が、脈打つように動く。そして記事を読み終えるとひと息ついて頷き、笑顔を見せた。

「これは間違いなく、父が書いたものだと思いますよ。昔、読んだような記憶があるし、うちにはまだ切り抜きのスクラップが残ってるんではないかなぁ……」

懐しそうに、いった。

池津の父、池津道夫は平成九年に亡くなった。享年七九、卒中だったという。その六年後に母の妙子《たえこ》も亡くなり、以来池津はこの古い家で一人で暮らしている。

広い家なので、父の書斎も当時のままになっている。記事のスクラップも、その部屋にあるはずだという。

池津は一度、席を立ち、片倉と柳井、住安をしばらく待たせてまた戻ってきた。手に、灰色の厚い綴込表紙を抱えていた。

「ありました。これです……」

池津がそういって綴込表紙をテーブルの上で開き、片倉と柳井の方に向けた。中には綴紐で、台紙がきっちりと綴じられていた。その台紙に、黄ばんだ新聞記事の切り抜きが貼られている。

記事を確認した。

〈——『上越日報』昭和三二年一一月二四日・日曜版
広神村で民家全焼　三人死亡一人不明
昨日午前一時ごろ、北魚沼郡広神村金ケ沢の農業・羽賀寛治さん（62）宅から出火。火は折からの風に煽られて燃え広がり、母屋と納屋を含む約二〇〇平米をほぼ全焼した。
（後略）——〉

間違いない。やはりこの記事は、池津道夫が書いたものだった。原紙なので、末尾の〝池津〟という文字もはっきりと読める。

池津が書いた記事は、他にもいろいろなものがあった。一番最初の記事は昭和二三年九月一七日。前日に関東地方に上陸したアイオン台風に関する記事だった。短い記事だが、この台風により魚野川が氾濫。刈り入れ直前の稲に大きな被害が出た他、行方不明者一人が出たことを伝えている。

昭和二四年には広神村と山古志村を繋ぐ中山隧道完成の記事。昭和二五年にはいまの小出町に南魚沼郡伊米ケ崎《いめがさき》村の干溝《ひみぞ》地区が編入された記事。昭和二六年には只見線に藪神駅が開業された記事。昭和二七年には旧国道九号が国道一七号に昇格、昭和二八年には小出スキー場が開業し、九月には集中豪雨で小出町の柳生橋の一部が流失。昭和三〇年には藪神村と広瀬村が合併して広神村に、昭和三一年に須原村と上条《かみじょう》村が合併して守門村になる。昭和三二年一一月には広神村の火事の記事があり、昭和三五年七月の集中豪雨で魚野川一帯が冠水した記事と、奥只見ダムの竣工。そして昭和三六年九月の第二室戸《むろと》台風の集中豪雨により、守門村で全半壊およそ八五〇戸を数えた記事を最後にスクラップは終わっていた。

一三年間、一年に二回から四回。記事は全三九本を数えた。小さな囲み記事がほとんどだったが、池津の父親の地方紙の記者としての業績は、昭和二十年代から三十年代に掛けての魚沼の歴史そのものだった。

スクラップブックの後半には、万年筆による手書きの二〇〇字詰の原稿用紙が糊で貼られていた。中には赤鉛筆で直しが入った原稿もある。没になった原稿なのか、もしくは写しや控えなのか。原稿用紙の枚数だけでもかなりの数になる。

「ちょっとお訊きしてもいいですか」

池津が四人分のティーカップにハーブティーを注ぎながらいった。

「はい、どうぞ……」

片倉がスクラップブックから視線を上げて、応じる。

「刑事さんたちは東京からわざわざいらして、いったい何を調べてるんですか。まさか、うちの父が何かを〝やった〟わけではないですよね……」

池津が訊くのも、もっともだった。

「お父様のことではありません。我々が調べているのは、先ほどの記事にあった昭和三二年一一月に広神村で起きた火事に関連することなんです。それ以上は、詳しくいえないのですが……」

片倉がいった。だが池津が、さらに訊いた。

「でも、おかしいですよね。東京の刑事さんが新潟の魚沼の火事のことを調べるなんて……。しかも、六〇年も前の火事のことなんか……」

片倉は柳井と顔を見合わせ、思わず苦笑いしてしまった。

「まあまあ、池津さん。刑事さんたちもお仕事なんだけぇ……」

住安が気を遣って間に入る。

「いや、住安さん。かまいません。こうしてお宅にお邪魔してお父様のスクラップまで拝見しているのに、説明が至らずに失礼しました。実は我々が知りたいのは、先ほどの記事の中の〝三人死亡一人不明〟の部分なんです……」

片倉はスクラップを柳井に手渡し、かいつまんで説明した。

火事で亡くなった三人は、ほぼ特定されている。羽賀寛治の妻のマサエと、息子の嫁の鮎子。もう一人は孫の正子だった。

どうしてもわからないのは、〝一人不明〟の部分だ。羽賀治信は峰子のことだといっていたが、そうではなかったことがわかってきた。

それならば〝一人不明〟は誰のことだったのか。記事を書いた池津道夫の間違いだったのか。当時の所轄だった小出署や小出消防署にも、記録は何も残っていない。

「そういうことだったんですか……。事情が呑み込めました……」

池津が一転して、神妙な顔になった。そして、続けた。

「でも、父の間違いということではないと思いますよ……」

「どういうことでしょう」

片倉は池津の言葉に、ただ娘が亡き父を信じたいという気持以上の〝何か〟を感じた。

「父を知っている人ならば、誰でもそう思うはずなんです。父は、徹底してミスを嫌う人でしたから。もし、父が〝一人不明〟と書いたのでしたら、絶対に何か根拠があったはずなんです。私は、そう思います……」

池津がそう、いい切った。

その時、スクラップブックを見ていた柳井がいった。

「康さん、ありましたよ。これじゃないですかね……」

「何があったんだ」

「例の記事の、手書きの原稿ですよ。赤が入っていますが、同じものだと思います……」

原稿は、二〇〇字詰の原稿用紙に二枚。他の原稿と同じように、綴込表紙に綴じられた台紙に貼ってあった。

片倉は柳井と並んで、原稿を読んだ。下書きだからなのか、それとも『上越日報』の編集が入ったからなのか、原稿の文章と実際の記事とでは微妙な違いがある。そして最後の部分が、決定的に異なっていた。

「これは……」

「まさか……」

二人同時に、声が出た。

池津道夫の原稿では、記事は以下のようになっていた。

〈──北魚沼郡の広神村で火事
　三人死亡・一人行方不明
二三日午前一時ごろ、北魚沼郡広神村金ケ沢の農家、羽賀寛治さん（62）の家から出火。火は折からの強風に煽られて母屋と納屋などに延焼し、およそ二〇〇平米を全焼した。

（後略）――〉

同じ記事なのだが、文章の所々が明らかに違う。そして問題の、後半部分だ。

〈――（前略）焼け跡からは三人の遺体が発見された。警察はこの三人を連絡が取れなくなっている妻のマサエさん(60)、長男の嫁の鮎子さん(28)、孫の正子ちゃん(7)、さらにこの日遊びに来ていた鮎子さんの友人、荒明八重子さん(28)のいずれかではないかと身元を調べている。また寛治さんと長男の治信さん(32)は、当日の夜は村の寄り合いに出ていて無事だった――〉

片倉は何度も、後半の一行を読み返した。

荒明八重子《あらあけやえこ》――。

これが、記事の見出しに〝一人不明〟とあった行方不明者の名前か……。

だが、なぜこの一行が新聞に記事として掲載された時点で削られたのか。新聞社の方で所轄の小出署、もしくは小出消防署に追加取材して荒明八重子という人物の無事が確認できたからなのか。それとも単純に行数を合わせる関係で、この一行を削り落としただけなのか。六〇年が過ぎたいまとなっては、調べようがない。

「何か、わかったんですか……」

池津と住安が、片倉と柳井の表情を怪訝そうに窺う。

「はい、先ほどの行方不明者の名前がわかったんです。この〝荒明八重子〟という人ですね。名前を聞いたことはありませんか」

片倉は原稿用紙に万年筆で書かれた名前を見せた。だが二人とも、首を横に振った。

「知らんがぇ……」

「聞いたことありません……」

そうだろう。知らなくて当然だ。この〝荒明八重子〟という人間は六〇年前の北魚沼郡広神村金ケ沢に時空の彼方から現われ、忽然と消えたのだ——。

「八重子というのは、もしかしたらこの人かもしれませんね……」

片倉の横で柳井がタブレットを起動させ、ディスプレイに見入っていた。

「この人って、誰のことだ」

片倉が訊いた。

「ほら、この井苅峰子が亡くなる年の九月に、森田育子に出した手紙ですよ。ここに、〝八重姉さん〟という名前が出てくるんですよね……」

「何だって……」

片倉は柳井のタブレットを覗き込んだ。ディスプレイには、撮影した井苅峰子の最後の手紙が映し出されていた。

〈——でもね、姉さん。私は後悔していないの。私が店に火をつけたから、私もサクラも八重姉さんも自由になれたのだから——〉

「この〝八重姉さん〟と〝八重子〟が同一人物だということか？」

片倉が訊いた。

「もちろん、確証はありません。しかし、もし同一人物だとしたら、ある推論が成り立つと思うんです」

もし、同一人物だとしたら……。

その時、片倉の頭の中で、それまで築き上げてきたバベルの塔が音を立てて瓦解するようにすべての謎が解けた。

終章　再会

1

三月の中旬、魚沼の風景から雪が消えるのを待たずして、旧広神村の羽賀治信が亡くなった。

享年九一。死因は、老衰である。前日から眠ったまま意識不明となり、翌朝には脈が止まっていたという大往生だった。

結局、羽賀は、すべてを墓場まで持っていってしまった。荒明八重子という女について訊いても、最後まで口を噤《つぐ》んだ。平成五年に峰子が墓参りに訪れた時に、本当は顔を合わせていたのではないかと問い詰めても、認知症を装って白《しら》を切り通した。

羽賀が亡くなったのは、その一カ月後だった。片倉は羽賀の死を、電話で娘の菊恵から聞いて知った。もしかしたら片倉が羽賀を追い詰めたことにより、死期を早めてしまったのではないかと良心の呵責を覚えることがある。

だが、あれから羽賀の周辺に関連して、いろいろと興味深い事実が明らかになった。まず、娘の菊恵のことだ。彼女は羽賀治信の実の娘ではなかった。昭和四四年の七月に再婚した、利子《としこ》という名の後妻の連れ子だった。

羽賀の戸籍を確認すると、このあたりの事情もわかってきた。後妻の利子は結婚して三年後の昭和四七年五月に出奔。法的に有効な配偶者の生死不明期間の三年を経て、昭和五〇年五月に離婚が成立していた。以来、羽賀は、当時まだ中学生だった後妻の連れ子の菊恵と、あの広い家にたった二人で暮らしてきたことになる。

しかも菊恵は、独身だった。一度も、結婚歴がない。そして菊恵もまた、羽賀とのことを何も語ろうとはしない。

このあたりにも、キナ臭いものを感じた。だが、たとえそうだったとしても、片倉には関係のないことだ。所轄の小出署にまかせればいい。

問題は、荒明八重子という女は何者だったのか——。

彼女について調べることは、それほど難しくはなかった。羽賀鮎子の友人であったならば、そのあまり広くはない周辺を洗ってみればいい。〝荒明〟という名字が珍しかったことも、手懸りになった。

まずは旧広神村の周辺を当たってみたのだが、荒明八重子に該当する人物は引っ掛かってこなかった。昭和三二年当時の村の戸籍の原本や住民票を調べてみても、そもそも〝荒明〟という名字そのものが存在しない。つまり荒明八重子は、広神村の人間ではなかったということになる。

残る可能性は、ひとつしかなかった。鮎子が広神村に嫁ぐ以前、生まれ故郷の福島県大沼郡西川村（当時）の友人ではなかったのか。さらに池津道夫の原稿の中で鮎子と荒明八重子の年齢が同じ二八歳となっていることが間違いでなければ、二人は同郷の同級生だったのではなかったのか——。

片倉の推理は、当たった。三島町の国分喜助に連絡を取ると、荒明八重子という名前に何となく記憶があるという。さらに調べてみると、昭和一八年の西川村国民学校高等科の卒業アルバムに、栗城鮎子と荒明八重子の名前と写真が載っていることもわかった。当時まだ一四歳だった鮎子と八重子は、男の先生を真中に、他の女子生徒と男子生徒に囲まれながら、黄ばんだモノクロームの写真の中で肩を組んで写っていた。

鮎子と八重子の関係が、いつのころから縺《もつ》れていくようになったのか。それを七〇年以上の時が過ぎたいまになって、正確に知ることは難しい。だが、残された戸籍の原本や住民票の記録を辿ることによって、彼女がどのように生きたのかをある程度は推し量ることができる。

荒明八重子は昭和四年八月二二日、福島県大沼郡西川村に姉一人、妹一人の三人姉妹の二番目に生まれた。誕生日も、住んでいた場所も栗城鮎子とは近かった。鮎子の妹の峰子も含め、三人が幼馴染みの遊び仲間であったことは想像に難くない。

おそらく、八重子の人生に狂いが生じたのは、彼女が国民学校高等科を卒業する昭和一八年のことではないかと思う。この年の一月、八重子の父の二郎《じろう》が、出征先のガダルカナルで戦死した。

その後、八重子の人生でわかっていることは、終戦の翌年の昭和二一年一二月に住民票を新潟県小千谷町（当時）元町に移転。この住所は昭和二六年一〇月に火事が起きた、上村貞二という男が経営していた貸席と地番まで一致した。これで峰子が森田育子への手紙に書いた〝八重姉さん〟が荒明八重子と同一人物であったことがほぼ決定的となった。

荒明八重子は火事の一カ月後の昭和二六年一一月、住所を北魚沼郡小出町に移していた。この住所も、峰子の移転先とは目と鼻の先だった。そして荒明八重子がこの小出町に住んでいた昭和三二年の一一月に、あの広神村の火事が起きている。

小出町と広神村は、当時でも車ならば一五分かせいぜい二〇分程度の距離だった。

片倉は、井苅忠次が奥只見ダムの工事現場で働いていたころの、ジープを前にして腕を組んで立った一枚の写真を思い出す。もし井苅があのジープを自由に使える立場にあったのだとしたら、峰子も、そして同郷の荒明八重子も広神村の鮎子の嫁ぎ先に不自由なく行き来できたことだろう。

それにしてもあの『上越日報』の記事を書いた池津道夫は、あの火事のあった夜、どうして荒明八重子が羽賀の家にいたことを知り得たのだろう。ひとつの可能性として考えられるのは、八重子の妹の存在だ。

荒明八重子には二つ歳下の桜《さくら》という妹がいた。桜は八重子の二年後に同じ小千谷町の元町に住民票を移し、さらに八重子と同じ昭和二六年一一月に小出町に転居。その後、昭和三二年六月——あの広神村の火事の五カ月前——に結婚し、同じ新潟県内の南魚沼郡湯《ゆ》沢町《ざわまち》に移り住んでいた。

この桜という妹が、峰子が手紙の中に書いていた〝サクラ〟ではなかったのか。もし桜がラジオニュースか何かで広神村の火事のニュースを聞き、姉の身を案じて現場に駆け付けていたとしたら、新聞記者の池津に事情を話した可能性はある。

もしくは、羽賀治信か。だが、いずれにしても羽賀も桜も、この世にはいない。調べてみると荒明桜も結婚によって姓が丸山《まるやま》と変わり、嫁ぎ先の湯沢町で平成二一年に亡くなっていた。

奇妙なのは、広神村の火事の二カ月後の昭和三三年一月、荒明八重子の戸籍と住民票が福島県南会津郡只見村に移されていることだ。片倉の推理が正しければ広神村の火災現場から発見された三体の遺体のうち、成人の一人は荒明八重子のもので、すでに死亡していたはずだったのだが。いったい誰が移したのか。

荒明八重子の住民票はその後も一人歩きをするように転々とし、昭和六一年二月には群馬県沼田市に移転。昭和六二年一二月に沼田市坊新田町で折原清一が殺害された〝放火殺人事件〟が起きた翌月の昭和六三年一月に、東京都東久留米《ひがしくるめ》市に移された。その住民票は現在も同住所に存在するが、該当者不在のまま放置されていた。

片倉は、思う。

平成八年（一九九六年）一二月二日、東京都練馬区関町南二丁目で〝赤猫〟があり井苅忠次が殺された夜――。

あの〝放火殺人〟の〝現場〟から女が一人、姿を消した。女は青梅街道を西の東伏見の方角に向かって歩きながら、午後八時二〇分ごろに北裏の先の宅配ピザの店員に姿を目撃されたのを最後に行方を絶った。

東伏見の先には、東久留米がある。元より関町南二丁目の〝現場〟から東久留米までは、七キロほどしか離れていない。あの日、〝赤猫〟の〝現場〟から姿を消した女は、荒明八重子の住民票がある東久留米の住所に向かったのではなかったのか――。

すべては片倉の推理だ。だがその推理が正しかったのか否かも、間もなく明らかになるだろう。

八月一五日――。

片倉康孝は柳井淳と共に、只見町にいた。

山間の只見町を見下ろす山の中腹の神社の前に白いキャラバンを駐め、来るべき時をただ待ち続けていた。

眼下には只見線の線路と、只見駅が見えた。その向こうには滔々と流れる只見川が、朝日を反射して輝いていた。

すでに、三日目になる。林道の途中には井苅峰子の墓がある無縁墓地が見えるが、いまは誰もいない。峰子と娘の君子の墓は、草生《む》したままだ。

だが、昨年の一〇月に倒れていた君子の墓石は、今年の五月に確認した時には立て直されていた。二人の墓の周囲の枯草も、綺麗に掃除されていた。あれから誰かが、この墓に来たのだ。

いったい誰が、井苅峰子の墓を掃除しているのだろう。だが、考えられる人間は限られている。

「今日こそ来てくれよ……。待ってんだからなぁ……」

南会津署の木崎《きざき》という刑事が、ぼやくようにいった。

今回の〝見張り《シキテン》〟には、所轄の刑事課が協力してくれている。他に車内に弓田《ゆみた》という若い刑事が一人。林道の入口が見えるあたりに駐まる車の中に二人。只見駅にも二人〝見張り〟についている。いま片倉たちが車内に身を潜めているキャラバンも、南会津署が出してくれた車だ。

間もなく只見駅に、〝キハ40系気動車〟二輛編成の小出発一番列車が到着した。時間は、午前九時一五分。お盆時季ということもあってか、いつもより多い乗客が列車から降り、ホームから線路を渡って駅舎の改札からロータリーへと出ていく。

しばらくして、所轄の弓田が持つ無線機が鳴った。

――こちらA地点……香村《こうむら》です……乗客に……該当する人間は……見当たりません……どうぞ――。

駅で〝見張り〟についている南会津署の刑事からの連絡だった。

「了解しました……。引き続き……お願いします……」

弓田が無線機に答える。

はたして今日は、現われるのだろうか……。

現われるにしても只見線で来るのか。もしくは、車で来るのか。まったく予想もつかない。片倉たちにできることはただひとつ、千載一遇の機会を絶対に逃がさないこと、それだけだ。

「康さん、いまのうちに飯を食っておきませんか」

柳井がいった。次は一四時二八分まで、四時間半以上も只見駅に着く列車はない。

「そうだな。腹ごしらえをしておくか……」

片倉は宿泊している旅館で作ってもらった竹皮の包みを開け、梅干しの入った握り飯にかぶりついた。

残暑の日差しが、フィルムを貼った車の窓越しに照りつける。車内にはエアコンが効いていたが、それでもポロシャツの背中は汗ばんでいた。背後の神社の森では暑さと苛立ちを募らせるように、無数の蟬が鳴いている。

片倉は、初めて只見線に乗り、魚沼を訪れた日のことを思い出していた。あの日、須門神社の樹齢数百年の杉の古木の幹でも、無数の蟬がけたたましく鳴いていた。

あれから間もなく、一年になる。考えてみれば、ここまでずい分と遠回りをしたものだ。

その時また、車内のトランシーバーが鳴った。

——こちらB地点……林道の入口……古川《ふるかわ》です……。たったいま……B地点を……車輛が通過……。車種は……シルバーのメルセデス・ベンツ……東京の練馬ナンバー……。運転者は男性……三十代後半から四〇歳位……助手席に、高齢の女性が乗っている模様——。

片倉は、無線機を操作する弓田に指示を出した。

「B地点に、林道の入口を車で塞《ふさ》ぐようにいってください」

弓田が、頷く。

「こちら、C地点の弓田です……。林道の入口を、塞いでください……」

——B地点、了解——。

間もなく林道に、ゆっくりと上がってくるシルバーのメルセデスが見えた。光の加減でフロントウインドウが反射して、誰が乗っているのかここからは見えない。

片倉は、自分の掌に汗が滲んでいることにも気付かなかった。〝奴ら〟なのか。それとも……。

メルセデスが速度を落とし、墓地の前の小さな空地に停まった。運転席のドアが開き、ジーンズに派手なTシャツ姿の男が降り立った。周囲の気配を探る素振りを見せるが、こちらの存在を警戒する様子はない。

助手席のドアが開く。黒い服を着た、白髪の小柄な女が降りてきた。

間違いない。彼女だ。

「柳井、行くぞ」

片倉が、低い声でいった。

「はい……」

キャラバンのスライドドアを開け、車外に出た。所轄の二人も、車を降りた。

暑い森の中で、蟬が鳴き叫んでいた。メルセデスまでの距離は、約五〇メートル。もう、手が届きそうな所に〝鮎子〟がいた。

片倉は、柳井と二人の所轄の署員と共に林道を歩きだした。その時、視界の中で想定外の出来事が起きた。

メルセデスの二人が、後部座席を開けた。男が中から折りたたみ式の車椅子を取り出し、開く。女が車内に手を差し伸べると、もう一人、杖を手にした高齢の女が降りてきて車椅子に座った。

まさか……。

三人はまだ、こちらの動きに気付いていない。片倉は、足を速めた。林道の下からは、B地点にいた南会津署の二人の署員も上ってきた。

最初に気付いたのは、車椅子に座った老婆だった。自分たちを取り囲む刑事を白濁した目で見渡し、何が起きたのかわからぬように頭を下げた。

同時に白髪の小柄な女が異変に気付き、振り返った。驚いたように目を見開き、片倉を睨みながら後ずさる。

片倉は手にした逮捕令状を出し、女に見せた。

「羽賀正子だね。いや、いまは何という名前で暮らしてるのかな。平成八年一二月二日、井苅忠次殺害の容疑で逮捕するよ……。いいね……」

女の目から、焔《ほのお》が消えていく。やがて片倉から視線を逸《そ》らし、諦めたように頷くと、小さな声でいった。

「はい……」

「そちらの方は、正子さんの息子さんですね」

関町南二丁目の〝現場〟からは、三種類のDNAが発見された。Aサンプルが井苅忠次、

Bサンプルが〝現場〟から姿を消した〝鮎子〟と呼ばれていた女。そしてCサンプルがBサンプルと一親等以内の肉親だった。男は、羽賀正子と顔がよく似ていた。

「はい……そうです……。息子です……」

その様子を、車椅子の老婆がじっと見つめていた。

片倉は最後に、老婆に訊いた。

「あなたは、荒明八重子さんですか。それとも、羽賀鮎子さんですか」

老婆は少し考え、こくりと頷いた。

「私は……鮎子ですよ。栗城鮎子というんです……」

笑みを浮かべながら、小さな声でいった。

2

智子から電話があったのは、翌週の金曜日の夜だった。

ひとつの長い〝事件〟が終わり、明日からはお盆の代休と合わせて四日間の休みが取れる。それならば静岡県の大井川《おおいがわ》鐵道に乗って、一泊で寸又峡《すまたきょう》温泉にでも行こうかなどと旅行雑誌を眺めていたところだった。

「元気だったか……」

声を聞くのは半年ぶり以上なのに、そんな月並な言葉しか出てこなかった。

――私は元気よ。あなたは？――。

智子の声が、どこか遠くから聞こえてくるような気がした。

「ああ……おれも元気だよ……」

やはり、そんな言葉しか出ない。

――大切なお仕事、ひとつ終わったんでしょう――。

「どうして、そう思うんだ」

智子には、〝事件〟のことは何も話していない。刑事として、話すわけにもいかない。

――それは、わかりますよ。新聞やテレビを見ていれば、ああ、あれがあの時、あなたが追っていた事件なんだなって。私だって、以前は刑事さんの妻だったことがあるんですから――。

「そうか……。そうだよな……」

平成八年一二月の「関町南放火殺人事件」の犯人、羽賀正子が二一年振りに福島県南会津郡の只見町で逮捕されたというニュースは、お盆時季の新聞やテレビ、そしてインターネット上にも駆け巡った。もちろんニュースには、片倉の名前は一切、出ていない。だが事件が起きた場所が石神井署の管内で、犯人が逮捕された場所が福島県の只見町と聞けば、勘のいい智子ならすべてを察したことだろう。

——それならばいまは、あまり忙しくないんですか——。

智子が訊いた。

「ああ、明日から四日間、休みなんだ。もしよかったら、飯でも食いに行くか」

自分でいっておいて、もう少し気の利いた誘い方はないものかと思う。

——いいですよ。私も明日と明後日は、休みだから——。

結局、土曜日の夜に、中野《なかの》あたりで食事をしようということになった。

電話を切ると、力が抜けたように溜息が出た。年明けに二人で会津に旅行した時に、あんなことがあったからか、どうも智子との間がぎくしゃくしている。

片倉は一度キッチンに立ち、グラスに角のハイボールを一杯作り、また居間のソファーに戻った。署の帰りにいつもの『吉岡』に寄り、得丸と軽く一杯やってきたのだが、少し飲み足りない気分だった。

グラスを傾けながら、伏せてあった旅行雑誌を手に取った。だが、目で文字を追っても、頭に入ってこない。雑誌を閉じ、また溜息をついた。

ソファーに体を投げ出した。ぼんやりと天井を眺めているうちに脳裏に会津の雪景色が浮かび、いつしかそれが〝赤猫〟の炎の光景に変わった。空想の赤い記憶の中で、白髪の〝鮎子〟が声を上げて笑っている。

羽賀鮎子と正子の親子、さらに正子の息子——山本正康《やまもとまさやす》——の三人を確保してから、いろいろなことが明らかになった。

やはり、昭和三二年の広神村の火事で死んだのは、荒明八重子だった。そして子供の遺体は、峰子の娘の君子だった。これで三つの遺体の身元は羽賀寛治の妻のマサエも含めて、全員の名前が明らかになったことになる。

なぜ、そんなことが起きたのか──。

片倉はあの火事があった前日、一一月二一日の段階で、羽賀鮎子と井苅峰子の姉妹の利害関係が一致し、二人の間である謀議が為されたのではないかと考えている。

まず峰子は、自分の死んだ娘の遺体を処分する必要があった。おそらく幼い君子の遺体には、峰子か、もしくは井苅忠次による虐待の跡があったのだろう。その痕跡を含めて、すべてを完全に消し去らなくてはならなかった。

一方、鮎子は、娘の正子を連れて羽賀の家を出たいと思っていた。だが、羽賀に見つかり、連れ戻されるのが怖かった。だから鮎子と正子も、火事で死んだことになれば好都合だった。

〝赤猫〟を提案したのは、峰子だったのだろう。その六年前、昭和二六年一〇月に小千谷の貸席に火を放ち、うまく足抜けした経験があったからだ。そして鮎子の身代わりとして、元町の〝赤猫〟で一緒に逃げた荒明八重子が選ばれた。

当日の夜の細かい時系列に関しては、いまも謎が多い。あの日、二二日の夜に峰子が先に小出に戻っていたのだとすれば、すでにその時点で荒明八重子は殺されていたか、睡眠薬で眠らされていた可能性がある。巻き添えで死んだと思われるマサエも含めて、これは完全に〝殺人《コロシ》〟だ。

だが昭和三二年の広神村の火事が〝赤猫〟であれ〝殺人〟であれ、いずれにしても法的に公訴時効が成立している。そして当事者——主犯、もしくは共犯者——の羽賀鮎子は今年、八八歳になっている。すでに自分の本当の名前もわからないほど認知症が進み、当時のことはほとんど何も覚えていない。

そして平成八年一二月二日、関町南二丁目の〝赤猫〟だ。

羽賀正子は逮捕によりすべて諦めたのか、石神井署に移送後の事情聴取に素直に応じた。自分が放火しただけでなく、寝たきりだった井苅忠次の体の上に、灯油を撒いて焼き殺したことも自供した。彼女の供述は、自分があの家の八畳間に須門神社の守札を貼ったことも含めて、すべて当時の現場検証の記録と一致した。

謎が多いのはむしろその動機と、子供時代からの数奇な運命にあった。

正子は昭和三二年の広神村の火事の夜のことを、ほとんど何も覚えていなかった。火事があったことすら知らない。記憶にあるのは深夜、母親の鮎子と一緒に知らない男の人が運転する〝トラックのような自動車〟で逃げたこと。その日以来、父親の羽賀治信が住む家には一度も帰らなかったことだけだ。それが、あの広神村の火事のあった日だったのかどうかも、わからないという。

以来、正子は、母親の鮎子と二人で暮らした。そして何年か経つと叔母の峰子、火事の夜に車を運転していた男の人も同居し、四人で暮らすようになった。その男が、井苅忠次だった。

いつのころからか母親の鮎子は、〝荒明八重子〟の名前で生活するようになった。逆に正子は、〝鮎子〟と呼ばれた。このあたりの事情の理由がはっきりとしないのだが、峰子がどうしても姉を「鮎子……」と呼んでしまうことがあり、それが正子の名前だということにしておいた方が都合がよかったのだろうという。

それからさらに何年か、もしくは何カ月か後のことだったのかはわからないが、峰子が井苅と酷い喧嘩をして家を出ていった。それを境に正子と母の鮎子、井苅は、普通の親子のように暮らすようになる。そうかと思うといつの間にか峰子が舞い戻ってきて、今度は鮎子と正子の母子が井苅の元から追い出されたりもした。

そんなことが、一〇年ほど続いた。その間に井苅忠次は転々と転居し、その度に母の鮎子と叔母の峰子が家に出たり入ったりを繰り返した。時には鮎子と峰子が名前を入れ替えて暮らすこともあった。

まだ子供だった正子には、その理由が理解できなかった。どこでも大人はそうなのだろうと、特に不思議にも思わなかった。

そんな生活が続いたある日、正子の人生に決定的な出来事が起きた。母の鮎子が井苅に殺されそうになるほどの暴力を受け、正子を家に置いたまま出ていってしまった。それからしばらくは峰子も戻ることはなく、まだ一七になったばかりの正子は一人で井苅の家に残された。

元より鮎子が暴力を振るわれたのは、井苅が娘の正子に手を付けたことに怒ったからだった。正子は、井苅が嫌いだった。それでも戸籍も、行く所もない正子は、井苅の元から離れることはできなかった。

以来、正子は、井苅と暮らした。ある時には妻であり、ある時は娘を演じ、また井苅が仕事をやめて金がなくなれば生活費のために働いた。

仕事は水商売か、さらに際疾《きわど》い店がほとんどだった。ソープランドで働かされたこともあるし、群馬県の伊香保《いかほ》温泉に芸者として売られたこともあった。

正子は昭和五一年の二月に、誰が父親かわからない子供を一人産んだ。男の子だった。井苅が捨ててこいといったので、生後四カ月の時に東京の田無《たなし》市（当時）の養護施設の前に置いてきた。その子が、只見町の墓参りの時に一緒にいた山本正康という男だった。

昭和六二年、群馬県沼田市坊新田町の〝放火殺人〟に関しても、正子の証言によりほとんどが明らかになった。

当時、井苅と正子は群馬県の沼田市に住んでいた。ある日、偶然に、町で峰子に出会った。二〇年ぶりの再会だった。

　峰子は沼田で、一時井苅と共通の知り合いの男と半同棲生活を送っていた。それが元日本電源開発職員の折原清一だった。

　これを機会に、井苅は折原と酒を付き合う仲になった。最初のうちは、二人の関係もうまくいっていた。ところが折原が小金を貯め込んでいることを井苅が知ると、峰子と共謀し、殺してその金を奪おうという話になった。

　井苅が折原を痛めつけ、銀行の通帳と印鑑を出させた。金を下ろしに行ったのは、正子だった。そして折原をロープで縛りつけ、家に火をつけて生きたまま焼き殺したのは峰子だった。

　その時、峰子が、奇妙な歌のようなものを口遊《くちずさ》みながら火をつけたことを正子は覚えている。

〈――兎どんは、かちりかちりと火を打った。狢どんが背負う柴に、火を打った。そのうちに、狢どんの背中の柴が、ぼうぼうと燃え出した――〉

　峰子のアルバムの最後のページに書かれていた、あの兎と狢の民話だ。以来、正子は、その民話が頭に焼き付いて離れなくなったという。

片倉は、峰子が森田育子への手紙に書いた言葉を思い浮かべる。彼女は自分が〈――いろいろ悪いことばかりしてきた――〉ことを認め、〈――神様の罰が当たったのかもしれないわね――〉と嘆き、〈――きっと私は地獄に行くんですね――〉と覚悟して死んでいった。その言葉の裏には、自分が犯した三件の〝放火殺人〟に対する深い悔恨の情があったのかもしれない。

最後の〝赤猫〟――平成八年一二月の関町南二丁目の〝放火殺人〟――だけは、正子の単独犯だった。動機は、井苅忠次に対する積年の怨恨。井苅が卒中で倒れ、寝たきりになったことによって、長年待ち望んだ瞬間が訪れたことを悟ったという。只見町の叔母、峰子の死期が近かったことも、切っ掛けのひとつだった。

片倉が思っていたとおり、正子は事件後、当時〝荒明八重子〟として東久留米のアパートに住んでいた鮎子の元に逃げ込んだ。その一週間後に息子の正康が運転する車に乗り、危篤状態が続いていた峰子の待つ只見町へと向かった。

姉、妹、娘……。

女系家族という表現が正しいのかどうかはわからないが、女三人の六〇年にも及ぶ奇異な家族史を垣間見たような気がした。

おそらく正子の供述は、すべて事実なのだろう。関町南二丁目の〝現場〟から息子の正康のＤＮＡが検出されたことを話しても、特に慌てることはなかった。息子は〝山本〟という姓で戸籍を持ち、高校を卒業してからは田無市で働きながら一人暮らしをしていたが、関町南二丁目の正子の家にもよく出入りしていたようだ。

だが、息子の事件への関与だけは、正子は頑として否定した。片倉は息子の正康にも確認したが、井苅の死は母親がやったのではないかと思ってはいても、怖ろしくて真相を訊けなかったという。だが、井苅がいかに正子と自分に酷い扱いをしてきたかを思えば、当然の報いだともいった。

それにしても、なぜ〝赤猫〟だったのか。なぜ火をつけたのか――。

この問いにだけは、正子は答えに躊躇した。しばらく考え、沼田で折原の家に、峰子が火をつけるところを見たからだろうかといった。そしてさらに考え、もしかしたら自分にも峰子と同じ血が流れているからなのかもしれないともいった。

翌日、片倉は西武池袋線とバスを乗り継ぎ、中野に向かった。

特に、当てがあったわけでもない。いま智子が住んでいる新井薬師《あらいやくし》から中野は歩いて行ける距離だったし、独身時代にはよく二人で待ち合わせた街でもあった。中野で飲むのは何年か振りだったが、あの北口の込み入った飲み屋街を探索するのも暑気払いの一興として悪くはない。

夕方の五時に中野サンプラザの前でバスを降りて、路地に入る。駅の北口から中野ブロードウェイに続くアーケード――中野サンモール――に出ると、雑踏の中に智子が立っていた。

「やあ、久し振り。待たせたか……」

ばつが悪い言葉しか出てこない。

「いいえ、ちっとも。五時の約束だったでしょう」

時計はまだ、五時を五分ほど回ったばかりだった。

「うん、それじゃあ、行こうか……」

「はい……」

智子が自然に腕を組み、歩き出した。あのころと、何も変わっていない。もし変わったことがあるとすれば二人とも歳を重ねたことと、片倉が約束の時間にあまり遅れなくなったことくらいだった。

アーケードを横切り、飲み屋街の路地に入っていく。空はまだ、明るかった。入り組んだ迷路のような空間に無数の店の看板がひしめき、焼き物の匂いと煙が漂い鼻をくすぐる。

一番街から二番街、狸小路《たぬきこうじ》へと店先を冷やかしながら歩く。評判のよい店は早いうちからどこも混んでいて、夏の名残を惜しむように活気があった。こうしていると、どこかに店を決めて座ってしまうのが惜しいような、そんな不思議な気分になってくる。

「どこかに入りましょう。もう、お腹が減ったわ……」

腕を組む智子がいった。

「そうだな。適当に、入るか……」

以前も入ったことのある老舗の焼き鳥屋に空いている席を見つけ、座った。焼き物や枝豆、ポテトサラダなどの月並なものをひと通り注文すると、二人掛けの席の小さなテーブルはすぐに一杯になった。だが、智子と飲む時にはこんな気取らない店の方が気が楽だ。

「あれから、どうしてた」

生ビールを飲みながら、訊いた。〝あれから〟というのは前の会津旅行のことで、〝どうしてた〟というのは「怒ってたのか……」という意味でもあった。

「いつも通りですよ。仕事をして、休みの時は実家の母のところに行って……。あなたがお仕事で忙しいと思ったから、連絡をしないようにしていたけど……」

智子が、片倉の気持ちを察するかのようにいった。

何となく、ぎくしゃくしていた。あの会津の旅のことが幻だったかのように、二人の距離がまた元に戻ってしまったようでもあった。

だが、男と女の仲というのは、いつの世にもそんなものなのかもしれない。近付いたり、離れたりを繰り返しながら、けっして交わることなく時が流れていく。

二軒目は魚料理の店に移り、そこでも少し落ち着いて話すことができた。そして三軒目に、昔、二人で何度も行ったことのある『ブリック』という古いバーに寄った。

少し酔いが回ってきたのか、片倉は唐突に、智子に小さな疑問をぶつけてみたくなった。

「女がすべてを捨てて男から逃げたくなるのは、どんな時なんだろうな……」

ウイスキーのグラスを傾けながら、訊いた。だが、自分の思っていることを本当に伝えられたのかどうか、わからなかった。

「私は、大した理由なんてないんだと思うわ。もしあるとしたら日常から逃げたくなった時とか、外の世界が眩しく見えた時とか、自分自身の存在が不安になった時とか……。男の人から逃げるというよりも、目に見えないもう一人の自分から逃げるためなのかな……」

片倉は智子の言葉を聞きながら、鮎子はなぜ羽賀治信から逃げたのかを考えた。それが今回の一連の〝事件〟の中で、最後まで残った謎だった。

「そんなものなのかな……」

鮎子は、何も覚えていなかった。自分が羽賀から逃げたことも。あの家に、火を放ったことも。同郷の友人の、荒明八重子を殺したことも。

――日常から逃げたくなった時――。

――外の世界が眩しく見えた時――。

だが、智子がいった二つの言葉で、片倉は心の中のつかえが解けたような気がした。

「そういえばこの前、面白いニュースを見たの。あの只見線、バスで代行していた区間が復旧することになったのね……」

「うん、そうらしいな……」

六月一九日、ＪＲ東日本は二〇一一年の豪雨による水害で橋梁が流失し運休となっていた二七・六キロ区間を復旧することで福島県と基本合意。復旧計画を発表した。これにより数年後には、只見線は再び全線が開通することになる。

「いつ、開通するのかしら……」

「まだ決まってはいないようだな。三年後か、五年後か……」

「その時はあなたも、もう定年になっているわね……」

「ああ、たぶんね……」

「そうしたらまた、あなたと一緒に只見線に乗ってみたいな。今度は、会津から小出まで。六十里越の峠を、二人で越えて……」

智子が、片倉の目を見つめながらいった。

参考文献

『方言で読む　越後　魚沼の昔咄』　山田左千夫　野島出版

※この作品はフィクションであり、実在する人物・団体・事件などには一切関係がありません。

解説――鉄道の旅、人生の旅

村上貴史《むらかみたかし》
（ミステリ書評家）

■時はゆったりと

時はゆったりと流れている。

新潟《にいがた》と福島《ふくしま》を結ぶ只見線《ただみ》において。

あるいは、只見線沿線を中心に、昭和から平成へ。

だが、ゆったりと流れる時間は、この小説のなかで決してだらだらと流れているわけではない。しっかりとした密度で、それぞれに懸命に流れている。

そんな流れのなかで、人が人を殺す。火を放つ。

そんな流れを遡《さかのぼ》り、人が、刑事が真相を追う。

大人の小説である。

■片倉《かたくら》という男

柴田哲孝《しばたてつたか》が二〇一四年に発表した『黄昏の光と影』は、孤独死らしき状況で発見された老人の部屋で、さらにもう一つの死体が白骨化して発見されるという事件を描いていた。真相を追うのは、老いた刑事と若手とのコンビだ。この二人を中心とする捜査を通じてそれぞれの死者の過去をしっかりと語りつつ、最後に大きな驚愕が待ち受けているこの小説において主人公を務めたのが、片倉康孝《やすたか》だった。東京は練馬《ねりま》、石神井《しやくじい》署の刑事だ。刑事生活が三五年を超えるというベテランである。

この片倉、柴田哲孝が編集者との打ち合わせの席で〝人間を描きたい、それも、自分自身を投影した刑事を書きたい〟といって生み出したキャラクターである。柴田曰く、「自分と同世代」「その年でまだ警部補という人生なんとなくうまくいっていない」「バツイチ」といったところが共通項だという。名前の「孝」という字も、もちろん意識して揃えた。

片倉康孝という刑事の特徴は、足と執念である。『黄昏の光と影』は、二〇一二年の物語という設定なのだが、ITやプロファイリングを駆使したりはせず、手掛かりを求めて、たとえ岐阜の柳ケ瀬のような遠隔地であろうとも足を運ぶのである。そうした捜査のやり方であり、しかも担当するのが死者の人生を長期間にわたって検《あらた》めることが必要な事件であるため、一足飛びに真相に到達することは不可能。それでも片倉は、執念で一歩ずつ前進し、なんとか真相へと至るのである。

シリーズ第二弾『砂丘の蛙』でも、片倉の姿勢に変化はない。冒頭で何者かに腹を刺され、入院に追い込まれたりはするのだが、動けるまで回復すれば、彼は動き出す。神戸に、松江に、鳥取に、片倉は足を運び、ある男が千葉刑務所を出所したわずか三日後に神戸港で死体となって発見された事件の捜査を進めるのだ。やはり執念をもって。

その片倉とコンビを組む若手が、柳井敦《やないあつし》である。『黄昏の光と影』では、配属されたばかりの新人刑事として登場し、初めて事件現場で死体を見るという経験をした若手だ。彼は、第二作『砂丘の蛙』では刑事課の若手の〝エース級〟へと躍進している。片倉とは対照的に、情報をタブレットで処理したりするような若手だが、刑事として、片倉との相性は抜群に良い。

そしてそんな二人の刑事の活躍を描くシリーズ第三弾が、この『赤猫』である。二〇一八年に単行本で刊行された作品の文庫化だ。なお、〝赤猫〟とは、警察用語で放火を意味する。つまり本書は動物小説ではないので、その点は予めご承知置き戴きたい。

■赤猫

　定年がいよいよ見えてきた片倉康孝は、若いころに較《くら》べると随分と自由に時間が使えるようになってきていた。そこで彼は、只見線での旅を計画した。近年〝乗り鉄〟に目覚めたことが理由だが、彼にはもう一つの想いがあった。二〇年前に捜査に関与しつつ、真相に到達できなかった放火殺人の手掛かりが得られないかと考えていたのだ。練馬の関町《せきまち》南《みなみ》で発生したその事件では、直後に現場から鮎子《あゆこ》という女が姿を消したことが判明していた。そして、彼女がどうやら只見線沿線となんらかの係わりがあったらしいことも……。

　こうして読者は片倉に導かれ、只見線の旅に出ることになる。

　只見線は、新潟県の小出《こいで》駅と福島県の会津若松《あいづわかまつ》駅を結んで東西に走っているＪＲ東日本の路線だ。車窓から秘境の絶景が愉しめることで知られている。お盆過ぎ、八月が終わらぬうちに三日間の休みを得た片倉は、新潟県側の始発駅である小出駅で七時五八分に只見線に乗車した。そして三駅目の魚沼田中《うおぬまたなか》駅で逡巡する。事件の手掛かりを求めて途中下車するか、それとも終点まで乗っていくか。結局、彼はドアが閉まる寸前に列車を飛び降りた。そして時は、さらにゆったりと流れ始める。列車を降りたのは九時前だが、次の上りが来るのは四時間半後だ。それまでは、この駅周辺で過ごすしかない。その時間を利用して、彼は情報を探り始めた。見つからなくて当然と思えるような、二〇年前に、彼が三九歳で係わった事件に関する情報を……。

この『赤猫』において、片倉は何度も只見線に乗る。一人で乗ることもあれば、石神井署の面々と乗ることもある。つまり読者は季節に応じて只見線の様々な表情を愉しむことができるし、列車を降りて周囲を歩く彼等を通じて、沿線を散策することもできるのだ。しかしながらこうした旅、あるいは出張捜査は、相当に間隔を置いて行うことになる。いくら公訴時効が成立していない〝現在進行形〟の事件とはいえ、なにしろ二〇年前の事件である。石神井署もこれにかかりきりになるわけにはいかない。結果として、只見線沿線の捜査も、地元石神井の捜査の合間を縫って行わねばならず、季節も次から次へと巡ってしまう。つまりはその間捜査の進展がないわけで、その意味でも、本書の時間はゆったりと流れているのである。

だが、そのゆったりとした時間のなかで、片倉たちは鮎子に関して懸命に新たな情報を発掘していく。そして、関町南の放火殺人が、実は奥深い事件であるらしいことに気付いていくのだ。発端は平成八年の放火殺人事件だが、片倉の只見線への旅をきっかけに、昭和三二年の事件とのつながりが見えてくるし、さらに、その間にも重大な出来事があったらしいことが見えてくる。こうしたかたちで事件が底知れず拡がっていく様は、このシリーズに共通する魅力である。たっぷりと堪能したい。

そしてこうした奥深さは、本書が描いている謎が、人の生き方に関する謎であることに由来している。そんな謎だからこそ、閃光のごとき快刀乱麻の名推理ではなく、足を使った丹念な捜査が不可欠なのだ。そしてそれ故に、最終的に読者に提示される真相にはずっしりとした存在感がある。もちろん柴田哲孝のこと、景色が変わるようなどんでん返しとともに。

付け加えるならば、本書は最初から最後まで時がゆったりと流れているわけではない。終盤になると、ギアは一気に上がる。次の列車を四時間半待つのではなく、片倉もタクシーで最短時間で移動することを決断する。結果として一万七〇〇〇円を超えるタクシー代がかかっても、真相に到達するために必要なことであれば、片倉はその手段を選択する。それはつまるところ、読者としても終盤でスピーディーな展開を愉しめることを意味している。この緩急もまた実に心地よい。

そのうえで本書には（というか本シリーズには）大人の純愛小説という別の糸も織り込まれている。片倉と、片倉が一〇年近く前に別れた妻。恋愛と呼ぶべきかどうかはともかくとして、まだ二人の関係は途切れずにいるのだ。そして本書では、どうやら過去の二作品よりも少しだけ二人の距離が縮まったように思えるシーンも出てくる。さらにもう一人の女性も出てきたりしていて、こちらもしっかりと読ませる。些細な仕草や言葉遣いに心が揺れる、繊細な片倉の恋心も、読んでいてまた愉しい。いささか気恥ずかしくもなるが。

さらに本書で注目すべきは、民話である。「とんと昔にのう。村に兎と狢がおったとや」で始まるアレだ。捜査を進めるうえで一つのカギともなっている。もともと柴田哲孝は民話や老人への聞き語りが好きだったそうで、そういう資料を地元の本屋や土産屋で買って集めているという。今回は「確かこういった民話があったはず」という知識を頼りに、一冊の本にたどりついた。参考文献として記されている山田左千夫《やまださちお》の『方言で読む 越後 魚沼の昔咄《むかしばなし》』である。ここに本書の民話の原形が収録されていたのだ。その原形は「兎とムジナ」という題名で、四ページの分量の昔咄である。さすがにそのままでは長過ぎたのだろう、柴田哲孝なりにリライトして作中で用いられている。

ちなみに『方言で読む 越後 魚沼の昔咄』では、新潟県小千谷市の昔咄として「真人のムジナ」「真人のムジナ退治」「山伏とムジナ」など、ムジナにまつわるものも複数収録されているので、関心をお持ちの方はひもといてみるとよかろう（同じ新潟でも他の地域の昔咄にはムジナをタイトルとするものが一つもない点も興味深い。小千谷を含めて六三もの昔咄が収録されているのに、だ）。なお、山田左千夫氏は新潟出身の方だが、東京都練馬区選挙管理委員会委員長を務めたこともあるとのことで、そう、片倉康孝の地元ともつながっているのである。これはすなわち柴田哲孝が生まれ育ったところともつながっているということである。人と人とのつながりが事件を生み、その事件に解決をもたらすという『赤猫』に相応《ふさわ》しい縁といえよう。

本書で只見線沿線の郷土史家がひとかたならぬ活躍を見せるのも、こうしたつながりの影響があったのかななどと想像して嬉しくなる。

■せわしない現代において

柴田哲孝は一九五七年に生まれ、一九九一年の『KAPPA』で小説家デビューを果たした。その後、『下山事件　最後の証言』(二〇〇五年)で日本推理作家協会賞評論その他の部門及び日本冒険小説協会大賞実録賞を獲得。さらに翌年、長篇小説『TENGU』では大藪春彦賞を受賞。ノンフィクションとフィクションの両面で高く評価されている。彼の著作については、本シリーズ第一弾『黄昏の光と影』の文庫解説に記したので、そちらを参照して戴けると有難いのだが、いくつかの作品については、本書との関連でここで言及しておこう。

まず、片倉が足で捜査すると書いたが、それとは対照的な捜査官も柴田哲孝は描いている。『悪魔は天使の胸の中に』(〇八年)だ。この作品は文庫化に際して『The Profiler　悪魔は天使の胸の中に』と改題されていることからも明らかなように、主役がプロファイリングを駆使するサスペンス小説なのである。対照的といえば、時間が圧倒的にテンポ良く流れる活劇も柴田哲孝は得意だ。近年の作品では『リベンジ』(一八年)

がその系統の一冊。監禁された父と逃亡した娘が、それぞれに知恵を巡らせ、格闘し、危機を乗り越えていく。そのスピード感たるや、本書と同じ作家の手による作品とは思えないほどである。登場人物が共通する先行作品『デッドエンド』（一四年）『クラッシュマン』（一六年）もあわせてどうぞ。

また、本書では女性たちの強さや弱さが描き出されているが、怖さに注目した本もある。例えば短篇集『怖い女の話』（一九年）がそれ。様々な怖さが生々《なまなま》しく詰まっている。タイトルの関連でいえば、〝白猫〟ならぬ『白い猫』（〇九年）という短篇集がある。動物を題材とする七篇を収録しており、ミステリやホラーなど様々な味を愉しめる。

とまあ駆け足で六作ほど紹介したが、これだけでも、柴田哲孝の作家としての幅が判《わか》ろうというものだ。本書、あるいはこのシリーズしかまだ読んでいないという方は、是非他の作品も手に取ってみて戴きたい。

なにかとせわしなく、急いで結果のみを求めることの多い現代。そんななかで、登場人物の人生をきっちりと見つめつつ、旅情と驚きを堪能させてくれる本書は、実に貴重な一冊である。

二〇一八年二月　光文社刊

光文社文庫

赤《あか》　猫《ねこ》　刑事《けいじ》・片倉康孝《かたくらやすたか》　只見線殺人事件《ただみせんさつじんじけん》

著者　柴《しば》　田《た》　哲《てつ》　孝《たか》

2019年12月20日　初版1刷発行

発行者　鈴木広和
印刷　堀内印刷
製本　榎本製本

発行所　株式会社　光文社
〒112-8011　東京都文京区音羽1-16-6
電話　(03)5395-8149　編集部
8116　書籍販売部
8125　業務部

© Tetsutaka Shibata 2019

落丁本・乱丁本は業務部にご連絡くだされば、お取替えいたします。
ISBN978-4-334-77947-4　Printed in Japan

R　<日本複製権センター委託出版物>

本書の無断複写複製（コピー）は著作権法上での例外を除き禁じられています。本書をコピーされる場合は、そのつど事前に、日本複製権センター（☎03-3401-2382、e-mail : jrrc_info@jrrc.or.jp）の許諾を得てください。

組版　萩原印刷

本書の電子化は私的使用に限り、著作権法上認められています。ただし代行業者等の第三者による電子データ化及び電子書籍化は、いかなる場合も認められておりません。

光文社文庫　好評既刊

恋する組長　笹本稜平
素行調査官　笹本稜平
白日夢　笹本稜平
漏洩　笹本稜平
ボス・イズ・バック　笹本稜平
女について　佐藤正午
スペインの雨　佐藤正午
ジャンプ　佐藤正午
彼女について知ることのすべて　佐藤正午
身の上話　佐藤正午
人参倶楽部　佐藤正午
ダンスホール　佐藤正午
ビコーズ　新装版　佐藤正午
死ぬ気まんまん　佐野洋子
国家の大穴　永田町特区警察　沢里裕二
欲望刑事　沢里裕二
女王刑事　沢里裕二

わたしの台所　沢村貞子
わたしの茶の間　新装版　沢村貞子
わたしのおせっかい談義　新装版　沢村貞子
崩壊　塩田武士
十二月八日の幻影　直原冬明
鉄のライオン　重松清
スターバト・マーテル　篠田節子
ミストレス　篠田節子
中国毒　柴田哲孝
黄昏の光と影　柴田哲孝
砂丘の蛙　柴田哲孝
猫は密室でジャンプする　柴田よしき
猫は聖夜に推理する　柴田よしき
猫はこたつで丸くなる　柴田よしき
猫は引っ越しで顔あらう　柴田よしき
女性作家　柴田よしき
猫は毒殺に関与しない　柴田よしき

光文社文庫　好評既刊

ゆきの山荘の惨劇　柴田よしき
消える密室の殺人　柴田よしき
司馬遼太郎と寺社を歩く　司馬遼太郎
司馬遼太郎と城を歩く　司馬遼太郎
北の夕鶴2/3の殺人　島田荘司
奇想、天を動かす　島田荘司
龍臥亭事件（上・下）　島田荘司
涙流れるままに（上・下）　島田荘司
龍臥亭幻想（上・下）　島田荘司
漱石と倫敦ミイラ殺人事件　完全改訂総ルビ版　島田荘司
フェイク・ボーダー　下村敦史
サイレント・マイノリティ　下村敦史
本日、サービスデー　朱川湊人
今日からは、愛のひと　朱川湊人
名も知らぬ夫　新章文子
銀幕ミステリー倶楽部　新保博久編
くれなゐの紐　須賀しのぶ

孤独を生きる　瀬戸内寂聴
生きることばあなたへ　瀬戸内寂聴
寂聴あおぞら説法　こころを贈る　瀬戸内寂聴
寂聴あおぞら説法　愛をあなたに　瀬戸内寂聴
寂聴あおぞら説法　日にち薬　瀬戸内寂聴
いのち、生きる　瀬戸内寂聴　日野原重明
幸せは急がないで　青山俊董　瀬戸内寂聴編
言い訳だらけの人生　平安寿子
蜃気楼の王国　高井忍
成吉思汗の秘密　新装版　高木彬光
白昼の死角　新装版　高木彬光
人形はなぜ殺される　新装版　高木彬光
邪馬台国の秘密　新装版　高木彬光
「横浜」をつくった男　高木彬光
神津恭介、密室に挑む　高木彬光
神津恭介、犯罪の蔭に女あり　高木彬光
刺青殺人事件　新装版　高木彬光